Heinz-Peter Baecker · Herzflimmern in Simmern

Gartenstraße 10, 55469 Simmern,
Telefon (06761) 7142

www.pandion-verlag.de

5. Auflage 2013



Titelfoto: © Hajo

ISBN 978-3-922929-90-1

Heinz-Peter Baecker

# Herzflimmern in Simmern

PANDION

# 1.

Ich weiß heute nicht mehr, wie lange ich bereits wach gelegen hatte, bevor ich nach dem Lichtschalter tastete und mich endlich entschloss aufzustehen. Vielleicht war es eine, vielleicht aber auch schon zwei Stunden gewesen. Die Rollläden waren heruntergelassen, so dass das ganze Zimmer bisher in völliger Dunkelheit gelegen hatte. Auch ein Blick zum Wecker, der auf dem Nachttisch neben mir stand, hätte mir kein Zeitgefühl vermitteln können. Er war schon seit Wochen nicht mehr von mir aufgezogen worden. Nachdem das schwache Licht einer 60-Watt-Birne das Zimmer nun zwar nicht gerade hell erstrahlen, aber immerhin die Einrichtung erkennen ließ, zogen noch einmal im Schnelldurchlauf die quälenden Gedanken der vergangenen Minuten an mir vorbei. Dabei starrte ich auf die bräunlich-gelbe Decke, die mein Vormieter wahrscheinlich so trist angestrichen hatte.

Seit über einem Jahr gehörte ich, trotz meiner knapp einundfünfzig Jahre und hinreichend belegbaren beruflichen Erfolgen, zu der großen Zahl von Zwangsurlaubern, die ihren Job verloren hatten, und das hier im Hunsrück, einem der wirtschaftlich wohl unterentwickeltesten Landstriche der sogenannten alten Bundesländer. Es war traurig zu sehen, wie sich gerade hier die Folgen mangelnder Kaufkraft brutal breitmachten. Erst gestern, auf dem Weg zu meiner Orthopädin, war mir dies wieder einmal ins Bewusstsein gerufen worden. Ich hatte meinen Wagen in der Nähe des Simmerner Obertors abgestellt und war über den Fruchtmarkt zur Schlossstraße hinuntergegangen. Überall standen Geschäfte leer oder hatten Räumungsverkauf.

Die Reste der „Erlebnisgastronomie am Obertor" – ein trauriger Witz, der WK-Kaufmarkt mit Papier und Werbeplakaten verhangen und geschlossen. Nackte Flächen an den Häuserwänden, an denen einst bronzene, silbern- oder goldglänzende Firmenschilder angebracht waren, okumentierten den Rück- oder Umzug vieler Firmen und hinterließen hässliche Spuren des wirtschaftlichen Verfalls des Mittelstandes dieser Region.

Obwohl ich als Vertreter in der Elektrobranche zwischen Mosel, Nahe und Rhein für meine Begriffe zufriedenstellende Umsätze gemacht hatte, waren sie den feinen Herren in der Firmenleitung offensichtlich nicht satt genug. Meiner Meinung nach lag der allgemeine Umsatzrückgang vor allem daran, dass sich viele Elektrohändler zu Einkaufsgemeinschaften wie EP oder expert zusammengeschlossen hatten. Da nutzte es auch nichts, wenn man altbekannte und bewährte Markenwaren vertrieb.

‚Um den Fortbestand unserer Firma zu sichern und vor allem die Arbeitsplätze unserer älteren Mitarbeiter nicht zu gefährden, müssen wir uns leider von Ihnen trennen. Unter diesem sozialen Aspekt sehen wir für Sie größere Chancen, in einem anderen Unternehmen ein neues und interessantes Aufgabengebiet zu finden.' So hieß es in dem äußerst freundlich abgefassten Kündigungsschreiben. Lächerlich und verlogen dieser soziale Hinweis. In Wirklichkeit wollte man aus zwei geschützten Gebieten wegen des allgemeinen Umsatzrückgangs ein großes Gebiet machen. Und meines grenzte halt im Süden an das Gebiet des Schwiegersohns unseres Chefs. Da hatte ich gar keine Chance. Und die älteren Mitarbeiter, es gab deren zwei in der ganzen Firma, waren dank ebenso alter Verträge vor vielen Jahren wesentlich billiger eingekauft worden. Das war's und sonst gar nichts.

Die ersten Tage meiner Arbeitslosigkeit waren ja recht erholsam für mich. Ich hatte das Nichtstun zunächst als eine Art Urlaub betrachtet und war der Meinung gewesen, dass ich auf jeden Fall mit meinen Zeugnissen und Erfahrungen recht schnell eine neue Arbeit finden würde. Während meiner bisherigen beruflichen Laufbahn, ich hatte seit meiner Lehre insgesamt nur für vier Firmen als Vertreter gearbeitet, hatten mir oft andere Firmen vertrauliche Angebote unterbreitet. Und nicht mal schlechte. Aber ich Esel war meiner letzten Firma fast zehn Jahre treu geblieben. Und was hatte ich davon? Vielleicht mit einem Blick auf die attraktive Tochter des Chefs hatte ich diese Angebote stets ausgeschlagen. Aber seit die Tochter vor einem Jahr dann diesen Lackaffen von Kollegen geheiratet hatte, ging alles sehr schnell bergab.

Ich hatte also nach meiner Kündigung sofort damit begonnen, all jene Firmen abzuklappern, die sich bisher für mich interessiert und mit schönen Versprechungen umbuhlt hatten. Aber eine Kündigung in der Tasche schien doch so ähnlich wie ein Brandmal zu sein. Plötzlich konnte sich keiner an das einmal ausgesprochene Angebot erinnern oder man sah ausgerechnet im Moment keine Möglichkeit eine neue Kraft einzustellen.

Ergel Raschmir, ein undefinierbarer Südländer mit schwarzen Haaren und wilden Augen, der alle möglichen Importe aus aller Herren Länder nach Frankfurt und Hahn einfliegen ließ und bundesweit vertrieb, hatte es mir dann sehr deutlich gesagt. „Mein lieber Kögler", hatte er gesagt, „nicht welches ist der Zweifel an Ihrer Person, aber Sie verstehen müssen, ich leider nicht brauchen Menschen, die gut, sondern Vertreter, die absolute Spitze sind. Und sehen Sie, Sie gekündigt, also nicht absolute Spitze." Dabei hatte er mich tröstend und versöhnlich wie ein Vater in den Arm genommen, angelacht und mir beide Hände zum Abschied entgegengestreckt.

Ich drehte mich noch einmal im Bett um. Wie jeden Tag würde ich mir morgen wieder einmal die Rhein-Hunsrück-Zeitung, die Frankfurter Allgemeine und die Süddeutsche kaufen. Wie jeden Tag würde ich auch wieder auf etliche Anzeigen schreiben und wie mich die Erfahrung gelehrt hatte, würde ich auch diesmal wieder das Geld für das Porto umsonst ausgeben.

Seit Monaten erhielt ich immer wieder nur die gleichen, teilweise sogar vorgedruckten Antwortschreiben: ‚... wir haben Ihre Bewerbung eingehend geprüft und uns aus Gründen, die nicht in Ihrer Person oder Qualifikation zu suchen sind, anderweitig entschieden', meist verbunden mit dem frommen Wunsch: ‚Für Ihren weiteren beruflichen Werdegang alles Gute.'

Ich warf die Bettdecke zurück und richtete mich langsam auf. Ich suchte vergeblich mit meinen Augen den Nachttisch nach einem Päckchen Zigaretten ab und erinnerte mich, dass ich vor sechs Wochen das Rauchen aufgegeben hatte. Der Entschluss lag nicht nur an einem plötzlich aufgetauchten Gesundheitsbewusstsein sondern an der wachsenden Angst, das Geld reiche vorne und hinten nicht mehr, wenn ich nicht bald wieder Arbeit fand. Als Vertreter hatte ich nun mal nur ein relativ geringes Grundgehalt gehabt und lebte eigentlich in erster Linie von Provisionen und eingesparten Spesenpauschalen. Und das eigentlich in den ersten Jahren nicht schlecht. Nachdem der Umsatz allerdings in den letzten Jahren ständig zurückgegangen war, weil solche Menschen wie Raschmir mit Billig-Importen den Markt überfluteten und heute immer mehr Menschen weniger auf den Markennamen als auf den günstigen Preis schauten, reduzierten sich meine Einnahmen langsam aber stetig und meine Rücklagen aus fetten Jahren nahmen ständig ab. Und das, was ich heute vom Arbeitsamt erhielt, war – wie man so schön sagt – zum Leben zu wenig, zum Sterben aber noch zu viel.

Also versuchte ich aus der Not eine Tugend zu machen. Vor etwa sechs Wochen war ich außerdem auf die Idee gekommen, die Zeit zu nutzen und mich für einen neuen Job, egal, wann er auch kommen mochte, fit zu machen. Ich hatte nicht nur das Rauchen aufgegeben, sondern auch zunächst einen Internisten in seiner Praxis unten am Simmerbach aufgesucht und mich ganz durchchecken lassen.

Das Ergebnis war relativ zufriedenstellend. Die Leberwerte schienen ihm leicht erhöht, aber noch nicht behandlungsbedürftig und auf keinen Fall beängstigend. Er verschrieb mir lediglich ein paar Tropfen, die ich auch seither treu und brav einnahm. Außerdem stellte er eine starke Verspannung bei meiner Rückenmuskulatur fest und äußerte den Verdacht eines in der Vergangenheit nicht auskurierten Bandscheibenvorfalls. Er überwies mich deswegen an eine Orthopädin, die ich auch sofort aufsuchte. Die dortige Untersuchung dauerte fast eine halbe Stunde, der Befund war eindeutig. Mit einem Rezept für sechs Massagen in der Hand verließ ich wieder die Praxis. Damit war offenbar alles getan, was man für meinen Rücken tun konnte.

Etwas unbefriedigt ging ich also zum ersten Massagetermin, nachdem ich mir eine meiner Meinung nach geeignete Praxis aus dem Branchentelefonbuch herausgesucht hatte. Die Auswahl hierzu war in Simmern nicht all zu groß und ich überlegte, ob ich nach Rheinböllen oder Kirchberg ausweichen sollte. Aber der Hunsrücker ist bodenständig und etwas bequem. Also blieb ich in Simmern.

Mein erstes Erstaunen als ich die Praxis betrat lag darin, dass ich nicht einem Masseur, sondern einer recht kräftig gebauten Masseurin gegenüberstand. Mein zweites Erstaunen bestand darin, dass nach den ersten zwei Behandlungen wirklich eine Verbesserung meiner Kondition zu spüren war. Hatten mich früher meine allmorgendlichen gymnastischen Übungen, die ich bereits seit Jahren praktizierte, angestrengt, so machte ich jetzt schon die doppelte Anzahl an Übungen und diese fast mühelos.

Unbewusst streckte ich auch jetzt die beiden Arme zur Seite aus dem Bett heraus und drückte die Hände nach außen. Diese Übung machte ich ein paarmal, dann kreiste ich noch einige Male mit dem Kopf. Tatsächlich verspürte ich kein Ziehen und auch keine sonstigen Schmerzen an der Halswirbelsäule. Zum Schulterkreisen musste ich aufstehen. Im Zimmer war es recht kalt und ich absolvierte den Rest meiner Übungen im Schnelldurchgang, um mich aufzuwärmen. Darunter litt allerdings die Qualität.

Im Badezimmer hingegen war es angenehm warm und ich ließ mir Badewasser einlaufen, während ich die Zähne putzte und mich rasierte. Der Schaum erhob sich weit über den Wannenrand als ich in das Wasser stieg. Auch die Wärme des Wassers tat meinem strapazierten Rücken gut. Ich hatte mir auf Anraten der Orthopädin fest vorgenommen, mir von meinen ersten regelmäßigen Einkünften ein orthopädisches Rückenstützkissen für meinen Sitz im Auto anzuschaffen. Welcher meiner Kollegen hatte noch nie über Rückenschmerzen geklagt?

Immer noch wusste ich nicht, wie spät es eigentlich war. Da ich aber im warmen Wasser liegend bereits Hunger verspürte musste es gegen elf Uhr sein. Das wiederum hieß für mich, dass ich mich beeilen musste, denn ich wollte heute noch einmal zum Arbeitsamt fahren. Man gibt die Hoffnung ja nicht so schnell auf. Dort wurde allerdings freitags bereits um halb eins geschlossen.

Ich trocknete mich also schnell ab und zog mich an. Es war eine Wohltat für mich, seit Wochen in Jeans und ohne Krawatte herumzulaufen. In der Küche schaltete ich die Kaffeemaschine ein, die ich bereits am Abend vorher mit Wasser und Kaffeemehl gefüllt hatte. Eine alte Gewohnheit aus der Zeit, da ich noch morgens auf Tour gehen musste, wie so oft verschlafen hatte und deshalb meistens in Eile war. Schließlich ging ich ins Wohnzimmer und lüftete. Obwohl ich, wie bereits erwähnt, nicht mehr rauchte, hatte ich immer noch das Gefühl, dass es hier nach kaltem Qualm stank.

Draußen war es trüb und nass. Offensichtlich hatte es die ganze Nacht geregnet. Wieder suchten meine Augen nach einer Schachtel Zigaretten. Vergeblich! Wozu doch manchmal Geldknappheit gut ist. Ein leises Gluckern aus der Küche verriet mir, dass das Wasser in der Kaffeemaschine durchgelaufen war. Ich nahm aus dem Schrank eine Tasse und einen Teller und stellte beides auf den Wohnzimmertisch.

Im Kühlschrank herrschte gähnende Leere. Außer einem Glas Marmelade und einer Dose Margarine befanden sich nur zwei Flaschen Bier darin. Ich nahm Marmelade und Margarine und zwei Scheiben Brot und ging samt Kaffeekanne ins Wohnzimmer zurück. Nachdem ich alles auf dem Tisch abgestellt hatte, schaltete ich das Radio ein. Seit der Fusion von Südwestfunk und Süddeutschem Rundfunk zum Großsender Südwestrundfunk war ich mit der Musikauswahl meines bis dahin heiß geliebten ersten Programms nicht mehr zufrieden, hatte aber die Frequenz trotzdem nicht verändert. Vielleicht war es die Angst, dass die anderen Programme noch schlechter waren. Außerdem hatte ich immer noch die Hoffnung, dass es wieder einmal besser werden würde. Vor allem vermisste ich allmorgendlich die vertraute Stimme von Michael Lueg.

An diesem Morgen hatte ich doppeltes Glück. Schon nach wenigen Minuten wurde die Zeit angesagt und zu meiner großen Freude vernahm ich die Stimme von Michael Lueg. Vielleicht hatte man in Mainz das heimliche Flehen sicher vieler Stammhörer vernommen. Es war kurz nach elf.

Die zwei Scheiben Brot hatte ich recht schnell gegessen und auch die Kaffeekanne war bald leer. Wieder suchten meine Augen fast automatisch mein Umfeld nach einem Päckchen Zigaretten ab. Die Versuchung war groß, aber ich wusste genau, dass ich in der ganzen Wohnung vergebens nach Zigaretten suchen würde. Mit einem nicht ganz ernst gemeinten Fluch stand ich auf, ging ins Schlafzimmer zurück und legte das Bett aus. Ja, so etwas lernt man hier in der Gegend noch, auch als Junge, von der Mutter oder Großmutter. Wie hatte meine Tante Franziska mütterlicherseits immer zu mir gesagt? ‚Du hast den Ordnungsinn eines ordentlichen Hunsrückers, aber auch die Genusssucht deines französischen Urgroßvaters geerbt.' In dieser Mischung war ich in meinem Heimatdorf Mutterschied eine Art Exot, denn die Nachfahren französischer Lustbarkeit des vergangenen Jahrhunderts waren mehr in den Tälern und großen Städten wie Trier, Koblenz und Mainz ansässig. Hier oben waren die Mädchen weitgehend von den ach so charmanten Soldaten Napoleons verschont geblieben, was viele im Nachhinein sicherlich bedauert hatten. Weniger wegen der Folgen, als wegen der schönen, aufregenden und abwechslungsreichen Stunden.

Ich zog die Rollläden hoch und öffnete das Fenster einen Spalt. In gleichen Moment läutete das Telefon. Ich überlegte, wer mich wohl um diese Zeit anrufen könne, zuckte mit den Schultern und eilte ins Wohnzimmer. Während ich abhob, erwischte ich mich schon wieder dabei, diesmal in meiner Jackentasche nach Zigaretten zu suchen.

„Kögler", rief ich erwartungsvoll in den Hörer.

„Hoffmann Vertriebsgesellschaft. Spreche ich mit Herrn Kurt Kögler?" Eine junge Dame am anderen Ende stellte die Frage monoton und ohne persönliches Interesse. Von dieser Lustlosigkeit angesteckt, brummte ich nur ein kurzes „Ja" in die Muschel und wartete ab, was jetzt wohl geschehen würde. Hoffmann? Ich konnte mich an den Namen nicht erinnern. Aber vielleicht verbarg sich dahinter eine der vielen Chiffre-Anzeigen, auf die ich geantwortet hatte. Während ich verbunden wurde, drang aus dem Telefon leise Musik an mein Ohr und eine einschmeichelnde weibliche Stimme forderte mich ständig auf, in der Leitung zu bleiben und das gleich in drei Sprachen. Je länger mich diese Musik und Ansage nervte, umso ungeduldiger wurde ich.

„Nagele!", meldete sich plötzlich eine Männerstimme am anderen Ende. Sie klang eigentlich recht warm und gemütlich. „Herr Kögler, Sie haben sich bei uns als Vertreter beworben. Ich habe Ihre Bewerbung mit den Unterlagen heute auf den Tisch bekommen. Sie sollten einmal persönlich bei uns vorbeikommen."

Ich unterbrach den Anrufer kurz, da ich mich etwas überrollt fühlte: „Darf ich vorerst einmal fragen, welche Artikel Sie herstellen oder vertreiben?"

Die kurze Pause und der anschließend deutlich veränderte Ton ließen vermuten, dass ich mit dieser offenbar vorlaut erscheinenden Frage ins Fettnäpfchen getreten hatte. Wahrscheinlich war die Stimme am anderen Ende der Leitung der Meinung, dass jeder anständige Mensch die Firma Hoffmann Vertriebsgesellschaft kennen müsse. Folglich schien ich kein anständiger Mensch zu sein und hatte somit eine andere Behandlung verdient.

„Können und wollen Sie also bei uns vorbeischauen oder sind Sie inzwischen anderweitig orientiert?"

Ich räusperte mich kurz und überlegte, ob ich nicht einfach einhängen sollte. Dann aber wurde mir bewusst, dass es seit Wochen die erste Firma war, die wenigstens nicht gleich abgesagt hatte, und ich versuchte, mich zu beherrschen.

„Nein, um ehrlich zu sein, habe ich noch nicht das Richtige gefunden. Meine Frage zielte auch nur darauf ab, Ihnen nicht unnötig Zeit zu rauben und Kosten zu verursachen."

Die Stimme am anderen Ende war immer noch weniger warm und verbindlich als am Anfang dafür aber etwas spöttisch. „Ich darf Sie beruhigen, wir haben bereits eine Vorauswahl getroffen. Ich darf Sie also bitten, am Montag um vierzehn Uhr bei uns vorstellig zu werden. Soweit Sie noch weitere Referenzen oder andere Unterlagen vorlegen möchten, bringen Sie diese bitte mit."

Es entstand eine kurze Pause, und ich sagte einfach nur: „Gut, in Ordnung", jedoch klang diese Antwort wenig überzeugend.

„Um Ihre Frage noch kurz zu beantworten. Die Hoffmann Vertriebsgesellschaft ist der Alleinimporteur namhafter US-Produkte. Unser Marktanteil in der Bundesrepublik beträgt zur Zeit fast vierzig Prozent. Ich glaube, das dürfte vorerst als Information genügen. Ich erwarte Sie dann am Montag. Guten Tag!"

Ohne eine Antwort abzuwarten, hängte dieser Nagele ein. Ich schüttelte etwas verwirrt den Kopf und legte ebenfalls den Hörer auf. Bisher hatte ich von dieser Firma nie etwas gehört oder gelesen. Dann wurde mir bewusst, dass ich nicht nach der Adresse gefragt hatte. Ich überlegte kurz, was ich wohl machen sollte. Ich nahm mir das Telefonbuch vor und suchte in Simmern nach einem Teilnehmer namens Hoffmann.

Es gab etliche Hoffmann. Zwei davon konnten möglicherweise der Anrufer gewesen sein: Hoffmann Hard- und Software und O. Hoffmann, Elektroinstallation. Ich notierte mir die beiden Nummern und wählte zunächst die erste. Nachdem sich nach gut fünfzehn Mal Durchläuten niemand meldete, wählte ich die zweite Nummer. Es dauerte auch hier einige Zeit bis sich eine männliche Stimme mit vertrautem Simmerner Tonfall meldete.

„Ja, Kögler, guten Tag, könnte ich bitte Herrn Nagele sprechen."

„Nagele?", fragte die Stimme verwundert. „Da sind Sie sicherlich falsch verbunden, hier ist Elektro Hoffmann."

Ich versuchte einen zweiten Anlauf. „Ach bitte, bin ich nicht mit der Hoffmann Vertriebsgesellschaft verbunden?"

„Nein, hier der Anschluss gehört Elektro Hoffmann."

„Ich bitte vielmals um Entschuldigung, aber Sie wissen nicht zufällig, unter welcher Nummer ich diese Vertriebsgesellschaft erreichen kann?"

„Tut mir leid, ich kenne keine Vertriebsgesellschaft mit unserem Namen."

Ich bedankte mich und legte den Hörer wieder auf. Also musste ich die Auskunft anrufen. Diese war – wie so oft – besetzt. ‚Bitte rufen Sie zu einem späteren Zeitpunkt nochmals an'. Ich versuchte es einige Male, bis endlich beim fünften Anlauf das Freizeichen ertönte.

„Bitte die Hoffmann Vertriebsgesellschaft", sprach ich laut und deutlich in den Hörer.

„Wo bitte soll die sein?" war die logische Frage und beinahe hätte ich mit einem ‚Das weiß ich auch nicht' geantwortet.

„Versuchen Sie es bitte einmal im Großraum Simmern", antwortete ich stattdessen zaghaft und ließ damit meine mangelnden Kenntnisse in dieser Richtung anklingen. Es dauerte eine Weile bis sich die freundliche Dame wieder meldete und mir all die Hoffmanns nannte, die ich eben bereits im Telefonbuch selbst gefunden hatte. Die von mir gewünschte Vertriebsgesellschaft konnte auch sie nicht ausfindig machen.

Was sollte ich also jetzt tun? Ich stand auf und ging zu meinem Schreibtisch. In der Ablage befanden sich die Durchschläge meiner Bewerbungen. Die von gestern konnten erfahrungsgemäß ihren Empfänger noch nicht erreicht haben. Ich suchte die restlichen Chiffreanzeigen heraus. Es waren zum Glück nur drei Stück, die in Frage kamen. Mit den drei Durchschlägen ging ich wieder zurück zum Telefon und wählte die Nummer der Anzeigenabteilung der Rhein-Zeitung in Koblenz, bei der ich auch meine Anzeigen aufgegeben hatte.

Eine ältere Dame meldete sich und ich trug ihr mein Problem vor. Nachdem sie mich belehrt hatte, dass sie nicht berechtigt sei, bei Chiffreanzeigen die Namen und Adressen der Inserenten durchzugeben, versuchte ich es auf die weiche Tour. Als Vertreter hat man da so seine Taktik. Ich erzählte ihr, dass ich nun schon seit mehreren Monaten arbeitslos und dies die erste Chance seit Wochen sei. Außerdem sei mir der Name ja bekannt.

Damit hatte ich offenbar die Seele der Frau getroffen. Sie ließ sich erweichen und beteuerte zu ihrer Rechtfertigung, dass dies aber die absolute Ausnahme sein müsse. Es dauerte ein paar Sekunden, dann hatte ich die Adresse. Kein Wunder, dass ich per Telefonbuch und Auskunft keinen Erfolg hatte: Die Hoffmann Vertriebsgesellschaft hatte ihren Sitz in einem Vorort von München, also gut fünfhundert Kilometer von Simmern entfernt.

Ich notierte mir trotzdem die Adresse und Telefonnummer und bedankte mich bei der netten Dame.

Nachdem ich den Hörer wieder aufgelegt hatte, überlegte ich mir, ob ich die weite Reise überhaupt antreten sollte. Immerhin wusste ich nichts von der Firma. Trotzdem beschloss ich, auf dem Weg zum Arbeitsamt bei einem Reisebüro vorbeizufahren, um mich nach einer Zugverbindung zu erkundigen. Ich hatte für Montag nichts anderes vor. Also, was sollte es schaden? Ich konnte mir zwar nicht vorstellen, vom Hunsrück, der Mosel und dem Rhein wegzuziehen, aber vielleicht galt es ja auch das hiesige Gebiet zu übernehmen. Ich ärgerte mich sofort, nicht danach gefragt zu haben und tröstete mich damit, dass die Reise eine Abwechslung in meinem tristen Leben sein würde und die Kosten die Hoffmann Vertriebsgesellschaft zahlen musste.

Ich steckte den Zettel mit der Adresse ein und warf noch einen kurzen Blick in meinen Terminkalender. Um drei Uhr musste ich heute wieder zur Massage. Ich ging in die Diele und holte Mantel und Wagenschlüssel. In der Küche warf ich noch einen Blick auf die Kaffeemaschine, ob diese abgeschaltet war, dann verließ ich die Wohnung.

Draußen war es nicht nur nass, sondern auch empfindlich kalt geworden. Mit dem Wagen waren es kaum zehn Minuten bis zur Brühlstraße. Ich stellte mich mangels eines anderen Parkplatzes kurzerhand auf den des Finanzamtes, obwohl ausdrücklich auf Schildern darauf hingewiesen wurde, dass dieser nur von Besuchern des Amtes zu benutzen sei. Nachdem ich mich vergewissert hatte, dass mich keiner beobachtete, verließ ich den Parkplatz und überquerte schnellen Schrittes die Straße.

Auf der Fahrt hierher hatte ich mir überlegt, ob ich nicht mit dem Auto nach München fahren sollte, verwarf den Gedanken aber sofort, nachdem die wenigen Meter durch den Regen bereits meine Laune sinken ließen. Vor dem Reisebüro Dönsdorf standen dicht an die Hauswand gedrückt und im Schutz des Dachvorsprungs zwei junge Leute und rauchten Zigaretten. Beide waren äußerst schlank. Sie hatte kurze, schwarze Haare und auch ihre Kleidung und die Plateauschuhe waren schwarz. Er war offenbar asiatischer Abstammung, lächelte mir freundlich, fast einladend entgegen und folgte mir in das Reisebüro. So entpuppte er sich als Mitarbeiter, der mit seiner Kollegin oder Freundin draußen eine Zigarette geraucht hatte. Vielleicht mochte der Inhaber keinen Zigarettengeruch in seinem Laden.

Der Asiate bediente mich in bestem Deutsch, äußerst freundlich und zuvorkommend. Die Verbindung in die Weltstadt mit Herz erwies sich als äußerst schwierig. Hilfsbereit rief der junge Mitarbeiter zunächst für mich bei der Rhein-Mosel-Verkehrsgesellschaft an, da Simmern seit einigen Jahren keinen Bundesbahnanschluss mehr hat und man sich nur über die Bahnhöfe entlang des Rheins oder der Mosel auf Schienen bewegen kann. Ein Umstand, den die Bevölkerung in dieser Region einstimmig missbilligt hat. Aber was will man gegen ein Unternehmen, wie die Bahn, schon machen. Selbst die Landesregierung hatte es nicht geschafft. Man wurde damit vertröstet, ein Busnetz anzubieten, das komfortabel für den Benutzer und profitabel für den Betreiber sei. Von beidem war seither nicht mehr die Rede.

Zwar hätte ich morgens die Möglichkeit gehabt, um 6.29 Uhr mit dem Bus nach Bingen und von dort aus mit zweimaligem Umsteigen mit der Bahn nach München zu fahren. Aber selbst wenn ich davon ausging, bereits um 15.40 Uhr München wieder verlassen zu können, erreichte ich Bingen erst eine halbe Stunde, nachdem der letzte Bus gen Simmern abgefahren war. Ich musste mich also entscheiden, ob ich in München übernachten oder aber morgens mit meinem eigenen Wagen bis Stromberg fahren sollte. Denn abends nach 20 Uhr konnte ich von Bingen nur noch bis Stromberg fahren. Schweren Herzens entschied ich mich, die Reise mit Auto, Bus und Bahn und somit insgesamt viermal Umsteigen anzutreten.

Völlig genervt stieg ich in meinen vier Jahre alten Audi 80 und fuhr in die Koblenzer Straße zum Arbeitsamt. Auch hier fand ich keinen Parkplatz. Ein Blick auf meine Armbanduhr sagte mir, dass es inzwischen aber höchste Zeit war. Ich stellte mich um die Ecke ins Halteverbot, nachdem ich mich vergewissert hatte, dass kein Ordnungshüter weit und breit zu sehen war.

Wie oft war ich in den letzten Wochen die Stufen zum Eingang des Arbeitsamtes hinaufgestiegen?! Zuerst immer hoffnungsvoll, man könne mir schnell eine neue Arbeitsstelle vermitteln, dann immer mutloser und inzwischen fast widerwillig. Ich stieß energisch die Eingangstür auf und begab mich in den ersten Stock. Trotz der bevorstehenden Schließung befanden sich noch etliche Ratsuchende bei der Anmeldung. Ich schob mich an den Wartenden vorbei, da ich wusste, dass man nur im Zimmer 8 für Warenkaufleute zuständig war.

Als ich um die Ecke bog, schaute ich überrascht auf die vielen Männer und Frauen, die im Flur um diese Zeit noch auf ihren Aufruf warteten.

Ich überlegte, ob ich mir eine Aufrufnummer ziehen sollte, entschloss mich dann aber, den freien Computerplatz des Stellen-Informations-Service einzunehmen, da ich kaum eine Chance sah, in absehbarer Zeit im Zimmer acht an die Reihe zu kommen.

Wie oft hatte ich hier schon vor einem der Bildschirme gesessen? Fast automatisch arbeitete ich mich durch das Menü und die Dateien. Viele Angebote kannte ich bereits, die wenigen neuen kamen für mich nicht in Frage.

Ich überlegte, was ich wohl in der Zeit bis zur Massage in Simmern machen solle und entschloss mich dann doch eine Aufrufnummer zu ziehen und zu warten.

Wie oft hatte ich hier schon Stunden gesessen oder gestanden, bis ich drangekommen war? Wieder merkte ich, wie schwer es mir fiel, nicht zu rauchen. In den halbdunklen Fluren stand und stank der Rauch von hunderten Zigaretten, die hier tagtäglich von all den Arbeitsuchenden gepafft wurden. Viele setzten das wenige Geld, das sie von hier erhielten, in Tabak oder Alkohol um. Wer konnte es ihnen verdenken?!

Gerade als ich mich gedanklich auf die bevorstehende Reise nach München konzentrieren wollte, wurde meine Nummer aufgerufen, allerdings nicht für das Zimmer 8. Mich erwartete eine ältere, recht korpulente Frau mit einem roten und fettglänzenden Gesicht. Sie schaute mich etwas mürrisch und überarbeitet an und wies mir mit einer kurzen Handbewegung den Stuhl zu ihrer Linken zu. Ich nahm Platz. Sofort begann ihre piepsige Stimme die üblichen Fragen völlig teilnahmslos zu stellen.

„Name, Vorname, Geburtsdatum?"

„Kögler, Kurt. Geboren am vierzehnten Juli neunzehnsiebenundvierzig. Ich suche eine Tätigkeit als Vertreter, vorzugsweise in der Elektrobranche."

Mit ihren wurstigen Händen haute sie in die Tasten ihres Computerkeyboards und erwartete dann das Ergebnis auf dem Bildschirm.

„Sie kommen viel zu oft, Herr Kögler", piepste sie wieder. „Sobald wir etwas Passendes für Sie haben, melden wir uns automatisch bei Ihnen. Sie wissen, es sieht momentan schlecht aus. Vielleicht sollten Sie sich einmal mit dem Gedanken einer Umschulung befassen. In der heutigen Zeit muss man flexibel sein. Außerdem sind wahrscheinlich Ihre

Chancen größer, wenn Sie bereit wären, umzuziehen. Hier im Hunsrück sieht's zur Zeit nicht so rosig aus."

Ich kannte diese Sprüche schon, jedes Mal dieselbe Zeremonie. Sie machte einen Vermerk in ihrem Computer. Dann drehte sie ihren Bürostuhl in Richtung eines kleinen Schnellhefters auf der anderen Seite des Schreibtisches. Ihre wurstigen Finger blätterten erstaunlich schnell einige Seiten durch. Plötzlich hielt sie inne und schaute mich fragend an: „Verkäufer für Baustoffe in Kastellaun, haben Sie in dieser Richtung Branchenkenntnisse?"

Ich schüttelte nur den Kopf. Natürlich nicht.

Sie blätterte weiter und überflog ein paar Seiten, bevor sie gefunden hatte, was sie suchte. „Eine Anzeigenvermittlung in Sohren sucht einen Mitarbeiter. Das ist doch so etwas Ähnliches wie Vertreter."

„Dort bin ich bereits gewesen, die Stelle ist vergeben", stöhnte ich und bekam ein beklemmendes Gefühl bei der Überlegung, bei wie vielen Stellen ich mich bereits erfolglos beworben oder vorgestellt hatte. Man konnte wirklich nicht behaupten, ich sei unwillig oder nicht flexibel.

Sie schaute mich vorwurfsvoll an, schüttelte ihren Kopf, der noch roter geworden schien und schmiss den Schnellhefter wieder auf seinen alten Platz zurück. „Ja, dann tut es mir leid. Das waren die Angebote, die noch nicht einmal im Computer sind. Ich habe leider nichts anderes. Die Anzeigenvermittlung hat die Anfrage nicht zurückgezogen. Vielleicht rufen Sie doch noch einmal dort an. Ansonsten brauchen Sie hier nicht so schnell wieder vorbeizukommen, wir melden uns schon, wenn wir was Geeignetes haben. Wie lange sind Sie schon arbeitslos?"

Noch bevor ich antworten konnte, hatte aber ein Blick auf den Bildschirm ihre Frage schon beantwortet. Sie machte eine Bewegung der Verharmlosung. Anscheinend war ich in ihren Augen noch ein durchschnittlicher Fall. Ich stand auf und verabschiedete mich durch ein kurzes Kopfnicken. Sie würdigte mich keines Blickes mehr, sondern zog nur die Schublade auf und nahm eine angebrochene Tafel Schokolade heraus.

Draußen waren immer noch gleichviel Leute auf den Gängen. Einige Gesichter kamen mir bekannt vor und ich mochte nicht wissen, wie viele von diesen Menschen ebenso wie ich schon Monate auf eine neue Arbeit warteten. Ich ging schnell zum Ausgang. Vielleicht hatte ich ja in München Glück. Aber dann der mögliche Umzug, außerdem schienen mir die Bayern nicht sehr sympathisch! Ich durfte gar nicht daran denken. Vielleicht sollte ich bei Hoffmann doch absagen?!

Es hatte noch immer nicht aufgehört zu regnen. Ich schlug deshalb den Mantelkragen hoch und legte die wenigen Meter zum Auto im Dauerlauf zurück. Während ich den Motor startete, fiel mir ein, dass ich dringend beim Autohaus Scherer eine Inspektion machen lassen musste. Der Werkstattleiter hatte mich schon beim letzten Mal ermahnt die Inspektionen regelmäßiger machen zu lassen. Ich hatte bisher versucht, mir diese Kosten zu ersparen. Gegebenenfalls musste ich den Wagen stehen lassen und meine Erledigungen so weit es ging zu Fuß machen.

Wie vor jedem Wochenende fuhr ich hinaus in den Globus, um einzukaufen. Erfahrungsgemäß befanden sich an der Kasse immer mehr Artikel im Einkaufswagen als geplant, was meinen derzeitigen Sparmaßnahmen widersprach. Also schob ich den Wagen zielstrebig an all den verlockenden Delikatessen und Angeboten vorbei, ohne rechts und links zu schauen, und konzentrierte mich nur auf die Dinge, die ich tatsächlich benötigte: Ein Waschpulver, ein Paket geschnittenes Brot, Margarine und abgepackte Hartwurst. Gott sei Dank gab es genügend Sonderangebote. Sicherlich hätte ich mir auch mehr gönnen können, aber ich schätzte von Tag zu Tag die Situation meiner Arbeitslosigkeit realistischer und somit wirtschaftlich bedenklich ein, was mir auch gerade wieder durch meinen Besuch beim Arbeitsamt bestätigt worden war.

Mein derzeitiges monatliches Budget war nun mal erheblich geringer als mein früheres Einkommen, und je mehr ich mein Konsumbedürfnis zügelte, umso besser kam ich über die Runden. Es waren in erster Linie aber die festen monatlichen Belastungen, die mich zur Vorsicht und Sparsamkeit mahnten. Wenn die Ratenzahlungen, die Miete und die Telefongebühren vom Konto abgebucht waren blieb mir zwar immer noch genug zum Leben. Allerdings wusste ich nicht, wann ich eine erste größere Geldsumme wieder auf meinem Konto zu sehen bekam und deshalb gab ich so wenig wie möglich aus. Außerdem war dies ein guter Vorwand, endlich auch etwas für meine Figur zu tun. Immerhin hatte ich in meinem Beruf bisher wenig Bewegung gehabt. Das ständige Autofahren oder bei Kunden sitzen hatte mir im Laufe der letzten Jahre zu einem recht ansehnlichen Bäuchlein verholfen. Hinzu kam meine von dem Urgroßvater geerbte Vorliebe für gute Küche. So hatte ich es mir in der Zeit, in der ich noch angestellt war, ein oder zweimal im Monat erlaubt bei Claudio Filippone im Schwarzen Adler in Simmern zu speisen. Die exzellente mediterrane Küche des kleinen, schwarzhaarigen Küchenchefs italienischer Abstammung hatte die Auszeichnungen, auf die im Eingangsbereich stolz hingewiesen wurde durchaus verdient. Außerdem hatte er Phantasien, die den Gaumen kitzelten, wenn es um Nachspeisen ging. Bei diesem Gedanken lief mir das Wasser im Mund zusammen. Er hatte mich sicherlich schon vermisst, denn leider gibt es hier in der Gegend nur wenige Menschen, die sich in sogenannte feine Lokale trauen. Da hatte es die Familie Velden mit ihrem Pfalzgraf besser, dessen mehr regional ausgerichtete Küche auch nicht zu verachten war. Sein Lammroastbeef und seine Bratkartoffeln und der französische Landwein hatten mich ebenfalls schon oft zum Schlossplatz gelockt.

Zu Hause angekommen, blätterte ich noch einmal in der Mittwochausgabe der Rhein-Hunsrück-Zeitung. Mitten in der Woche war der Anzeigenteil relativ klein und nur ganz wenige Angebote kamen für mich, wenn überhaupt, in Betracht. Nicht, dass ich sehr wählerisch gewesen wäre und sicherlich kann man sich auch in vieles einarbeiten. Aber die Zahl arbeitsloser Vertreter fast aller Branchen auf dem Arbeitsmarkt momentan einfach zu groß. Das Risiko umzuschulen und dann trotzdem keine Arbeit zu finden, war ebenfalls sehr groß. Ich kannte einige, die auch trotz Lehrgängen und anderen Dingen keine Arbeit gefunden hatten. Der Makel, einmal versagt zu haben, blieb an einem haften. Und in meinem Alter galt ich für viele schon als Auslaufmodell.

Zwei Anzeigen waren in der Zeitung, die ich bereits am Mittwoch gelesen und verworfen hatte. Dann entdeckte ich eine Kleinanzeige, ganz unscheinbar. Sie weckte mein Interesse. Ich kreuzte sie sofort mit einem roten Faserschreiber an.

‚Handelsvertreter mit etwas Eigenkapital gesucht. Eigener Wagen und Telefon sind Voraussetzung. Zu erfragen zwischen 16 und 17 Uhr.' Es folgten zwei Rufnummern, von denen eine offenbar eine D2-Handy-Nummer war.

Sicher handelte es sich hierbei um eines dieser unseriösen Angebote von Firmen, die den Leuten nur den Keller mit Ware vollpumpten, dann von der Bildfläche verschwanden und die Vertreter sich und ihrem Schicksal überließen. Trotzdem wollte ich nichts unversucht lassen.

Vielleicht waren ja unter diesen Anzeigen auch manchmal brauchbare Angebote zu finden. Um drei Uhr musste ich zur Massage. Ich würde auf jeden Fall etwas früher hinfahren, damit ich möglichst früh fertig war. Vielleicht hatte ich auch Glück und konnte durch den Ausfall eines Patienten vorgezogen werden. Auf jeden Fall wollte ich vor 17 Uhr auf diese Anzeige anrufen.

Ich ging in die Küche und schaute im Schrank nach, was ich noch Essbares im Haus hatte, nahm eine Dose Ravioli aus dem Fach und suchte den Dosenöffner. Ich stellte die geöffnete Dose ins Wasserbad und begab mich ins Schlafzimmer, um mein Bett zu machen.

Kurz nach zwei Uhr verließ ich meine Wohnung und überlegte vor der Haustür, ob ich den Weg zu Fuß zurücklegen sollte. Dabei beobachtete ich ein junges Mädchen, das offenbar nach einer Hausnummer suchte. Als es mich erblickte, kam es auf mich zu und lächelte mich mit großen Augen an.

„Können Sie mir sagen, wo ich wohl die Nummer 40 finde?"

„Mit den Hausnummern kenne ich mich weniger aus. Wen suchen Sie denn?", fragte ich zurück.

Sie zog einen kleinen Zettel aus der Tasche und las vor: „Brigitte Rohde, Auf der Erlenwies vierzig."

„Da sind sie aber hier völlig falsch", lachte ich und warf einen kurzen Blick auf meine Uhr. „Steigen Sie schnell ein, ich nehme sie ein Stück mit."

Sie bedankte sich und lief hinter mir her zu meinem Auto. Ich öffnete ihr die Beifahrertür. Der Umweg über die Erlenwies war kein großer, da ich auch zur Apotheke fahren wollte, wo ich noch das vom Internisten verschrieben Leberpräparat abholen musste, das nicht vorrätig gewesen war. Zuerst fuhr ich also zur Erlenwies, setzte die junge Dame ab, die auf der kurzen Fahrt kein einziges Wort mit mir gesprochen hatte, dann zur Apotheke und schließlich zu meinem Massagetermin.

Als ich in die Straße einbog, in der sich die Massagepraxis befand, musste ich einem leuchtend roten Mercedes Sportcabrio mit geschlossenem Verdeck die Vorfahrt einräumen. Hinter dem Lenkrad lächelte mir eine Blondine entgegen. Ich fuhr hinter dem Wagen her und sah, dass es ebenfalls auf den Parkplatz der Massagepraxis einbog. Die Blondine belegte mit ihrem Wagen den letzten freien der drei Parkplätze und ich stieß verärgert wieder auf die Straße zurück, um mir dort einen Parkplatz am Straßenrand zu suchen. Wütend ging ich im Regen die Strecke zurück und sah gerade noch wie die blonde Dame den Vorgarten der Praxis betrat. Sie mochte vielleicht Ende zwanzig sein, trug einen dunkelblauen Ledermantel und gleichfarbige Lederstiefel. Auch die große, modische Handtasche war in derselben Farbe gehalten, allerdings konnte ich auf die Entfernung das Material der Tasche nicht ausmachen. ‚Zu dumm', dachte ich, ‚die ist sicherlich jetzt auch noch vor mir dran!'

Ich beschleunigte meine Schritte, um möglicherweise noch zu retten, was zu retten war. Als ich den Vorgarten erreichte, sah ich auf der ersten Etage jemanden hinter dem Vorhang zu mir hinunterschauen. Als dieser Jemand meinen Blick nach oben sah, wurde die Gardine schnell wieder zugezogen. Es musste sich um eine männliche Person handeln, denn das Einzige, was ich auf die Schnelle zu erkennen glaubte, war ein graumelierter Kinnbart. Es war aber durchaus möglich, dass ich mich auch getäuscht hatte und es nur der Atem der Person war, der die Scheibe beschlagen ließ und wie ein Kinnbart wirkte. Mit einem Satz überwand ich die zwei Stufen zur Eingangstür und drückte energisch auf den Knopf unter dem großen Messingschild ‚Hilde Römer, medizinische Massagen und Krankengymnastik'. Innen ertönte leise ein Gong. Während ich mir noch überlegte, welchen Grund ich für mein frühes Erscheinen angeben sollte, wurde die Tür schon geöffnet. Zu meiner Überraschung stand ich der Blondine gegenüber, die mir freundlich entgegen lächelte.

„Darf ich Ihnen schon einmal aufmachen? Frau Römer ist noch im Behandlungsraum beschäftigt."

Verwirrt murmelte ich etwas, was so ähnlich klingen sollte wie ein Dankeschön und betrat das Wartezimmer, das ohne Vorraum direkt hinter der Eingangstür begann. Die junge Dame schien etwas jünger zu sein, als ich vom Auto aus angenommen hatte. Meine Fehleinschätzung lag wohl an der eleganten Kleidung, die sie trug. Sie hatte ein schmales, hübsches Gesicht und schlanke Hände, mit denen sie die Tür wieder hinter mir schloss. Ihren Mantel hatte sie bereits abgelegt, er hing am Garderobenständer. Sie trug eine hellblaue, fast durchsichtige Bluse, die vieles ahnen ließ aber nichts verriet. Dazu einen dreiviertellangen blauen Rock, der sich nach unten leicht verengte. Zwischen Rock und Stiefeln war kaum Bein zu sehen. Selbst, als sie sich hinsetzte, war der

Stoffwurf so, dass die Knie bedeckt blieben. Mit unbefangenem Lächeln schaute mich die Dame in Blau an, während ich wohl immer noch etwas verwundert mitten im Raum stand. Erst, als hinter mir eine Tür geöffnet wurde, schreckte ich aus meinen Gedanken auf und drehte mich um.

Frau Römer steckte den Kopf zur Tür herein und schaute mich verwundert an. „Sie sind aber heute sehr früh, da werden Sie wohl noch etwas warten müssen, Herr Kögler."

Ich nickte nur und knöpfte meinen Mantel auf. Die Tür schloss sich hinter der Masseurin, und ich war mit der Blondine wieder alleine im Raum. Ich hängte meinen Mantel neben ihren blauen Ledermantel, der einen zarten Duft in den Raum schweben ließ. Das Parfum war leicht herb und sehr dezent.

Ich nahm vielleicht deshalb direkt neben dem Garderobenständer in einem alten Korbsessel Platz und versuchte, mich von der Blondine abzulenken, wusste aber nicht warum und wie. Auf einem kleinen Tisch in der Mitte des Raumes lagen alte, vergriffene Illustrierte. Ich griff nach der nächstbesten und blätterte die Seiten durch, ohne mich jedoch auf einen Artikel konzentrieren zu können. Ich nahm nicht einmal wahr, worum es in den Überschriften ging. Verstohlen schaute ich immer wieder fast zwanghaft nach links zu der Dame in Blau. Ich spürte in meiner Brust ein deutlich zunehmendes Herzflimmern.

Langsam und in vorsichtigen Etappen machte ich mir ein Bild von ihr. Ich war sicher, dass ihre Haare nicht gefärbt waren, und dass auch die Natur ihren Locken diesen Reiz verlieh. Ihre Stirn war zurückfallend und ihre Nase hatte jene leichte Spitze, die einem Gesicht etwas Kesses oder Freches verleiht. Make-up und Lippenstift waren genauso dezent wie die Kleidung: Unaufdringlich und ausgewogen. Ich zuckte förmlich zusammen, als sich unsere Blicke plötzlich trafen. Erschreckend war in diesem Moment der Gedanke an mein Aussehen. Vergeblich versuchte ich, noch schnell meine ungeputzten Schuhe unter meinem Sessel zu verstecken. Die Jeans, die ich trug, war gleichfalls wie der Pullover älteren Baujahres und entsprechend schlampig. Mit ihr einmal in den Schwarzen Adler gehen ..., schoss es mir durch den Kopf. Mein Gegenüber schien sich über meine sichtbare Verlegenheit zu amüsieren und meine Gedanken erraten zu haben, denn ein flüchtiges Lächeln erhellte ihr Gesicht und ihre Augen strahlten für Sekunden noch stärker, als sie es die ganze Zeit schon taten. Irritiert griff ich in die Tasche meines

Mantels, der in Reichweite hing. Erst als ich vergeblich hineingriff, wurde mir wieder bewusst, dass ich ja das Rauchen aufgegeben hatte und man außerdem in diesem Wartezimmer sicherlich auch gar nicht rauchen durfte. Im gleichen Moment entdeckte ich allerdings einen Aschenbecher auf einem Sideboard und spürte wie ich immer noch von der schönen Blonden belustigt beobachtet wurde. Nicht einmal ein Taschentuch konnte ich hervorziehen. Also zog ich meine leere Hand erfolglos aus der Manteltasche und tat so, als wolle ich nun in meiner Hosentasche nach etwas suchen. Die Frau in Blau bückte sich und nahm ihre Handtasche auf den Schoß.

„Darf ich Ihnen vielleicht aushelfen?"

Am Arm wurde bei ihrer Bewegung ein schmaler Goldreif sichtbar und am linken Ringfinger glitzerte ein Ring, welcher genau so schlicht und teuer war wie der Armreif. Das Glitzern stammte von einigen kleinen Steinen, die im Ring eingearbeitet waren. Als sie mir ihr Zigarettenetui entgegenhielt, schaute sie mir direkt in die Augen. Mein Herzflimmern wurde so stark, dass ich glaubte, unfähig zu sein, mich zu bewegen.

Ein mädchenhaftes Lächeln umgab ihr Gesicht und ich spürte, dass ich trotz meines Alters rot im Gesicht anlief.

„Aber gerne", sagte ich leise und kam in diesem Moment nicht einmal auf den Gedanken, dass ich ja eigentlich gar nicht mehr rauchte. Als sie ein Feuerzeug aus der Tasche hervor zog, wurde mir die Situation in der ich mich befand erst richtig bewusst. Etwas verlegen sprang ich auf und bat höflich um das Feuerzeug. Sie reichte es mir und für den Bruchteil einer Sekunde berührten sich unsere Finger. Dabei merkte ich, dass meine Hände in den letzten Sekunden äußerst feucht geworden waren. Auch sie hatte sich eine Zigarette aus dem Etui genommen. Als ich ihr Feuer gab, beobachtete sie meine leicht zitternde Hand und schien sich erneut zu amüsieren. Dann zündete auch ich mir die Zigarette an. Sie hielt mir ihre Tasche geöffnet entgegen und ich ließ das Feuerzeug hineinfallen.

„Ich bin zum ersten Mal hier und Sie?", fragte sie neugierig. Ich ging zu meinem Sessel zurück, blies den Rauch in die Luft und vergaß dabei, die ersten Züge zu genießen, die ich nach der Zeit der Abstinenz wieder tat. Doch mit ihrer Frage war ich auch wieder einigermaßen auf dem Boden der Wirklichkeit gelandet. Ihre Stimme strahlte eine wohltuende Wärme aus, was ihre ganze Erscheinung noch sympathischer machte.

„Nein, leider nicht. Ich komme heute schon zum dritten Mal. Es ist wegen meines Rückens", begann ich und suchte insgeheim verzweifelt nach einem Thema, das ihr möglicherweise gefallen würde.

Aber es hatte den Anschein, als wisse sie bereits sehr gut, worüber sie mit mir sprechen wollte.

„Ach, der Rücken, das muss ja unerträglich sein, wenn einem das Kreuz ständig zu schaffen macht. Ich habe Gott sei Dank nur eine kleine Zerrung im rechten Unterschenkel. Im Frühjahr beim Skifahren habe ich mir etwas verknackst – nicht schlimm – aber von Zeit zu Zeit, vor allem bei diesem Wetter, schmerzt es doch immer noch."

„Sie sind eine ambitionierte Skifahrerin?", fragte ich völlig ins Blaue hinein.

„Nein", lachte sie und warf ihre Locken mit einer gekonnten Kopfbewegung zurück. „Nein, das kann man wirklich nicht sagen. Aber einen kleinen achttägigen Winterurlaub lasse ich mir nicht nehmen. Und die Verletzung beweist, dass ich auch nicht sehr geübt bin. Vielleicht steige ich in diesem Jahr auf Langlauf um. Es gibt in fast allen alpinen Wintersportorten auch kilometerlange Loipen."

„Aha!", sagte ich kess, denn ich hatte meine Selbstsicherheit endlich wiedergewonnen. „Ihr Mann läuft also mehr Alpinski?"

Wieder lachte sie und ihre Augen strahlten herausfordernd. „Nein, ich lebe allein!"

Na also, schoss es mir durch den Kopf und ein Besuch mit ihr im Schwarzen Adler schien schlagartig in greifbare Nähe gerückt zu sein. Dafür würde ich auch ohne neue Arbeit und bedenkenlos meine letzten Rücklagen investieren.

Es trat eine kurze Pause ein und ich überlegte, wie ich von den Themen Skifahren und Wintersport wegkommen konnte, da ich davon wenig Ahnung hatte und kaum Wintersportorte kannte. Aber schon kam die fast zu erwartende Frage: „Fahren Sie auch Ski?" Wieder spürte ich, dass die Verlegenheit meinen Gesichtsausdruck und die Farbe veränderte, und ich tat so, als ob ich nach einem Aschenbecher suche, obwohl ich ihn bereits auf dem Sideboard entdeckt hatte.

„Nein, leider nicht. Ich rudere", log ich in der Hoffnung, dass sie ihrerseits zu diesem Thema nichts zu sagen wusste.

„Rudern, das finde ich gut. Wo rudern Sie denn?"

‚Verdammt', erschrak ich, ‚was weiß sie vom Rudern?'. Aber jetzt schien sowieso alles egal.

„Nun, wenn ich ehrlich bin, habe ich schon lange nicht mehr gerudert, aber früher war ich mal der Star des Trierer Rudervereins!"

Gott, hoffentlich gab es so einen Verein und das mit dem Star war mir auch nur so herausgeplatzt. ‚Angeber', sagte ich zu mir und wurde ein drittes Mal rot.

„Das darf nicht wahr sein!" rief sie begeistert aus, „dann kennen Sie doch sicher meinen Bruder, Georg Seeberger?" Sie schlug die Beine übereinander und der Wurf ihres Rockes verriet schlanke und lange Beine. Erneut irritiert durch den Anblick und den Namen, versuchte ich die Situation wieder in den Griff zu bekommen. Seeberger? Hatte ich nicht gerade in den letzten Tagen etwas über einen Seeberger im Sportteil gelesen? Ich versuchte blitzschnell, mich auf diesen Artikel zu besinnen.

Ähnliche Situationen kannte ich aus meiner Vertretertätigkeit. Wie oft hatte ich mich auf diese Art und Weise auf einen Kunden einstellen müssen.

„Natürlich", rief ich erfreut, „Georg Seeberger, der hat doch gerade erst letzte – oder war es vorletzte Woche ...?" Ich brach ab und schaute sie fragend an. Nun war sie dran, ohne dass sie es wollte. Aber sie schien nichts zu merken.

„Vorletztes Wochenende hat er bei der Deutschen Meisterschaft mitgemacht und gewonnen."

„Ja, das war eine satte Leistung von Georg, aber das haben wir ihm alle zugetraut", plapperte ich munter drauflos. Spätestens in einer halben Stunde würden wir uns ja wieder aus den Augen verlieren und wahrscheinlich nie mehr wiedersehen. Ade Schwarzer Adler, ade schöne Blonde!

In diesem Moment wurde die Tür zum Behandlungsraum aufgemacht und ein älterer Mann kam heraus. Er ging schlurfend zu dem Schuhregal, wo die Patienten immer ihre Schuhe abstellen mussten. Hinter ihm betrat Frau Römer den Warteraum und schaute meine blonde Gesprächspartnerin an: „Kommen Sie bitte schon durch!"

Frau Seeberger nickte und schaute mich an: „Schade, ich hätte mich noch gerne mit Ihnen unterhalten. Aber wir werden uns ja sicher jetzt öfter hier treffen."

„Hoffentlich", rutschte es mir heraus, obwohl mir sofort einfiel, dass ich froh sein musste, dass das Gespräch an dieser heiklen Stelle zu Ende war und ich gar nicht hoffen durfte, dieser Frau noch einmal zu begegnen, denn sie konnte sich sicherlich genau an das von mir Gesagte erinnern.

Während sich die Tür wieder hinter Frau Römer schloss, drückte ich meine angerauchte Zigarette tapfer in dem Aschenbecher aus und nahm mir fest vor, das nächste Mal etwas eleganter hier zu erscheinen.

Der ältere Mann hatte inzwischen auf einem Stuhl neben dem Sideboard Platz genommen und schnürte sich etwas umständlich und stöhnend die Schuhe zu. Dann erhob er sich und tippte leicht mit dem Finger an die Stirn. Ich grüßte höflich zurück und folgte ihm mit den Augen, bis er die Eingangstür hinter sich zugezogen hatte.

Dann nahm ich tief Luft und versuchte, wie so oft, die letzten Minuten noch einmal an mir vorbeiziehen zu lassen. Immer wieder sah ich ihre grazile Figur vor mir und malte mir aus, wie sie wohl in einem Ski-Anzug aussehen würde. Dann endlich war das Bild fertig und mein Herzflimmern wieder voll zu spüren. Ich sah sie in einem hellblauen Ski-Anzug mit dunkelblauen Streifen. Sie hatte einen roten Helm auf und das Visier aufgeklappt und lachte mich an. Sie stützte sich auf ihre beiden Stöcke und zog aus der Hosentasche des Skianzuges ein goldenes Etui mit Zigaretten.

„Sie können auch schon durchkommen, Herr Kögler."

Ich erschrak und schaute zum Behandlungszimmer hin. Frau Römer war unbemerkt ins Zimmer gekommen und hatte mich wahrscheinlich schon mehrmals angesprochen, denn sie fragte plötzlich mit besorgtem Unterton: „Ist Ihnen nicht gut?"

„Doch, doch!" Ich schüttelte den Kopf und wollte gerade ins Behandlungszimmer eintreten als sie mich am Arm zurückhielt: „Bitte erst die Schuhe ausziehen, dann zum Schreibtisch und das Rezept unterschreiben und dann auf die zweite Liege. Sie können schon unter die Heißluft."

Ich entschuldigte mich und zog eilig die Schuhe aus, bevor ich den Behandlungsraum betrat. Ich hätte wetten können, dass der Raum, der sonst nur nach Schweiß und verbrauchter Luft roch, jetzt nach einem herben Parfum duftete.

Frau Römer war bereits wieder hinter dem Vorhang der Kabine mit der Sprossenwand verschwunden, in der ich bislang massiert worden war und nun meine hübsche Gesprächspartnerin von ihr behandelt wurde. Von meinen ersten Besuchen her wusste ich, dass sich zwischen dieser Kabine und dem Schreibtisch eine zweite Liege zwischen den Vorhängen befinden musste. Bevor ich einen dieser Vorhänge beiseite schob, hoffte ich unwillkürlich, dass Frau Römer sich versprochen hatte und ich irrtümlich in die falsche Kabine geschickt worden wäre. Aber die Liege war leer und ich begann etwas enttäuscht mich auszuziehen. Dabei hörte ich Frau Römer leise mit der Patientin reden, ohne dass ich verstehen konnte, was gesprochen wurde.

Wie gewohnt legte ich mich zuerst auf den Bauch. Jetzt konnte ich auch nebenan in der Kabine, die – wie gesagt – nur durch einen Vorhang abgeteilt war, die Unterhaltung besser verfolgen. Deutlich waren die etwas rauchige, aber warme Stimme der Blonden und die von Frau Römer zu unterscheiden. Frau Römer sprach außerdem einen ausgeprägten Simmerner Dialekt.

„Das glaube ich Ihnen schon, dass das verdammt weh tut. Spüren Sie auch hier etwas, wenn ich in diese Gegend komme?"

Es dauerte einige Augenblicke bis Frau Seeberger durch ein leises, aber deutliches Stöhnen eine schmerzhafte Stelle anzeigte. In Gedanken versuchte ich mir ihre Beine vorzustellen und die Stelle, an der Frau Römer jetzt gerade massierte. Einen Verlobungsring trug sie auch nicht. Mit wem mochte sie dann in Wintersport fahren, wenn sie selbst in Zukunft nur Langlauf machen sollte? Das konnte man hier im Hunsrück auch, ohne weit wegzufahren.

„Sind Sie fertig, Herr Kögler?"

Fast hätte ich die Frage wieder überhört, wurde aber durch meinen Namen aus meinen Gedanken gerissen und antwortete einfach mit „Ja", obwohl ich mir nicht sicher war, die Frage richtig verstanden zu haben. Kurz darauf wurde der Vorhang nebenan beiseite gezogen und ich konnte die Schritte von Frau Römer verfolgen, wie sie zu dem großen weißen Metallschrank ging, der gegenüber meiner Kabine stand, den Heißluftkasten nahm und auf meine Kabine zuging. Mit einem Ruck riss sie den Vorhang beiseite, und ich spürte, wie sie den altmodischen Kasten über meinen Körper stülpte. Sicherlich hätte sie sich einen der modernen Wärmestrahler leisten können. Aber hier in der Gegend ist man halt sparsamer und weniger anspruchsvoll. Und wenn ein Gerät noch funktioniert und es den gleichen Dienst erfüllt, wie ein teures, neues Gerät, gibt es keinen Grund, Geld auszugeben. Diese Mentalität war auch mit ein Grund meiner Arbeitslosigkeit.

Am Fußende korrigierte sie noch einmal meine Liegedecke, die sich anscheinend verschoben hatte und steckte unterhalb der Liege zu meinen Füßen den Stecker in die Dose. Der Vorhang zwischen den beiden Kabinen bewegte sich leicht durch das Verschieben der vorderen Vorhangseite, und ich drehte den Kopf so, dass ich durch den Spalt blinzeln konnte, aber leider war nichts von meiner hübschen Nachbarin zu sehen. Mit einem doppelten Knacken schaltete Frau Römer die Lampen des Heißluftkastens ein. Wohlige Wärme überfiel meinen Körper und verursachte normalerweise bei mir immer eine schläfrige Stimmung. Doch heute schienen in mir alle Sinne geweckt, und nichts deutete darauf hin, dass ich schläfrig werden würde.

„Wenn es zu heiß wird, müssen Sie Bescheid sagen, Herr Kögler."

Ich brummte nur etwas vor mich hin und vergrub meinen Kopf in meine darunter geschobenen Arme. Dann hörte ich, wie der Vorhang meiner Kabine wieder zugezogen wurde. Dadurch wurde es in der Kabine selbst wieder dunkler als außerhalb des Vorhanges, und ich konnte den Schatten von Frau Römer verfolgen, wie sie wieder zum Metallschrank zurückging, hörte, wie sie die Tür schloss und sich dann wieder ihrer Patienten in der Nachbar-Kabine widmete. Dabei streifte sie erneut leicht den Kabinen-Vorhang, so dass der Faltenwurf sich eine winzige Kleinigkeit veränderte. Das reichte aber aus! Links von mir drang durch einen schmalen Spalt etwas Licht, und als ich mich an die Helligkeit gewöhnt hatte, konnte ich einen Teil des Flures vor meiner Kabine erkennen. Rechts war der Vorhang aus dem gleichen Grund zwischen den Kabinen etwas aufgesprungen, und auch hier konnte ich etwas sehen, von dem ich auf Anhieb nicht sagen konnte, was es war. Ich versuchte durch leichtes Vorschieben und Drehen des Kopfes, den Gegenstand besser zu erkennen. Nach wenigen Sekunden schon hatte ich Übung darin, mich unter dem Heißluftkasten gefahr- und vor allem geräuschlos wenigstens so zu bewegen, dass ich durch den kleinen Spalt im Vorhang ein relativ großes Blickfeld erlangte. Das, was ich sah, war eindeutig ein nackter Fuß, der Frau Seeberger gehören musste, die demnach ebenfalls auf dem Bauch lag. Nun hob und reckte ich den Kopf vorsichtig in die andere Richtung und konnte mit etwas Mühe auch den anderen Fuß erkennen. Ich überlegte, ob es wohl auf der anderen Seite des Vorhanges auffallen würde, wenn ich vorsichtig den Spalt etwas vergrößern würde. Ich gab den Gedanken jedoch auf, da ich wusste, dass Frau Römer mit dem Gesicht zu meinem Vorhang stand und massierte und jede Bewegung des Vorhanges sicherlich sofort zur Kenntnis nahm. Und diese Blamage wollte ich mir ersparen.

Also begnügte ich mich mit den Füßen, von denen einer von Zeit zu Zeit zu zucken schien. Wahrscheinlich immer dann, wenn der Schmerz durch die Massage stärker wurde.

„Sehen Sie", hörte ich Frau Römer zu ihrer Patientin sagen, „es ist gut, dass Sie jetzt endlich behandelt werden. Je später man mit Massagen beginnt, umso größer ist dann der Schmerz und umso geringer die Chance, schnell helfen zu können. Wie lange geht das denn schon so?"

Es dauerte eine Weile bis Frau Seeberger etwas gepresst antwortete. „Genau kann ich Ihnen das nicht mehr sagen, aber eben seit dem Frühjahr. Ich glaube, es war im März."

Es entstand eine Pause, und man hörte nur das etwas ruckartige Atmen von Frau Römer. „Warum sind Sie nicht früher zu mir gekommen? Wie sind Sie überhaupt auf mich gestoßen?"

„Es war ganz einfach. Ich habe im Telefonbuch nachgesehen und habe dort Ihre Adresse gefunden."

„Sie sollten mir vielleicht doch erzählen, wie es zu dem Unfall gekommen ist, wahrscheinlich kann ich Ihnen dann noch ein paar Gymnastikübungen zeigen."

Der Lichtschein, der durch den linken Spalt fiel und sich auf dem Verbindungsvorhang projizierte, wurde plötzlich unterbrochen, und ich blickte von meinem kleinen Spalt aus erstaunt auf die Stelle, wo vor wenigen Augenblicken noch eine weiße Lichtlinie gewesen war. Niemand hatte den Vorhang berührt, weder ich, noch Frau Römer. Vorsichtig drehte ich meinen Kopf wieder zur anderen Seite herum. Im selben Moment wurde ich jedoch wieder durch das einfallende Licht geblendet.

„Es ging eigentlich alles sehr schnell. Im Nachhinein lässt sich das schwer rekonstruieren. Es ist einfach passiert", hörte ich Frau Seeberger leise sagen und sie versuchte dabei eindeutig, die Schmerzen zu unterdrücken, die sie durch die Massage hatte.

Im Flur, der hinter meinem Kabinenvorhang lag, musste jemand vorbeigegangen sein, und wenn ich jetzt versuchte, hinter dem Vorhang Licht und Schatten zu unterscheiden, so bildete ich mir ein, dass tatsächlich jemand vor meinem Vorhang stand. Aber wer konnte es sein? Es hatte nicht geläutet und ich hatte auch niemanden hereinkommen hören. Außerdem musste die Person jetzt auch von Frau Römer gesehen werden, aber nebenan ging die Unterhaltung weiter.

„Heute ist mir klar, dass ich schon früher hätte zu Ihnen kommen sollen", hörte ich Frau Seeberger zu der Masseurin sagen.

Jetzt hatte jemand deutlich den Vorhang meiner Kabine berührt. Ein Ellenbogen oder Ähnliches war für kurze Zeit in den Faltenwurf des Stoffes eingedrungen. Auch Frau Römer schien etwas bemerkt zu haben, denn sie rief plötzlich erstaunt: „Herr Kögler?"

Noch bevor ich antworten konnte, gab es einen dumpfen Schlag, der mich an Keramikkrüge erinnerte, die man gegeneinander stieß. Dann folgte ein undefinierbares Geräusch, und irgendetwas Schweres fiel zu Boden. Mein Heißluftkasten gab mir nicht genügend Bewegungsfreiheit, um mich weiter vorzubeugen, aber durch den kleinen Spalt, durch den ich eben noch die Füße von Frau Seeberger beobachtet hatte, sah ich eine dunkel gekleidete Gestalt, die neben die Liege von Frau Seeberger getreten war. Es folgte ein markerschütternder Schrei, so dass es mir trotz Heißluft eiskalt über den Rücken lief und ich mir bestimmt die Ohren zugehalten hätte, wäre ich nicht unter dem Kasten eingesperrt gewesen. Es folgten noch drei, vielleicht auch vier oder fünf fast klatschende Schläge auf irgendetwas Festes. Der Vorhang neben mir begann sich an verschiedenen Stellen plötzlich zu verfärben. Große und kleine Punkte und Streifen bildeten sich. Ich war starr vor Entsetzen. Blut, es musste Blut sein, was den Vorhang verfärbte. Ein zweiter Schrei war schon erstickend und leiser. Schließlich war nur noch ein Röcheln zu hören, als wenn jemand versuche, Schleim loszuwerden. Dann war es still.

Alles hatte vielleicht zehn, vielleicht auch nur acht Sekunden gedauert. Ich konnte es nicht sagen. Meine Glieder waren gelähmt und ich spürte plötzlich ein Brennen auf meinem Rücken. Mir wurde bewusst, dass ich mich unwillkürlich etwas aufgerichtet hatte und meine Haut nur wenige Zentimeter oder gar Millimeter von den Rotlichtlampen entfernt sein musste. Obwohl meine Gedanken wie wild durch den Kopf galoppierten, versuchte ich, mich still zu verhalten, um unbemerkt zu bleiben. Vielleicht wusste der Eindringling gar nicht, dass ich hier lag. Ich war überzeugt, dass ich anderenfalls auch dran glauben musste, denn hier war mit Sicherheit ein Verbrechen geschehen. Was war aus Frau Römer geworden? Das Blut musste eindeutig von Frau Seeberger stammen, aber Frau Römer ...?

Ich legte mein Kinn wieder vorsichtig auf meine Arme und versuchte etwas durch den Spalt zu erkennen. Aber außer einem dunklen Schatten war nichts zu sehen. Jemand atmete schwer. Ich lauschte, konnte aber ansonsten nichts hören. Unbewusst hielt ich meinerseits den Atem an, um besser hören zu können, was wahrscheinlich gleichzeitig auch mein Leben rettete. Dies wurde mir jedoch erst Stunden später bewusst.

Langsam schien sich die unbekannte Gestalt wieder in Bewegung zu setzen. Ich hörte das schwere Atmen näherkommen und auch leise Schritte, unregelmäßig, als ob jemand kleine Schritte mache und oft stehen bleibe. Vielleicht war es aber auch nur meine Aufregung und mangelnde Konzentration.

Jetzt musste die Person wieder dicht vor mir stehen, nur durch den Vorhang getrennt. Ich spürte regelrecht die Wärme des Körpers durch den Stoff hindurch. Unwillkürlich zog ich meinen Kopf etwas zurück und drückte mich fest auf meine Liege. Wieder wurde der Lichtschein zu meiner Linken unterbrochen und ich drehte ruckartig, wie von einem Magneten angezogen, meinen Kopf nach links. Für Bruchteile einer Sekunde konnte ich einen Mann erkennen, der einen Kinnbart trug. Ich war mir sicher, dass es das Gesicht war, das ich vorher am Fenster in der ersten Etage gesehen hatte. Diese Erinnerung schoss mir durch den Kopf, noch bevor ich mir über das Geschehen und die Situation, in der ich mich befand, klar war. Dann blendete mich wieder der Lichtstrahl. Ich schloss rasch die Augen und hörte, wie eine Tür geschlossen wurde.

Danach war alles absolut still, totenstill. Ich versuchte Ruhe zu bewahren. Was geschehen war, hatte ich nicht verhindern können, egal, was es war. Ich begann mir zuerst Klarheit darüber zu verschaffen, was ich jetzt zunächst machen musste. Dabei stand fest, dass in der Nachbarkabine zumindest eine Schwerverletzte, wenn nicht sogar eine Tote lag. Was mit Frau Römer geschehen war, entzog sich meiner Kenntnis. Ich drehte vorsichtig den Kopf zur Seite und sah deutlich frische Blutflecken am Trennvorhang, die langsam in Bahnen zum Boden hinunter zogen. Ich überlegte, ob ich um Hilfe schreien sollte, gab den Gedanken aber auf, da der Täter noch in unmittelbarer Nähe sein konnte. Ich musste vor allem erst einmal meinen Heißluftkasten außer Betrieb setzen.

Angestrengt überlegte ich, wie dies wohl am sichersten zu bewerkstelligen sei. Die Bewegungsfreiheit unter dem haubenartigen Gerät war sehr gering. Vor allem war die Gefahr groß, dass das Gerät bei der geringsten Berührung auf einer Seite von der Liege kippen würde. Dann waren Verbrennungen nicht zu vermeiden.

Zunächst streckte ich also erst einmal vorsichtig beide Arme nach vorne und ließ sie an meiner Liege herunterbaumeln. Dann versuchte ich einen Arm so weit nach hinten und oben zu drehen, dass ich an die Schalter herankam. Doch schon beim ersten Versuch stellte ich fest, dass diese Überlegung nicht durchführbar war. Meine Fingerspitzen reichten kaum ins erste Drittel der Haube hinauf und die Schalter befanden sich nach meiner Erinnerung ganz oben. Also musste ich Zentimeter für Zentimeter aus der Haube herausrobben.

Bevor ich den ersten Versuch startete, schob ich mit der rechten Hand den Trennvorhang zu der Nachbarkabine ein wenig beiseite. Ich sah jetzt die beiden Beine von Frau Seeberger, die leblos und etwas verwinkelt auf der Liege lagen. Auf dem einen Oberschenkel waren Blutspritzer zu erkennen. Ich ließ den Vorhang wieder fallen und zog den vorderen Teil etwas zur Seite. Zunächst konnte ich nichts erkennen. Dann half ich auch mit der linken Hand noch etwas nach. In mein Blickfeld kamen zwei Schuhe und nach nochmaligem Nachraffen des Vorhanges zwei Beine. Es waren die von Frau Römer. Sie musste im Flur vor den Kabinen liegen.

Die Haltung, die ich im Moment einnahm, war so anstrengend, dass ich den Vorhang wieder los lassen und mich mit den Ellenbogen erst einmal erschöpft abstützen musste. Dann begann ich die Knie vorsichtig anzuziehen und mich mit ihnen abzustoßen. Mein linker Fuß berührte dabei etwas Festes, was aber in der Luft zu hängen schien. Ich tastete mit dem Fuß nochmals nach dem Gegenstand, konnte ihn aber nicht mehr finden. Wahrscheinlich hatte er sich durch die Berührung verschoben. Erneut zog ich also die beiden Beine an, um mich mit Hilfe der Knie noch ein Stück nach vorne zu schieben. Wieder berührte mein linker Fuß etwas, diesmal reagierte ich schneller und verfolgte das Etwas. Sehr schnell hatte ich ertastet, dass es das baumelnde Elektrokabel des Heißluftkastens sein musste. Ich versuchte, mit den Zehen des linken Fußes das Kabel zu greifen. Aber entweder waren meine Zehen nicht beweglich genug oder das Kabel war zu dick. Dann versuchte ich mit dem rechten Fuß nach dem Kabel zu tasten. Es gelang mir das Kabel zwischen dem rechten und linken Fuß zu klemmen. Würde es ausreichen, um den Stecker aus der Steckdose zu ziehen?

Ich zog vorsichtig die Beine nach oben, bis das Kabel einen Widerstand verspüren ließ. Dann versuchte ich, die Füße besonders fest gegeneinander zu drücken und zog. Vergeblich. Ich startete einen zweiten Versuch, doch der Stecker bewegte sich nicht. Ich überlegte, was zu machen sei, konnte aber in der Aufregung keinen vernünftigen Gedanken fassen. Also drückte ich die Füße wieder mit aller Gewalt gegeneinander und zog an dem Kabel. Dabei tastete ich mit den Händen immer wieder nach dem Rand des Heißluftkastens, um mich zu vergewissern, dass dieser sich auch nicht in die Nähe des Randes der Liege verschoben hatte. Plötzlich gab es einen Ruck, im selben Moment ließ die Wärme auf meinem Rücken nach. Ich stellte fest, dass mir inzwischen Schweiß auf der Stirn stand. Das Kabel zwischen den Füßen hatte ich verloren. Hinter mir fiel es irgendwo zu Boden. Ich musste mich wegen der Anstrengungen erst nochmals auf der Liege abstützen. Dann begann ich erneut, mich langsam nach vorne zu schieben. Ich weiß nicht, wie lange ich dazu brauchte, bis mein ganzer Oberkörper über die Liege hinweg hing und ich mich mit einem Mal abrollen lassen und die Beine dabei vorsichtig aus dem Heißluftkasten ziehen konnte. Bei dieser Aktion berührte mein rechter Fuß nun doch noch eine der Lampen im Innern des Kastens und ein kurzer Verbrennungsschmerz durchzuckte meinen Körper. Der Fußboden, auf dem ich lag, war für mein Empfinden eiskalt. Ich richtete mich vorsichtig auf und schaute zur Verbindungstür zum Wartezimmer. Sie war verschlossen. Der Schlüssel steckte von innen. Mit zwei Sätzen war ich an der Tür, drehte den Schlüssel um, zog ihn aus dem Schlüsselloch und schaute hindurch. Nichts war zu sehen, außer der gegenüberliegenden Ausgangstür, die ebenfalls verschlossen war.

Mich fröstelte. Ich ging zu meiner Kabine zurück und zog das dort abgelegte Hemd an. Dann biss ich die Zähne fest und entschlossen aufeinander und trat aus der Kabine. Am Kopfende, kaum zwei Meter von mir entfernt, lag Frau Römer. Quer über ihr Gesicht liefen rote Blutstreifen. Ihre Augen waren halb geöffnet. Auch auf ihrem weißen Kittel waren Blutstropfen. Ich ging wenig näher an Frau Römer heran, während ich mir mein Hemd zuknöpfte. Ihr etwas massiger Körper war ab der Hüfte gegen die Wand und einen Heizkörper gelehnt, beide Arme nach rechts und links weggestreckt. Ich beugte mich nieder und berührte ihre Hand. Sie fühlte sich noch warm an. Ich kniete mich vollends auf den Boden, rutschte dicht neben sie, streckte meine Hand aus und hielt sie vorsichtig unter die Nase der Liegenden. Tatsächlich schien sie noch zu atmen. Ich spürte, wie mir wieder ein kalter Schauer über den Rücken lief. Offenbar hatte sie eine Verletzung am Hinterkopf, denn ich konnte keine Wunde entdecken, wenn man von dem dünnen Rinnsal einmal absah, das aus den Haaren quer über das Gesicht auf ihren Kittel lief.

Mir wurde mit Schrecken bewusst, dass ich mich jetzt auch nach rechts wenden musste und bereitete mich auf den Anblick vor, der mich in dieser Kabine erwartete. Ich spürte, wie meine Hände und mein ganzer Körper zu zittern begannen. Mein Atem wurde stoßartig und sehr laut. ‚Du musst!', sagte ich mir, erhob mich ruckartig und drehte mich um.

Ohne es zu wollen, stieß ich einen lauten Schrei des Entsetzens aus. Der Anblick, der sich mir bot, war grauenhaft. Ich spürte, wie mir die Knie weich wurden und versuchte, nach etwas zu greifen, woran ich mich festhalten konnte. Aber ich erwischte nur den Vorhang. Grenzenlose Übelkeit überfiel mich. Vor mir auf der Liege lag Frau Seeberger, nackt und blutüberströmt. Ihre Beine lagen ein wenig verschränkt, im Rücken klafften drei, vielleicht auch vier Wunden, aus denen Blut quoll. Der linke Arm hing schlaff herunter. Auch er war voll Blut und es rann vom Rücken herunter und tropfte auf den Boden. Sie hatte das Gesicht zu mir gedreht. Ihre Augen waren weit offen und starr. Das Gesicht, ihre Haare, alles war voll Blut. Vorsichtig machte ich einen Schritt nach vorne und berührte ihr linkes Bein. Auch sie fühlte sich noch warm an. Aber es gab für mich keinen Zweifel, sie war tot.

Von hier aus konnte ich ihren Rücken genauer betrachten. Der Mann hatte mehrere Male ein Messer oder ähnliches tief in den Körper gestoßen. Teilweise hatten sich die Stiche überkreuzt und Fleischfetzen hingen heraus. Vorsichtig versuchte ich, die Haare der Frau etwas beiseite zu schieben, um ihr Gesicht voll und ganz zu sehen. Ich spürte, wie mir Tränen in die Augen traten. Ihr Gesicht war schneeweiß und ich sah, dass auch aus Mund und Nase dunkelrotes Blut floss. Ich beugte mich vor, um ihren Atem zu überprüfen, dabei schaute ich in ihre Augen. Die

Augen waren glasig und gebrochen. Ich hatte solche Augen nur einmal im Leben gesehen, das war vor mehreren Jahren bei einem Unfall auf der Autobahn. Der Mann damals war auf der Stelle tot gewesen.

Ich begann zu würgen, ließ die Haarsträhne fallen und hielt Ausschau nach dem Waschbecken, das mir in Erinnerung war. Drei, vier Schritte, dann hatte ich es erreicht und erbrach mich.

Ich weiß nicht, wie oft sich mein Magen entleerte, aber als ich endlich notdürftig mit der Hand und fließendem Wasser das Becken reinigte, brannten meine Augen und mein Magen schmerzte. Mit kaltem Wasser versuchte ich mich im Gesicht abzukühlen. Mein Körper schien glühend heiß, obwohl ich fror. Ich ging schwankend zu meiner Kabine zurück und zog mich wie in Trance an. Dann setzte ich mich auf den Stuhl neben meiner Liege und lehnte mich zurück. Ich war leer, innerlich leer. Ich spürte nicht den säuerlichen Geschmack in meinem Mund, ich roch meinen Schweiß nicht. Ich versuchte nur, krampfhaft zu überlegen, was ich machen sollte. Mein Blick fiel auf das Telefon auf dem Schreibtisch. Polizei! schoss es mir durch den Kopf, aber nichts in und an meinem Körper machte Anstalten, diese Überlegung in die Tat umzusetzen. Irgendetwas wehrte sich dagegen. Ich schaute auf meine Armbanduhr. Es war vier Minuten nach drei. Eigentlich wäre ich erst jetzt in den Massageraum gekommen. Bis zu fünf Minuten musste man bei Frau Römer immer warten. Ich verfluchte die Anzeige, die mich getrieben hatte, früher als bestellt hierher zu kommen. Ich verfluchte die Arbeitslosigkeit, ich verfluchte mich selbst. Ich wusste allerdings weder, warum ich das tat, noch was ich überhaupt jetzt tun sollte.

Mein Blick fiel auf die Tür mit dem kleinen Schild „Privat“. Plötzlich wurde mir klar, ich hatte den Mann oben am Fenster gesehen. Es bestand durchaus die Möglichkeit, dass die Privatwohnung oberhalb dieser Behandlungsräume lag. Möglicherweise war der Täter erst in der Privatwohnung gewesen, vielleicht war er auch wieder in diese Richtung geflüchtet und gar nicht durch das Wartezimmer. Ich begann aufs Neue am ganzen Körper zu zittern. Ich durfte keine Sekunde länger hier bleiben. Wenn der Mörder wusste, dass ich alles beobachtet hatte, dann war auch mein Leben in Gefahr. Ich sprang auf und lief zur Tür, die zum Wartezimmer führte. Die Tür war verschlossen. Erst jetzt fiel mir wieder ein, dass ich sie selbst abgeschlossen hatte und suchte nach dem Schlüssel. Vergebens. In keiner Tasche fand ich ihn. Ich überlegte und ging zu den Kabinen zurück. Dort fand ich den Schlüssel neben Frau Römer auf dem Boden. Vorsichtig bückte ich mich, um ihn aufzuheben. Als ich ihn gerade mit den Fingern griff, hörte ich ein leises Stöhnen. Erschrocken sah ich empor. Frau Römer schien zu sich zu kommen. Ich durfte keine Sekunde länger hier bleiben. Mit einem Male fielen mir ihre letzten Worte ein. ‚Herr Kögler?' hatte sie erstaunt gerufen. Sie hatte geglaubt, ich wäre hinter dem Vorhang. Meine Gedanken rasten wieder wie wild, aber ich musste mich hier auf diese Situation konzentrieren und durfte nicht überlegen, was alles noch geschehen konnte. Ich erhob mich schnell und warf einen letzten Blick zu dem toten Körper hin. Beim Anblick der Leiche verspürte ich wieder, wie sich mein Hals zusammenzog. Sie war so hübsch und begehrenswert gewesen. Warum musste sie sterben?

Ich eilte zurück zur Tür und steckte den Schlüssel ins Schloss. Vorsichtig, ohne ein Geräusch zu verursachen, drehte ich den Schlüssel um und öffnete leise die Tür. Im Wartezimmer war niemand zu sehen. Der nächste Patient würde wahrscheinlich in wenigen Minuten kommen, denn Frau Römer, das wusste ich, arbeitete im Halbstundenrhythmus. Fast automatisch griff ich zum Taschentuch in meiner Hosentasche und wischte die Klinke innen und außen ab. Dann warf ich noch einen letzten Blick in den Behandlungsraum und zog meine Schuhe an. Ich ließ die Tür offen stehen und ging zur Ausgangstür. Den Griff fasste ich gleich nur mit meinem Taschentuch an und drückte ihn herunter. Die Tür öffnete sich leicht, und frische, feuchte Luft schlug mir entgegen. Vorsichtig schaute ich aus der Tür hinaus in den Vorgarten. Niemand war zu sehen. Ein kleiner Schritt und ich stand im Freien. Auch diese Tür ließ ich offen. Frau Römer musste so schnell wie möglich gefunden werden. Vielleicht konnte man sie noch retten. Ich aber konnte nichts tun, man würde mich sofort für den Mörder halten.

Ich sprang die zwei Stufen hinunter und lief durch den Garten. Dann fiel mir ein, dass ich eher auffallen würde, wenn ich lief. Also zügelte ich meine Schritte. In diesem Moment fiel mir Fenster im ersten Stock ein. Ich blieb stehen und warf einen Blick nach oben. Aber niemand war zu sehen. Ich weiß nicht, warum ich zuerst auf den Parkplatz ging, fast wäre ich sogar schnurgerade auf das Cabrio zugegangen. Erst hier fiel mir ein, dass mein Wagen draußen auf der Straße stand. Ich machte kehrt und ging in Richtung Straße. Dort angelangt, schaute ich wieder erst nach rechts und links. Aber außer einem kleinen Kind von vielleicht zehn Jahren war niemand zu sehen. Und das Kind beachtete mich nicht. Ich ging langsam auf mein Auto zu. Noch einmal warf ich einen verstohlenen Blick nach hinten. Niemand war zu sehen. Ich steckte den Schlüssel ins Schloss und öffnete die Tür. Dann ließ ich mich erschöpft in den Sitz fallen. Nur weg, war mein einziger Gedanke. Ich startete den Motor, fuhr ohne den Blinker zu betätigen auf die Fahrbahn und trat das Gaspedal durch.

# 2.

Zu Hause angekommen, torkelte ich benommen durch die Diele und stolperte in mein Wohnzimmer. Ich ließ mich in den nächstbesten Sessel fallen und begann wie ein kleines Kind zu heulen. Dabei zitterte ich am ganzen Körper. Mir war schlecht. Immer wieder sah ich die Tote vor mir, immer wieder färbte sich der Trennvorhang der Kabinen vor meinen Augen mit dunkelrotem Blut. Ich hörte immer wieder den ersten dumpfen Schlag und den schrillen Schrei. In meinem Kopf hämmerte es. Ich sah sie vor mir, diese wunderhübsche Frau, die Seeberger hieß, mehr wusste ich nicht einmal von ihr. Ich hatte mich über sie geärgert, weil sie mir den letzten Parkplatz weggenommen hatte, vielleicht auch, weil sie ein teures Cabrio fuhr und ich nicht. So sind wir Hunsrücker nun mal. Aber als ich ihr gegenüber stand und in ihre Augen blickte, wurde doch einiges in mir geweckt. Und dann die starren Augen einer Toten, die gleichen Augen, von denen ich mich Minuten vorher so in den Bann gezogen fühlte. Ich verspürte wieder dieses Herzflimmern in meiner Brust.

Erst nach mehreren Stunden fand ich in die Wirklichkeit zurück, und mich in meinem Sessel wieder. Ich spürte, dass es kalt um mich herum war und meine Augen immer noch brannten. Meine Stirn fühlte sich heiß an, ich schien von Fieber befallen. Der Atem ging zwar wieder etwas ruhiger, aber der Hals war ausgetrocknet und der Geschmack, der mir auf dem Gaumen lag, unerträglich.

Im Wohnzimmer war es dämmrig und ich überlegte, ob ich das Licht einschalten sollte. Aber ich hatte Angst vor dem Licht, Angst davor, meine Umgebung, die jetzt nur zu erahnen war, plötzlich wieder hell und deutlich vor mir zu sehen. Ich hatte plötzlich unheimliche Angst vor der Realität. Mir wurde die Teilnahmslosigkeit meines Körpers an der Umwelt bewusst.

Fast mechanisch erhob sich mein Körper und setzte Schritt für Schritt in die Dunkelheit der Diele. Ich spürte meine Beine nicht, ich spürte auch den Boden nicht. Da wo die Schlafzimmertür sein musste schwenkte ich nach links und stieß prompt mit voller Wucht gegen die Wand. Benommen schloss ich die Augen und tastete nach dem Lichtschalter. Durch die Haut der Augenlider drang warmes Licht in meine Pupillen. Ich öffnete die Lider ein wenig und blinzelte. Dann ging ich ins Schlafzimmer und nahm eine Wolldecke aus dem Schrank.

Wieder im Wohnzimmer warf ich die Decke auf die Couch und ging zum Schrank. Ich entnahm eine Flasche Cognac und ein Glas. Später stellte ich fest, dass es ein Sektglas war – aber was machte das schon? Ich hasste ja auch Cognac. Irgendein Kunde hatte ihn mir mal zu Weihnachten geschenkt, damit ich ihm noch einen guten Jahresbonus einräumen sollte. Ich hatte das sicherlich auch getan, aber bestimmt nicht wegen des Cognacs.

Ich ließ die Schranktür offen, so wie ich auch die Zimmertür offen gelassen hatte und ging im Dämmerlicht zurück zur Couch. Dort schüttete ich mir das Glas halbvoll und kippte es mit Widerwillen herunter, wobei ich mich vor Ekel schüttelte. Ich legte mich zurück auf die Couch und zog die Decke von unten her über meinen Körper, bis sie mein Kinn erreichte.

Was war wirklich geschehen? Ich wusste es im Moment nicht. Immer wieder versuchte ich mir einzureden, dass ich starkes Fieber und all das Erlebte nur geträumt hatte. Doch dann waren immer wieder die gleichen Bilder da. Frau Seeberger bot mir eine Zigarette an, ich stand auf und nahm ihr Feuerzeug. Ich sah in ihre Augen, und dann sah ich sie – starr und mit zerstochenem Rücken.

Ich weiß auch nicht, wie lange ich so still unter meiner Decke gelegen hatte. Plötzlich wurde ich durch das schrille Läuten meiner Türglocke geweckt. Ich merkte, wie mir sofort der Schweiß ausbrach. Wer mochte das sein? Ich erhob mich vorsichtig und ging geduckt zum Fenster. Langsam richtete ich mich wieder auf und schaute hinunter auf die Straße. Zuerst konnte ich nichts sehen, was auf den Besucher hindeutete. Dann schellte es ein zweites Mal, länger und wie ich fand aggressiver. Ich schob meinen Körper noch weiter an die Scheiben heran. Plötzlich durchzuckte es mich. Unten, dicht am Bürgersteig stand ein Polizeifahrzeug und neben dem Wagen ein Polizist in Uniform, der mir direkt ins Gesicht blickte. Jetzt gab es kein Zurück mehr. Ich lief hastig in die Diele und drückte den Öffner der Haustür. Dann öffnete ich die Wohnungstür einen Spalt und lauschte. Ich hörte, wie jemand die Treppe hinaufkam. Dieser Jemand schnaufte dabei wie ein Walross. Erst jetzt merkte ich, dass ich die Wolldecke die ganze Zeit hinter mir her zog. Ich nahm sie auf und legte sie mir um die Schultern. Die Schritte waren vor der Tür angelangt und ich öffnete diese vollends.

„Herr Kögler?", fragte mich der Polizist mit teilnahmsloser Stimme. Ich nickte nur und musste dabei etwas die Augen schließen, weil sie so brannten. „Sie brauchen nicht zu erschrecken, ich habe nur ein paar Fragen – wenn nicht Ihre erste Antwort schon alles klärt."

Er sprach mittelrheinischen Dialekt, so wie man ihn in Oberwesel oder St. Goar spricht. Merkwürdig, dass mir das in diesem Moment auffiel.

„Ja bitte?", fragte ich ungewollt heiser.

„Sie hatten heute Nachmittag einen Termin in der Massagepraxis Römer, ist das richtig?", fragte er und schaute auf einen kleinen Notizzettel, den er aus seiner Jackentasche hervorgezogen hatte.

Ich nickte abermals, ohne einen Ton von mir zu geben.

„Waren Sie pünktlich zu diesem Termin dort?", fragte mich der Uniformierte und schaute mich prüfend an. In diesem Moment erlosch das automatische Flurlicht und ich tastete nach dem Lichtschalter. Dabei erwischte ich zunächst versehentlich meine eigene Türklingel, die fürchterlich laut an meine Ohren und in den Hausflur drang. Dann wurde es wieder hell. Abermals schloss ich die Augen ein wenig. Ich wandte mich wieder dem Polizisten zu und schüttelte den Kopf. „Nein, ich war überhaupt nicht dort. Ich bin schlecht dran, wahrscheinlich Grippe, aber das sehen Sie ja selbst."

Der Beamte nickte, warf einen verstohlenen Blick über meine Schultern in meine Diele und steckte seinen Notizzettel wieder ein. „Damit wäre schon alles erledigt. Bitte entschuldigen Sie die späte Störung."

„Was ist denn mit meinem Termin?", fragte ich geistesgegenwärtig und erhoffte mir irgendeine Information, die mir helfen konnte, meine Verhaltensweise zu korrigieren.

Der Beamte, der bereits die ersten Stufen der Treppe wieder hinabgestiegen war, drehte sich um: „Mit Ihrem Termin ist nichts besonderes. Eine routinemäßige Überprüfung. Aber bevor Sie den nächsten Termin haben, sollten Sie erst einmal dort anrufen."

Er grüßte noch einmal kurz und ging weiter die Treppe hinunter. Zu gerne hätte ich ihn gefragt, ob Frau Römer auch tot sei. Aber damit hätte ich mich Lügen gestraft und enttarnt und wäre sicherlich auf der Stelle verhaftet worden.

Ich blieb in der Tür stehen bis das Schließen der Haustür an mein Ohr drang und ging dann in meine Wohnung zurück. Ich hatte einfach gesagt, ich sei nicht da gewesen. Ich wusste nicht, ob das richtig war, aber es war mir nichts Besseres eingefallen. Die Grippe hatte er mir offensichtlich ohne einen Zweifel als glaubwürdig abgenommen. Ich machte kehrt und ging ins Badezimmer. Die Leuchtstoffröhre flackerte bevor es endlich brannte. Ich musste unbedingt den Starter erneuern. Ein Blick in den Spiegel verriet mir meine ganze Verfassung. Mein Gesicht war fleckig rot, die Augen verquollen und die Haare hingen mir strähnig in die Stirn. Ich öffnete den Mund und sah, dass meine Zunge fast weiß war. Mit etwas zittrigen Händen nahm ich die Zahnbürste und füllte mir ein Glas mit Wasser und gab reichlich Odol dazu. Erst putzte ich mir die Zähne, dann gurgelte ich gründlich. Aber der furchtbare Geschmack ließ sich so schnell nicht beseitigen. Dabei entdeckte ich einen Blutfleck an meinem Hemdsärmel. Ich erschrak bis auf die Knochen. Hatte der Polizist ihn möglicherweise entdeckt und stillschweigend seine Schlüsse daraus gezogen. War ich bereits enttarnt? Ich ging zurück ins Wohnzimmer und schaute aus dem Fenster. Nein, der Streifenwagen war weg. Ich setzte mich wieder in den Sessel, in dem ich bisher gesessen hatte, goss mir ein zweites Glas Cognac ein und leerte es wieder in einem Zug. Wieder schüttelte es mich fürchterlich, aber es tat auch irgendwie gut. Ich griff ein drittes Mal nach der Flasche und füllte das Glas noch einmal, ohne jedoch ans Trinken zu denken. Dann stellte ich Glas und Flasche auf den Tisch zurück.

Man hatte den Mord oder die beiden Morde also entdeckt. Wahrscheinlich war man von dem Patienten oder der Patientin alarmiert worden, die ihren Termin um halb vier hatte. Ich überlegte. Was hatte man vorgefunden? Zunächst einmal eine offene Haustür, ohne Fingerabdrücke, dann das leere Wartezimmer. Was war mit Fußspuren? Wohl kaum. Dort gingen täglich zwanzig oder mehr Personen ein und aus. Es war kaum anzunehmen, dass sich hier unterschiedliche Spuren erkennen und zuordnen ließen. Dann war da die Verbindungstür zum Behandlungsraum – ebenfalls keine Fingerabdrücke. In Gedanken warf ich einen Blick in den Raum, wie er beim Eintreffen der Polizei ausgesehen haben musste. Wieder lief mir ein kalter Schauer über den Rücken. Am Ende des Ganges, vor den durch Vorhänge geteilten Kabinen, lag Frau Römer – vielleicht lebte sie noch, dann hatte man sie schnellstens mit dem Rettungswagen abtransportiert. Oder war sie tot? Bei ihr hatte ich mit Sicherheit keine Spuren hinterlassen. Das Waschbecken? Es würde wohl kaum einer auf die Idee kommen, dass dieses nach der Tat benutzt worden war. Und wenn? Soweit ich dazu fähig gewesen war, hatte ich alle Spuren meines Kotzens beseitigt. Ich drehte mich in Gedanken um. Da stand der Heißluftkasten auf der Liege. An den hatte ich nicht gedacht. Man würde sich fragen, wer hier wohl gelegen hatte. Aber der Stecker war ausgezogen und man musste schon recht gut die Eigenarten von Frau Römer kennen, um einen Verdacht zu schöpfen. Er konnte auch immer dort stehen. War Frau Römer eigentlich verheiratet?

Mit einem Satz war ich vom Sessel aufgesprungen und riss das Telefonbuch aus dem Regal. Um kein Licht machen zu müssen, ließ ich mich in der Nähe der geöffneten Tür auf dem Boden nieder und begann zu blättern. Römer – Römer! Es gab einige Römer in der Stadt. Hier stand: Römer, Hilde. Ich überflog die anderen Römer, nein – hier war sonst kein Eintrag mit der gleichen Straße. Das besagte allerdings recht wenig. Immerhin konnte das Telefon in die Privatwohnung durchstellbar sein und der Gesamtanschluss auf ihren Namen laufen. Ich schlug das Buch wieder zu und rappelte mich auf.

Ob ich einfach einmal anrufen sollte? Ich musste herausbekommen, was geschehen war! Langsam ging ich zum Telefon und überlegte, ob man herausbekommen konnte, woher der Anruf kam. Sicherlich nicht, denn ich hatte keinen ISDN-Anschluss und die vierstellige Nummer von Hilde Römer deutete auch nicht auf einen solchen hin. Und falls man den Anschluss abhören würde? Ich hatte schon oft gelesen, dass man dazu ein paar Sekunden, ja sogar manchmal Minuten brauchte. Und warum sollte man den Anschluss überhaupt abhören? Es klickte viermal im Hörer, bis die Verbindung zustande kam.

„Ja bitte!", meldete sich eine Männerstimme am anderen Ende. Während ich noch einmal tief Luft nahm, hielt ich die Hand vor die Sprechmuschel.

„Ich hätte gern Frau Römer gesprochen."

„Wer spricht denn bitte?"

Fast hätte ich meinen Namen genannt, konnte mich aber in letzter Sekunde noch bremsen und fragte möglichst selbstsicher zurück: „Wer spricht denn dort bitte?"

Ich hörte, wie am anderen Ende ebenfalls jemand die Hand vor die Sprechmuschel hielt und etwas sagte, das ich nicht verstehen konnte. Ich überlegte kurz, was ich machen sollte, dann legte ich den Hörer wieder auf. Die Situation war mir zu unklar und gefährlich. Vielleicht konnte man den Anrufer doch schneller feststellen, als ich annahm.

Zurück in meinem Sessel, leerte ich erneut das bereits gefüllte Glas. Ich war wohl der einzige Mensch, der wusste, wie der Mörder aussah. Das wurde mir klar. Zwar wusste ich nicht, wie er hieß oder wo er zu finden war, aber ich würde ihn wiedererkennen, wenn man ihn mir gegenüberstellen würde. Bei diesen Gedanken tauchte auch langsam die Frage nach dem Warum zur Tat in mir auf. Der Anschlag galt ganz offensichtlich nicht Frau Römer, sondern Frau Seeberger.

Ich musste mehr über sie erfahren. Ihr Bruder ruderte in Trier, also würde er wahrscheinlich auch dort wohnen. Ich ging zum Telefon und wählte die Auskunft. Tatsächlich gab es in Trier einen Georg Seeberger. Ich notierte mir die Nummer und wählte sie an. Wieder meldete sich eine Männerstimme. Sie klang weich, fast ängstlich.

„Seeberger, ja bitte?"

„Ach, entschuldigen Sie bitte die späte Störung, aber könnte ich wohl bitte Frau Seeberger sprechen?"

Der Mann am anderen Ende schien etwas verwirrt, denn es dauerte eine Weile, bis er antwortete.

„Meine Tochter werden Sie wohl nicht meinen, sie ist erst drei Jahre alt." Seine weiche Stimme hatte die gleiche Wärme wie die seiner Schwester.

„Nein, ich meine Ihre Schwester."

„Meine Schwester?" antwortete er erstaunt und unsicher.

Ich hörte, wie jemand anderes offenbar den Hörer in die Hand nahm und fuhr zusammen, als eine barsche Männerstimme mit unerwarteter Härte und Lautstärke fragte: „Wer spricht denn da, bitte?"

Erschrocken legte ich sofort den Hörer auf. Das konnte nur die Polizei sein. Ihr Bruder – dass er es war, daran bestand für mich kein Zweifel – wusste also bereits Bescheid. Nur allmählich wurde mir bewusst, wie wenig ich mit diesen Anrufen erreichte. Bisher hatten sie nicht mehr Informationen gebracht, als mir bereits bekannt waren. Ich zog mich in meinen Sessel zurück und legte die Wolldecke, die die ganze Zeit auf dem Boden gelegen hatte, wieder über mich. Langsam begann der Alkohol zu wirken. Ich spürte, wie meine Glieder schwerer wurden und meine bereits angeschlagene Konzentrationsfähigkeit weiter nachließ.

Georg Seeberger war also bereits über den Mord informiert. Seine Schwester war von einem Mann mit einem graumelierten Kinnbart ermordet worden. Und ich war der einzige Zeuge und versuchte mir jetzt diesen Mörder noch einmal vorzustellen. Hinter dem Fenster hatte ich nur vage Konturen gesehen. Sein Kopf schien rund und füllig. Ob das wirklich zutraf, wusste ich nicht genau, meine Erinnerungen gaben mir aber Anlass zu dieser Annahme. Dann hatte ich ihn ein zweites Mal gesehen, unmittelbar nach dem Mord im Behandlungsraum. Hier war es aber in erster Linie der Bart, der mir wieder aufgefallen war. Ich überlegte, wie groß der Mörder sein mochte, vielleicht 170 cm oder etwas mehr. Allzu groß war er bestimmt nicht. Sein Kopfhaar war auf jeden Fall dunkler als sein Bart. Vor allem nicht meliert, das wäre mir beim zweiten Mal aufgefallen. Plötzlich hatte ich das Gefühl, dass irgendetwas mit seiner Nase war, aber so sehr ich in meinen Erinnerungen wühlte, ich fand nichts.

Wo mochte der Mann jetzt sein und was mochte in ihm jetzt vorgehen? Hatte er wie ich auch eine Flasche Cognac vor sich stehen? Ich versuchte mir wieder Frau Seeberger vorzustellen. Welche Verbindung gab es zwischen ihr und dem Mann? Ihr Mörder war schon vor ihr im Haus gewesen. Also wusste er, dass sie kommen würde. Aber wie war er hineingekommen? Vielleicht durch die Haustür? Aber vielleicht stimmte meine Annahme gar nicht, dass von dem Behandlungsraum der Praxis eine Treppe nach oben führte. Das Schild „Privat" an der Tür im Behandlungsraum konnte auch nur der Hinweis auf einen privaten Nebenraum sein. Ich musste morgen herausfinden, wo Frau Römer wohnte und wer über dem Institut seine Wohnung hatte. Und ich war fest davon überzeugt, dass Frau Seeberger ihren Mörder gekannt haben musste.

Sie hatte ein hübsches Gesicht. Ja, ich gab mir ehrlich zu, dass ich mich unheimlich in sie hätte verlieben können. Liebe auf den ersten Blick, so etwas gab es doch! Und alles hatte kaum zwanzig Minuten gedauert. Plötzlich befiel mich ein Schuldgefühl, hatte ich vielleicht Mitschuld an ihrem Tod? Hätte ich schreien müssen, als ich plötzlich jemanden hinter dem Vorhang spürte? Nein, ich konnte nicht ahnen, was geschehen würde. Genauso hätte ein Patient einfach in den Behandlungsraum kommen können, weil die Tür offen stand und er eine Auskunft, einen Termin oder etwas Ähnliches benötigte.

Der Mörder musste die Tat geplant haben, denn er hatte die Stichwaffe bei sich gehabt und auch wieder mitgenommen. Es war nur die Frage, ob er den Tatort durch die Privat-Tür oder durch das Wartezimmer betreten und verlassen hatte. Dass man bereits bei mir gewesen war bewies, dass man sich bei der Polizei gleich auf den Terminkalender gestürzt hatte. Meine Annahme, dass man sich sofort auf den nächsten Patienten stürzen werde, war also richtig, obwohl ich nicht angenommen hatte, dass man so schnell bei mir auftauchen würde.

Ich lehnte mich im Sessel zurück und legte die Beine auf den Tisch. Langsam wurde ich müde. Ob es an der nervlichen Belastung oder am Alkohol lag vermochte ich nicht mehr zu beurteilen. Ich schloss die Augen und lauschte in die Stille meiner Wohnung. Irgendwo tropfte ein Wasserhahn.

Als ich wieder erwachte und auf meine Armbanduhr schaute, war es kurz nach sechs Uhr. Meine Glieder schmerzten von der Haltung, die ich in dem Sessel eingenommen hatte und mein Kopf brummte, als hätte ich fassweise Alkohol getrunken. Vorsichtig nahm ich die Beine vom Tisch. Sie waren eingeschlafen und taub. Meine ersten Gehversuche scheiterten kläglich und ich musste warten, bis wieder genügend Blut in den Beinen war. Mein Weg führte mich ins Badezimmer. Draußen wurde es bereits hell. Ein Blick in den Spiegel sagte mir, dass sich mein Gesichtsausdruck wieder einigermaßen normalisiert hatte. Etwas blass war die Haut immer noch, aber die Flecken waren verschwunden. Ich drehte den Hahn der Badewanne auf und ließ heißes Wasser in die Wanne laufen. Dann ging ich in die Küche. Der Kaffeeautomat war nicht wie sonst gefüllt, also musste ich erst den Filter wechseln und neues Kaffeemehl einfüllen. Dann schüttete ich Wasser in den Vorratsschacht.

Nach einem erfrischenden Bad und einer guten Tasse Kaffee fühlte ich mich etwas wohler. Essen konnte ich noch nichts. Ich suchte nach einer Zigarette und es dauerte wieder einige Zeit, bis mir bewusst wurde, dass ich nicht mehr rauchte. Bei diesem Gedanken fiel mir erneut meine gestrige Begegnung ein. Mit ihr hatte ich meine letzte Zigarette geraucht. Und es war auch ihre letzte gewesen. Obwohl ich noch nichts gegessen hatte, nahm ich mit der letzten Tasse Kaffee zwei Aspirin.

Ich legte mich auf die Couch und überlegte, wie ich wohl das Wochenende verbringen würde. Eigentlich hatte ich vorgehabt, auf das Weinfest nach Boppard zu fahren. Nicht wegen des Weines, sondern einfach um unter Leuten zu sein. Nachdem mir aber ständig die Bilder des Vortages durch den Kopf gingen, hatte ich diesen Plan verworfen. Andererseits sagte ich mir, wenn ich mich nicht wie gewohnt verhalten und hier in der Wohnung einsperren würde, könnte ich vielleicht eher auffallen. Meine Nachbarn wussten, dass ich fast jedes Wochenende unterwegs war. Und wenn der Verdacht auf mich fiel, dann würde man auch die Nachbarn befragen. Also entschied ich, mein ursprüngliches Vorhaben durchzuführen. Doch zunächst wollte ich mir Zeitungen kaufen und unauffällig bei der Massagepraxis vorbeifahren um zu sehen, was sich dort abspielte. Sofort fiel mir das Sprichwort ein: ‚Einen Täter zieht es immer an den Ort seiner Taten zurück'. Aber galt das nicht auch für Zeugen? Außerdem war ich von dem Polizisten gebeten worden, vor meinem nächsten Massagetermin dort anzurufen. Das konnte ich auch rein zufällig persönlich erledigen.

Also fuhr ich mit dem Wagen nach Simmern rein und in Richtung Massagepraxis. Es war schon ein komisches Gefühl. Irgendwie glaubte ich, beobachtet zu werden, obwohl weit und breit kein Mensch zu sehen war. Als der Parkplatz und der Vorgarten auftauchten, kamen mir allerdings Bedenken. Vielleicht sollte ich einfach nur vorbeifahren. Vor dem Haus stand ein grauer Ford mit Koblenzer Kennzeichen. Für mich war sofort klar, dass das nur die Kripo oder die Spurensicherung sein konnte. Ich trat aufs Gas und wurde mir im gleichen Moment bewusst, wie auffällig ich mich verhielt. Scheiße, dachte ich. Meine Nerven hatten sich offenbar immer noch nicht beruhigt.

Ich fuhr bis zum Schlossplatz und stellte meinen Audi auf dem Parkstreifen vor der Hunsrück Bank ab. Unentschlossen umwanderte ich einmal den Schlossplatz, merkwürdigerweise immer von dem Gefühl befallen, beobachtet zu werden. Um diesem Gefühl zu entfliehen, kaufte ich mir schnell um die Ecke in dem kleinen Tabak- und Zeitschriftenladen an der Schlossstraße meine Zeitungen. Dann setzte ich meinen Weg ziellos fort. Beim Überqueren der Schulstraße fiel mein Blick in die Auslagen der Buchhandlung Rottmann. Vielleicht war es eine gute Investition, wenn ich mir etwas zum Lesen kaufte, das mich auf andere Gedanken brachte. Ich stöberte ein wenig unentschlossen durch das Bücherregal. Dabei entdeckte ich einen Titel, der mich sofort an Frau Seeberger erinnerte, Der Tod des Lächelns von einem Peter Brighton. Auf dem Titel war die tote Lady Diana zu sehen. Auch sie war blond, nur ihre Haare waren kürzer, aber sie hatte die gleichen lebhaften Augen wie Frau Seeberger. Ich überflog die Inhaltsangabe. War der Unfall in Paris doch ein Mordanschlag. Mord?! Ich entschloss mich das Buch zu kaufen. Vielleicht half es ja, den Teufel mit dem Beelzebub auszutreiben. Ich zahlte und verließ den Laden wieder in Richtung Fußgängerzone. Als ich an einem Wagen vorbeikam, an dessen Windschutzscheibe ein Strafmandat hing, fiel mir siedend heiß ein, dass auch ich keinen Parkschein gelöst hatte. Zum Glück hatte dies aber bisher noch niemand bemerkt und ich kam ungeschoren davon. In dem Wagen griff ich zuerst nach der Rhein-Hunsrück-Zeitung. Die Titelseite hatte nur politische Schlagzeilen über den Kanzler und eine Reise des Außenministers. Mit vor Erregung zitternden Händen schlug ich die Zeitung auf und suchte dort nach einem ersten Bericht über den Mord. Als ich eilig bis zum Stellenmarkt durchgeblättert hatte, stellte ich fest, dass es die Rhein-Hunsrück-Zeitung nicht geschafft hatte über ein Ereignis vom späten Nachmittag des Vortages in der Ausgabe am nächsten Morgen aktuell zu berichten. Ich griff zur FAZ und entdeckte bereits beim Durchblättern einen wenn auch recht kleinen Bericht. ‚Patientin während Massage-Behandlung ermordet' lautete die sachliche Überschrift. Es folgten etwa zwanzig Zeilen, in denen nur kurz berichtet wurde, was ich schon wusste, mit dem abschließenden Hinweis, dass bis Redaktionsschluss die Polizei noch keine Spur gefunden habe, die zum Täter führen könne. Ähnliches entdeckte ich als dpa-Bericht in der SZ. Hier wurde noch die Masseurin erwähnt, die mit schwersten Kopfverletzungen ins Krankenhaus gebracht und wegen ihres Zustands noch nicht vernommen werden konnte.

Einerseits enttäuscht, andererseits etwas beruhigt, dass noch keine Vermutungen in Richtung der Klientel der Masseurin geäußert worden waren, legte ich die Zeitungen wieder zusammen und überlegte, ob ich Claudio Filippone in seinem Bistro, der preiswerteren Version seines Schwarzen Adler, das ganztägig geöffnet hatte, einen Besuch abstatten und dort die Stellenanzeigen der Samstagausgaben durchforsten sollte.

Ich setzte also meinen Wagen um und parkte ihn auf einer der beiden markierten Parkflächen vor der Rhein-Hunsrück-Redaktion, die samstags um diese Uhrzeit fast immer frei waren.

Filippone war nicht im Bistro zu sehen, was mir sehr angenehm war. Er bemühte sich immer sehr um seine Gäste, auch wenn man nur mal auf einen Espresso vorbeikam. Aber für ein solches Gespräch hatte ich mich im Moment noch nicht genug im Griff. Das hatte mir erst vor kurzem meine Fehlreaktion beim Vorbeifahren an der Massagepraxis gezeigt.

Das Bistro war wie immer um die Mittagszeit recht gut besucht. Einige Gesichter kannte ich und grüßte mit einem freundlichen Lächeln. Man grüßte zurück, ich nahm am hintersten Tisch Platz und bestellte ein Mineralwasser. Zuerst durchforstete ich die Rhein-Hunsrück-Zeitung. Die ganze Ausbeute war eine Anzeige, dann folgte die Frankfurter und zum Schluss die Süddeutsche. Das Gesamtergebnis waren zwei Chiffre-Anzeigen, eine Telefonnummer und vier Adressen. Recht unbefriedigt zahlte ich das Wasser und verließ das Bistro.

Als ich in meine Straße einbog, entdeckte ich sofort das fremde Fahrzeug vor unserem Haus. Dieses Mal ein blauer Opel, aber wieder mit Koblenzer Kennzeichen. Man besuchte mich also wieder oder hatte man bereits einen Haftbefehl? Dieses Mal beschleunigte ich nicht, sondern fuhr unbeirrt am Haus vorbei, in welchem sich meine Wohnung befand. Dabei warf ich einen vorsichtigen Blick aus dem Seitenfenster, konnte aber niemanden sehen. Vielleicht hatten sie bereits die Wohnungstür aufgebrochen und durchstöberten gerade meine Wohnung. Ich entschloss mich, sofort nach Boppard zu fahren. Sicherlich war auch am Nachmittag schon einiges auf dem Weinfest los.

Ich hatte recht. Nachdem es heute nicht regnete und auch angenehm warm war, trieb es die Menschen an die frische Luft und auf das Weinfest. Ich weiß nicht genau aus welchem Grund ich plötzlich das

Gefühl hatte, es sei sinnvoll Bares bei sich zu haben. So lenkte ich meine Schritte als Erstes zu einem Bankautomaten. Vielleicht war es das Bedürfnis, im Notfall schneller Entscheidungen treffen zu können, die möglicherweise mit Kosten verbunden waren. Ich erschrak, dachte ich vielleicht sogar an Flucht oder Untertauchen?

Mit vierhundert Mark bewaffnet schob ich mich in die Menschenmenge, die alle zum Zentrum des Weinfestes pilgerten. Bereits von Ferne war Musik zu hören und mir schlug ein Duftgemisch von Frittenfett, Bratwurst, Kebab und gebrannten Mandeln entgegen. Ich tarnte mich mit der Menschenmenge und verlor sehr bald das Gefühl, beobachtet zu werden. Nach einiger Zeit schloss ich mich einer Gruppe von Chinesen oder Japanern an, die offensichtlich rheinische Gemütlichkeit in vollen Zügen genießen wollten.

Die Wortführerin, eine kleine zierliche Person mit einer auffallend quakenden Stimme, lotste die Gruppe zielstrebig durch die Menschenmenge und kommandierte sie schließlich lautstark in eine der offenen Weinstuben, in der offenbar für alle Plätze reserviert waren. Ich ließ mich mit der Gruppe treiben und befand mich nach wenigen Sekunden wie selbstverständlich eingepfercht zwischen einer quirligen Asiatin und einem etwas schüchtern wirkenden männlichen Gegenstück an einem großen, langen Tisch. Das für meine Ohren laute und aufgeregte Schnattern und Gegackere der Gruppe tat mir gut, es betäubte meine Erinnerungen und Gedanken.

Meine Nachbarin versuchte alsbald mit mir ins Gespräch zu kommen und versuchte es in verschiedenen Sprachen. Obwohl darunter möglicherweise auch Englisch und Französisch waren, konnte ich aus dem Gemisch dieser Sprachen mit ihrer Heimatsprache keine vernünftigen Worte heraushören, die ich trotz gewisser Schulkenntnisse hätte übersetzen können. Also warf ich zwischendurch lediglich entsprechend ihres fragenden oder feststellenden Gesichtsausdrucks ein verständnisvolles okay oder erstauntes yes, ein very good oder very nice ein, was mir recht bald ein volles Glas Wein einbrachte, mit dem wir sofort eine völkerverbindende Freundschaft besiegelten.

Meine Asiaten mussten sehr ausgetrocknet und durstig sein. Denn diesem ersten folgte in kurzen Abständen eine zweite und eine dritte Ausschankrunde, an der ich selbstverständlich partizipierte. Das zeigte bei meinem leeren Magen alsbaldige Wirkung und ich beschloss, mich noch intensiver mit meiner Nachbarin zu verbünden, indem ich meinen Arm um sie legte, was ihr gar nicht unangenehm schien, aber meinen Nachbarn auf der anderen Seite etwas irritierte. Er wandte sich demonstrativ von mir ab, was wiederum den Vorteil hatte, dass ich mich noch mehr dem weiblichen Wesen an meiner Seite widmen konnte. Ich ging sogleich zum Angriff über.

„My name is Kurt", verkündete ich laut und deutete stolz auf mich. Sie strahlte über das ganze Gesicht und ihre Augenschlitze wurden noch kleiner, als sie bereits waren.

„Tutsuia!" oder etwas Ähnliches rief sie erfreut aus, endlich den Ansatz eines Gesprächs bewirkt zu haben. Ich erhob mein Glas, musste aber feststellen, dass es schon wieder leer war. Tutsuia sah darin kein Problem und schob mir einfach das volle Glas ihres gegenübersitzenden Landsmannes zu, der seinerseits mit einem Nachbarn in ein weinseliges Gespräch vertieft war.

„Kurt und Tutsuia!" verkündete ich erneut, hielt ihr das volle Glas und meinen angespitzten Mund entgegen und schloss die Augen. Nachdem die erwartete Berührung unserer Lippen ausblieb, öffnete ich die Augen wieder und schaute Tutsuia erstaunt an. Sie lächelte ein wenig schüchtern und hielt mir ihre Wange hin. Vielleicht waren Asiatinnen nicht so stürmisch, vielleicht war ich auch schon zu besoffen, um die Situation richtig einzuschätzen.

Ich küsste sie also auf die Wange, spürte dabei aber ihre kleine Hand irgendwo an meinem Oberschenkel, was mich zugegebenerweise etwas nervös machte. Ich nahm einen großen Schluck Wein und schob unauffällig das leere Glas wieder meinem Gegenüber hin, was Tutsuia mit einem herzhaft lauten Lachen und einem anschließenden Wortschwall in ihrer Heimatsprache kommentierte. Dann beugte sie sich über den Tisch, rief der Wortführerin, die am Nachbartisch saß, irgendetwas zu und deutete mir schließlich mit Handzeichen an, sie wolle mit mir einen Rundgang über das Weinfest machen.

Ich hätte die leichten Schwierigkeiten beim Aufstehen etwas ernster nehmen müssen. Trotzdem trank ich noch schnell das neben mir stehende Glas meines Nachbarn leer und schließlich auch Tutsuias Glas, bevor ich ihr folgte. Erst jetzt merkte ich, dass Tutsuia mir kaum bis zur Schulter reichte. Befriedigt stellte ich aber fest, dass sie auch absolut flache Schuhe trug. Ich legte wieder den Arm um ihre Schultern, was nicht nur ein inneres Bedürfnis war, sondern auch eine gewisse Gehsicherheit mit sich brachte.

Mit dem Gehen kam auch mein Kreislauf stärker in Bewegung, was sehr schnell seine Wirkung zeigte. Nur wenige Bilder dieses späten Nachmittags und Abends sind mir heute noch in Erinnerung. Irgendwann haben wir an einer Frittenbude angestanden, um etwas zu bestellen, dann an einer Losbude mit übergroßen Schlümpfen und Teddybären. Schließlich teilten Tutsuia und ich uns mit einer Weinflasche und zwei Gläsern wenige Zentimeter eines Stehtisches in Form eines Weinfasses. Irgendwo in dem Wirrwarr von Bildern tauchte auch noch die Erinnerung an ihre kleinen, zärtlichen Hände und viel zarter Haut auf. Aber vielleicht waren es auch nur Einbildung und vermeintliche Erinnerungen, Resultate geheimer Wünsche und Phantasien.

Ich wachte fröstelnd und mit irrsinnigen Kopfschmerzen auf dem Liegesitz meines Audi 80 auf, den ich wohlweislich auf einem Parkplatz, weitab des Weinfestes geparkt hatte. Draußen war es dunkel. Mühsam richtete ich mich auf. Die Scheiben waren innen beschlagen und ich öffnete erst einmal die Wagentür, um frische Luft in das Auto zu lassen. Die Kühle der Nacht tat mir gut. Ich stieg aus und ging einige Male um das Fahrzeug herum. Ein leichtes Schwanken konnte ich dabei nicht verhindern. Was sollte ich machen? Es dauerte eine Weile bis ich mich in die nüchterne Wirklichkeit zurückgefunden hatte. Konnte ich nach Hause, ohne Gefahr zu laufen, der Polizei zu begegnen. Andererseits, sagte ich mir, musste ich mich umziehen, meine Bewerbungsunterlagen packen und versuchen, pünktlich in gut vierundzwanzig Stunden aufzustehen, um nach Stromberg zu fahren.

Im Bewusstsein meines nicht unerheblichen Alkoholspiegels startete ich den Motor und fuhr los. Ich hatte in dieser Nacht zwei Gründe, der Polizei aus dem Weg zu gehen. Einmal war es der Alkohol, zum anderen der Mord an dieser Seeberger, obwohl ich in diesem Fall ein reines Gewissen hatte. Also beschloss ich rauf nach Buchholz zur A 61 zu fahren. Auf der Autobahn war ich vor Alkoholkontrollen am sichersten.

Tatsächlich erreichte ich die A 61 ohne Probleme, abgesehen davon, dass ich eine unheimliche Müdigkeit verspürte. Ich beschloss, die Autobahn aber in Laudert bereits wieder zu verlassen, da über die kleinen Dörfer weniger mit Polizeikontrollen zu rechnen war als über die B 50 direkt nach Simmern.

So erreichte ich nach knapp einer halben Stunde über Lingerhahn und Laubach die Stadtgrenze von Simmern und benutzte die Ortsumgehung. Im Osten deutete sich bereits die Morgendämmerung an.

Vorsichtig bog ich in unsere Straße ein und entdeckte nichts Verdächtiges. Das Koblenzer Fahrzeug stand nicht mehr vor der Haustür und die gesamte Straße entlang, die ich erst einmal auf und ab fuhr, stand kein Fahrzeug, das ich nicht kannte oder sogar wusste, wem es gehörte. Also stellte ich meinen Wagen auf seinen gewohnten Platz, nahm die Zeitungen und mein Buch mit und betrat das Haus, in dem ich seit einem halben Jahr im ersten Stock zur Miete wohnte. Auch dieser Umzug war ein Akt meiner Kosteneinsparung während der Arbeitslosigkeit gewesen.

Ich kam mir vor wie ein Einbrecher, als ich leise die Wohnungstür aufschloss und erst einmal vorsichtig in die Wohnung hineinlauschte. Nichts war zu hören. Ich schaltete das Dielenlicht ein und konnte nichts entdecken, was auf eine polizeiliche Durchsuchung oder ähnliches hingewiesen hätte. Vielleicht war es doch nur ein Zufall, dass heute Vormittag unten dieser Koblenzer Wagen gestanden hatte. Oder wollte man mich nur vernehmen?

Nachdem ich in allen Zimmern das Licht ein- und wieder ausgeschaltet hatte, entdeckte ich das Sektglas mit einem kleinen Rest Cognac, dass immer noch auf dem Tisch stand. Angeekelt schüttete ich das Glas im Badezimmer aus, bevor ich mir die Zähne putzte.

Inzwischen war es draußen schon hell geworden. Ich zog mich aus und legte mich in mein Bett. Eigentlich hatte ich vor, die letzten achtundvierzig Stunden noch einmal gedanklich durchzugehen, um mir gedanklich einen Überblick über meine Situation zu verschaffen. Aber immer wieder blieben meine Gedanken an dem grauenhaften Bild der Toten hängen, bis ich schließlich einschlief.

Den Sonntag oder besser gesagt was nach meinen Aufstehen noch von ihm übrig war, verbrachte ich in meiner Wohnung. Ich versuchte, anzufangen in dem Buch zu lesen, das ich mir gekauft hatte, konnte mich aber nicht konzentrieren. Also holte ich das nach, was ich mir vor dem Einschlafen vorgenommen hatte und sortierte, welche Umstände für und gegen mich als Tatverdächtigen sprachen. Je mehr ich zeitlichen Abstand zu dem Verbrechen gewann, umso mehr wurde mir klar, wie albern ich mich bisher verhalten hatte. Ich hätte gleich zur Polizei gehen und berichten sollen, was ich gesehen und gehört hatte. Ich hatte weder ein Motiv, noch sonst eine Veranlassung diese Unbekannte zu töten. Das musste auch der Polizei klar sein. Im Gegenteil, meine Erkenntnisse konnten die Polizei auf die Spur des Mörders führen.

Ich beschloss abzuwarten, nachdem ich nun schon einmal gegenüber der Polizei gelogen hatte und darin eine Gefahr sah, die mich in Verdacht bringen konnte.

Da ich am Morgen früh aufstehen musste, ging ich früh zu Bett und schlief auch sofort ein. Zum ersten Mal seit Wochen hatte ich wieder den Wecker aufgezogen und gestellt, der mich auch prompt in seiner aufdringlichen Art aus dem tiefsten Schlaf holte.

Ich hatte ihn so gestellt, dass ich noch ein paar Minuten im Bett liegen bleiben konnte. Das habe ich immer so gemacht. Ich hasste es, mit dem Weckerklingeln aufspringen zu müssen und blieb gern noch fünf oder auch zehn Minuten liegen.

Was würde ich heute unternehmen? Eigentlich musste ich wegen meines Vorstellungstermins zu der Hoffmann Vertriebsgesellschaft nach München fahren. Oder sollte ich doch zunächst zur Polizei gehen und meine Aussage machen? Aber was konnte ich denen schon über den Mörder erzählen? Nichts! Im Gegenteil! Man würde mir Fragen über Fragen stellen und zum Schluss mich wegen meiner Lüge verdächtigen, den Termin abgesagt zu haben. Es gab zwar kein Motiv, aber Indizien. Mir wurde immer bewusster, dass ich am Freitag den Kopf verloren hatte und mir alle möglichen Fehler unterlaufen waren. Nun musste ich versuchen, hieraus das Beste zu machen. Aber was war das Beste?

Mir fiel ein Film ein, den ich im Fernsehen gesehen hatte. Da hatte ein junger Mann seine verheiratete Geliebte decken wollen, die von seinem Schlafzimmerfenster aus einen Mord gesehen hatte, indem er die Aussage so machte, als habe er den Mord beobachtet. Schließlich verfolgte man ihn als Mörder, da er sich immer mehr in Widersprüche verwickelte. Er war untergetaucht und hatte auf eigene Faust den Mörder gesucht.

Eigentlich gab es auch für mich nur eine einzige Chance, unbehelligt aus der Sache herauszukommen. Ich musste ebenso wie im Film der

Polizei den Mörder liefern. Ich kannte ihn zwar noch nicht, wusste aber zumindest, wie er aussah und er wusste nichts von einem Zeugen. Das war meine große Chance.

Als ich aufstand, wusste ich noch nicht, wie ich all das anpacken sollte, nur zwei Dinge waren mir jetzt plötzlich klar: Erstens hatte ich Zeit und zweitens brauchte ich zunächst die Berichte aus den Tageszeitungen. Ich zog mich schnell an, packte meine Aktentasche und verließ wenig später das Haus.

Natürlich konnte ich um diese Uhrzeit in Simmern noch nirgends eine Zeitung kaufen und auch in Stromberg gelang mir dies nicht. Erst am Bahnhof in Bingen kaufte ich mir die Mainzer Rheinzeitung. Keine Schlagzeile oder ein Hinweis auf der Titelseite deuteten auf einen Bericht über den Mordfall hin. Ich ging schnellen Schrittes auf den Bahnsteig. Für den Zug war eine Verspätung von zwanzig Minuten angezeigt. Genervt warf ich einen kurzen Blick auf meinen Zettel, den mir der freundliche Asiate im Reisebüro in die Hand gedrückt hatte und erkannte sofort, dass ich bei der angezeigten Verspätung den Anschlusszug nicht erreichen würde. Natürlich musste mir so etwas passieren. Vielleicht war es aber auch ein Wink des Schicksals. Ich drehte auf dem Absatz um und verließ wieder den Bahnhof.

Ich hatte Glück, bereits um 8.04 Uhr fuhr wieder ein Bus zurück nach Stromberg. Dabei verkniff ich mir, erneut einen Blick in die Zeitung zu werfen. Ich hatte irgendwie das Gefühl, durch meine zu erwartende Erregung aufzufallen, wenn ich darin fand, wonach ich suchte.

Kurz vor halb zehn war ich wieder bei mir zu Hause. Als Erstes telefonierte ich mit der Hoffmann Vertriebsgesellschaft. Nagele war sehr ungehalten, obwohl ich ihm anbot, meine Aussage bezüglich der Verspätung bei der Bundesbahn prüfen zu lassen. Daraufhin erklärte er sich bereit, mich am nächsten Tag zur gleichen Stunde zu empfangen. Ich bedankte mich fast überschwänglich und setzte mich noch im Mantel in den Sessel. Hastig blätterte ich die Seiten der Mainzer Rhein-Zeitung durch und hielt erschrocken inne. Fast in der Mitte der Zeitung war ein großes Foto von Frau Seeberger abgedruckt. Die Überschrift lautete: ‚Schreckenstat während Massage – Erstach Liebhaber Mutter von zwei Kindern?'

Die Überschrift verwirrte mich und ich versuchte, mich zur Ruhe zu zwingen. Jetzt hieß es die Nerven zu behalten. Ich überflog den ersten

Abschnitt, aus dem nur hervorging, dass in der Simmerner Massagepraxis R. am Freitagnachmittag gegen 16 Uhr die Hausfrau Marianne Friedhoff ermordet worden sei. Die Inhaberin der Praxis, Hilde R., sei bei der Bluttat lebensgefährlich verletzt worden. Bisher habe die Polizei zum Tathergang und Täter nur Vermutungen, aber keine konkrete Spur.

Hastig überflogen meine Blicke die nächsten Textzeilen. Immer wieder war nur von einer Frau Marianne Friedhoff die Rede, nie von einem Frau Seeberger. Dann fiel es mir wie Schuppen von den Augen. Sie hatte gesagt, dass ihr Bruder Seeberger hieß. Das besagte aber natürlich nicht, dass sie auch so heißen musste. Ich hatte an keine verheiratete Frau und erst recht nicht an eine Mutter von zwei Kindern gedacht. Außerdem trug sie keinen Ehering und lebte nach ihrer eigenen Aussage alleine. Die Bluttat war also tatsächlich laut Mainzer Rheinzeitung gegen 16 Uhr von einer gewissen ‚Elfriede P.' entdeckt worden, die ebenfalls zur Massage wollte. Als die Polizei und der Notarzt eintrafen, war Marianne Friedhoff bereits tot. Man ging davon aus, dass sie durch einen von insgesamt sieben Stichen getötet worden war. Näheres würde die Obduktion ergeben. Hilde R. war mit einer Schädelfraktur in das Simmerner Krankenhaus eingeliefert worden und bis Redaktionsschluss noch nicht vernehmungsfähig. Wie der leitende Oberstaatsanwalt aus Koblenz auf einer kurzfristig einberufenen Pressekonferenz mitgeteilt hatte, lebte Marianne Friedhoff in Scheidung und war erst vor kurzem mit ihren Kindern nach Simmern gezogen. Der Ehemann, Gerhard Friedhoff, ein hoher Offizier der Luftwaffe, weilte zur Tatzeit auf einer Nato-Tagung in Brüssel und erlitt bei der Nachricht einen Nervenzusammenbruch. Die beiden Kinder waren noch am Abend zu den Großeltern nach Gelsenkirchen gebracht worden.

Ich begann, den Artikel noch einmal langsam von vorne zu lesen. Obwohl ich diesmal jeden Satz zweimal las, erhielt ich keine neuen Informationen, die sich auf den Mörder bezogen. Von ihm war überhaupt nicht die Rede, kein Hinweis, nichts. Nur das Privatleben von Marianne Friedhoff erschien mir jetzt in einem völlig neuen Licht. Sie war nach dem Zeitungsbericht älter, als ich sie geschätzt hatte, was für sie sprach. Ich wusste nicht warum, aber mich störte das Mercedes Sportcabrio, das sie fuhr. Irgendwie passte es nicht zu einer Frau, die in Scheidung und mit zwei Kindern alleine lebte.

Ich lehnte mich in den Sessel zurück und schaute auf die Uhr. Es war inzwischen fast zehn Uhr geworden. Wenn ich mich richtig erinnerte, begann Frau Römer immer um acht Uhr mit der Massagepraxis. Also die richtige Zeit, um jetzt anzurufen und mich wegen eines neuen Termins zu erkundigen. Ich zog den Telefonapparat zu mir herüber und wählte ihre Praxisnummer. Es dauerte eine Weile, bis abgehoben wurde.

„Geisinger."

Ich erschrak und stotterte ein „Entschuldigung", während ich den Hörer wieder auflegte. Dann schnappte ich mir das Telefonbuch und suchte die Nummer nochmals heraus. Offenbar hatte ich mich verwählt, denn die Nummer stimmte mit jener überein, die ich gewählt zu haben glaubte. Diesmal dauerte es nicht so lange, bis abgehoben wurde.

„Geisinger."

Diesmal erschrak ich zwar wieder, fing mich aber sofort. „Ach, entschuldigen Sie bitte, ich glaube, ich habe mich schon wieder verwählt ..."

„Nein, das glaube ich nicht", entgegnete die raue Männerstimme am anderen Ende. „Sie wollen sicher meine Frau sprechen?"

„Nein, ich wollte die Massagepraxis Römer haben."

Der Mann am anderen Ende unterbrach mich: „Richtig, Frau Römer ist meine Frau, hier spricht Doktor Geisinger. Römer ist der Mädchenname meiner Frau, den hat sie nach unserer Heirat für die Praxis beibehalten. Was kann ich für Sie tun?"

„Hier spricht Kögler, Kurt Kögler. Ich hatte am Freitag einen Termin bei Ihrer Frau, konnte aber wegen einer starken Grippe nicht kommen. Nun hatte ich am Freitagabend einen merkwürdigen Besuch von der Polizei, die mich über diesen Termin ausfragte und mir zum Schluss riet, mich vor meinem nächsten Massage-Termin mit Ihrer Frau in Verbindung zu setzen und der wäre morgen."

„Herr Kögler, lesen Sie keine Zeitung? Meine Frau ist am Freitag bei einem Überfall schwer verletzt worden. Ich darf Sie bitten, vorerst nicht mit einem neuen Termin zu rechnen, sondern entweder abzuwarten oder sich an andere Massagepraxen wenden."

„Um Gottes willen", ich versuchte, Erstaunen vorzutäuschen, wusste aber nicht, ob es mir überzeugend gelang. „Ich hoffe, Ihre Frau ist nicht allzu schwer verletzt?"

„Es ist anzunehmen, dass sie durchkommt", war die kurze und nüchterne Antwort.

„Richten Sie ihr bitte meine besten Genesungswünsche aus", sagte ich und legte ohne mich zu verabschieden auf.

Mit der rechten Hand griff ich nach dem Telefonbuch, das noch immer neben der Tür auf dem Boden lag. Ich blätterte unter G und hatte Dr. Ernst Geisinger, Facharzt für Inneres, recht schnell gefunden.

Seine Praxis war sogar ziemlich in meiner Nähe. Als ich aber seine Privatadresse las, zuckte ich zusammen. Hastig blätterte ich weiter zum Buchstaben R. Dann wurde für mich die plötzlich auftauchende Vermutung zur Gewissheit. Geisinger wohnte privat mit seiner Frau im gleichen Haus, in dem sich ihre Praxis befand. Möglicherweise also in der Wohnung, die über den Behandlungsräumen lag. Dann konnte nur Dr. Geisinger selbst der Mörder sein.

Knapp eine Stunde später sollte ich absolute Gewissheit haben. Nach den durch die Zeitung und das Telefonbuch erlangten Erkenntnissen fuhr ich sofort mit meinem Wagen in die Stadt, direkt zur Massagepraxis und stellte meinen Wagen auf der gegenüberliegenden Straßenseite ab. Meine Angst, als Mörder verdächtigt zu werden, war wie verflogen. Ich beobachtete völlig gelassen und unbefangen das Geschehen. Am Wochenende schien auch die Kripo unterbesetzt zu sein. Denn jetzt parkte vor dem Haus und auf dem Parkplatz jeweils ein Polizeifahrzeug mit Blaulicht und außerdem ein grauer VW-Bus mit einem Koblenzer Kennzeichen auf der gegenüberliegenden Straßenseite, zu dem von Zeit zu Zeit Polizisten und Zivilbeamte mit Plastiktüten oder Aktenordnern hingingen und mit leeren Händen wieder zurückkamen. Ein sicheres Zeichen, dass es sich um ein Fahrzeug der Kripo handelte. Ich duckte mich etwas in meinen Sitz, um möglichst unbemerkt zu bleiben. Man sicherte also offenbar immer noch Spuren oder sichtete und beschlagnahmte Unterlagen. Ich schaute in meinen Rückspiegel, um auch den rückwärtigen Teil der Straße überblicken zu können, aber hier geschah nichts Außergewöhnliches. Ab und zu blieben ein paar Passanten in der Nähe des Hauses stehen und schienen sich über das Geschehen vom vergangenen Freitag zu unterhalten, wobei sie mehr oder minder verstohlen das Haus betrachteten. So vergingen vielleicht zwanzig Minuten, es mag auch eine halbe Stunde gewesen sein. Dann tauchte am rückwärtigen Ende der Straße ein gelbes Blinklicht auf. Zunächst brachte ich das Licht mit einer Kehrmaschine in Verbindung, erkannte dann aber auf den letzten fünfzig Metern, dass es sich um einen Abschleppwagen handelte. Eine Verbindung zu den herumlaufenden Polizeibeamten stellte ich erst her, als einer der Uniformierten dem Wagen ein Handzeichen machte, bis zum Privatparkplatz vorzufahren.

Der Abschleppwagen fuhr zunächst an der Einfahrt vorbei, dann hielt er an und der Fahrer stieg aus. Er begrüßte den Beamten, der ihm vorher das Handzeichen gemacht hatte. Dann gingen beide auf den Parkplatz und verschwanden hinter einem der großen Büsche. Mir wurde sofort klar, was sie dort machten. Marianne Friedhoffs Cabrio musste noch auf dem Parkplatz stehen, und zwar genau hinter dem Busch. Ich duckte mich noch tiefer in meinen Sitz und sah, wie der Fahrer des Abschleppwagens wieder zu seinem Fahrzeug ging und kurze Zeit später den Wagen rückwärts in die Einfahrt zum Parkplatz setzte. Gerade, als er sich in mein Blickfeld vor die Haustür schob, die man durch das Vorgartentörchen sehen konnte, wurde diese geöffnet. Es war zu kurz, um mit Sicherheit jemanden zu erkennen, aber ich hatte auch am Freitag den Mörder nur zweimal für Bruchteile von Sekunden gesehen. Und auch jetzt war ich mir wieder sofort sicher, dass er es war. Es war der Mann mit dem graumelierten Kinnbart.

Ich spürte, wie mein Herz begann, schneller zu schlagen, bis in den Hals hinauf pulsierte und mein Atem heftiger wurde. Auch dieses fröstelnde Zittern vor Aufregung befiel wieder meinen Körper, wie so oft in den letzten Tagen. Ich überlegte fieberhaft, was ich machen sollte. Es hatte wohl kaum Sinn und Zweck, auszusteigen, zu dem Polizisten zu rennen und ihm zu erzählen, dass der Mörder fast neben ihm stand. Nein, ich musste erst handfeste Beweise haben, sonst würde man mir selbst einen Strick daraus drehen.

Jetzt wurde für mich die Eingangstür des Hauses wieder sichtbar, weil der Abschleppwagen inzwischen ganz auf den Parkplatz gefahren war. Die Haustür stand offen, doch der Mann war nicht mehr zu sehen. Der Fahrer des Abschleppwagens war wieder ausgestiegen und ich sah, wie er sich an der Seite seines Fahrzeuges zu schaffen machte. Zwischenzeitlich hatten sich mehrere Polizisten beim Schleppfahrzeug eingefunden. Irgendwo auf dem Parkplatz leuchtete ein Blitzlicht auf. Alles ging recht still und routiniert vonstatten. Ich ließ vorsichtig das Seitenfenster herunter, um ein paar Wortfetzen oder ähnliches aufzufangen. Aber außer dem surrenden Motor war nichts zu hören. Dann hatte man das Mercedes Cabrio offensichtlich an die Winde gehängt, denn die Drehzahl des Motors wurde deutlich höher. Gerade als das Dach des Cabrios hinter dem Busch hervorkam, befiel mich das Gefühl, jemand schnüre mir den Hals zu oder das Herz bliebe stehen. Denn in Begleitung von zwei Polizisten tauchte direkt neben dem Abschleppwagen der Mann auf, den ich eben schon zu sehen geglaubt hatte. Es musste der Mörder, es musste Dr. Geisinger sein. Instinktiv drückte ich mich noch tiefer in meinen Sitz hinein. Das hatte aber zur Folge, dass ich nichts mehr sehen konnte. Aber ich hatte jetzt die Gewissheit. Ich weiß nicht warum, aber ich überlegte blitzschnell, wie ich mich jetzt unbemerkt von hier entfernen konnte, ohne zufällig gesehen zu werden. Langsam legte ich mich zur rechten Seite, so dass ich mit dem Oberkörper auf den Beifahrersitz zu liegen kam. Das schien mir weniger auffällig, wenn jemand vorbeikam, als wenn ich geduckt hinter dem Lenkrad sitzen würde. Ich schloss die Augen, um mich besser konzentrieren zu können. Merkwürdigerweise beschloss ich genau in diesem Moment, unter allen Umständen morgen die Fahrt nach München anzutreten. Vielleicht war es das innere Bedürfnis, während der langen Bahnfahrt, fern ab vom Tatort und dem immer wieder auftauchenden Gefühl, beobachtet zu werden, mir alles noch einmal durch den Kopf gehen zu lassen.

Als ich, immer noch auf den Vordersitzen liegend, einen Lastwagen an meinem Fahrzeug vorbeifahren hörte, öffnete ich die Augen und sah auf meinem Armaturenbrett die Reflexe der gelben Blinkleuchten. Ich wartete noch einige Augenblicke, dann erhob ich mich langsam. Mein erster Blick fiel wieder auf die Einfahrt zum gegenüberliegenden Parkplatz. Außer zwei Polizisten, die neben einem Streifenwagen standen und sich angeregt unterhielten, war niemand mehr zu sehen. Ich setzte mich aufrecht hinter mein Lenkrad und startete den Motor. Dabei schaute ich unentwegt zu den Beamten hinüber, die aber keine Notiz von mir und meinem Wagen nahmen. Ich fuhr an der Einfahrt vorbei und warf einen kurzen Blick auf den Parkplatz. Das Cabrio war weg und außer den beiden Beamten war niemand mehr zu sehen. Ich kontrollierte noch einmal auch im Rückspiegel, ob man mir nachschaute, aber die beiden Uniformierten waren derart in ihr Gespräch vertieft, dass sie nicht einmal aufblickten, als ich vorbeifuhr.

Am nächsten Vormittag befand ich mich nach zweimaligem Umsteigen auf dem Weg nach München. Der Himmel war wolkenverhangen und es regnete immer wieder zwischendurch. Ich saß allein in dem Abteil und lehnte etwas müde mit dem Oberkörper gegen die Abteilwand. Wir hatten gerade einen kleineren Bahnhof passiert. Draußen war es Grau in Grau und die Lichter der Autos auf einer naheliegenden Landstraße huschten am Fenster vorbei. Das Fahrgeräusch des Zuges machte mich zusätzlich schläfrig.

Immer wieder hing ich meinen Gedanken in der Mordsache Friedhoff nach. Tatsächlich hatte die Bahnfahrt dazu beigetragen, mir meine Situation bewusster zu machen. Ich fand, dass ich mich bisher etwas hysterisch und kopflos verhalten hatte. Vielleicht lag es daran, dass ich durch die lange Arbeitslosigkeit deprimiert war und mich bereits gesellschaftlich im Abseits fühlte. Ich wusste es nicht.

In Wirklichkeit war ich sozusagen der Kronzeuge dieses fürchterlichen Mordes, dessen Hintergründe ich immer noch nicht genau kannte. Ich hatte zwischen Bingen und Mannheim mehrfach mit dem Gedanken gespielt, die Chance der Stunde wahrzunehmen und mein Wissen lukrativ zu nutzen. Was wäre eigentlich, wenn ich mich unerkannt an Dr. Geisinger heranmachte und ihm mein Wissen kundtat? Was war dem Mann mein Schweigen wert? Oder würde er sofort versuchen, den einzigen Zeugen seines Verbrechens zu beseitigen. Ich musste auf jeden Fall für ihn unbedingt ein Unbekannter bleiben, sonst würde er mir nachstellen. Von Minute zu Minute, von Kilometer zu Kilometer, die der Zug dahinfuhr, faszinierte mich die Idee mehr, mein Wissen zu versilbern. Und Geld konnte ich in meiner Situation gut gebrauchen. Ich war in meinen Gedanken sogar so weit gegangen, schon von einer eigenen Handelsvertretung zu träumen. Der Gedanke reizte mich ungemein, und langsam aber sicher entwickelte sich bis Ulm ein Plan, den ich zwar nur für reine Gedankenspielerei hielt, der aber – so musste ich mir jetzt kurz vor Augsburg eingestehen – durchaus zu verwirklichen war.

Während der Zug die letzten Kilometer auf sein Ziel zufuhr, versuchte ich mir noch einmal chronologisch die wesentlichen Punkte eines solchen Planes vorzustellen. Ich musste mich zuerst unter falschem Namen in einem Hotel einmieten. Das konnte ich unter dem Aspekt finanzieren, demnächst wesentlich mehr Geld zu besitzen. Im Moment betrachtete ich dies sozusagen als Kapitalanlage. Es wäre dann meine erste

Aufgabe, herauszufinden, welches Motiv Dr. Geisinger hatte, Marianne Friedhoff zu ermorden. Die Zeitungen hatten nichts über ein mögliches Motiv geschrieben, also tappte die Polizei hierbei vermutlich auch im Dunkeln. Ich war bisher offenbar der einzige, der Dr. Geisinger und Marianne Friedhoff in Zusammenhang brachte. Zwar war mir noch nicht klar, warum er sie ausgerechnet in der Praxis seiner Frau umgebracht hatte ...

In diesem Moment schoss mir eine Idee durch den Kopf. Zuerst sah ich keinen Anfang, sondern nur Teile von Szenen, Bruchstücke von Gedanken. Ich klammerte mich unbewusst an die heruntergeklappte Armstütze meines Sitzes. Mit einem Mal sprang ich auf und riss das Schiebefenster herunter. Es regnete draußen und der Fahrtwind peitschte mir den Regen direkt ins Gesicht. In wenigen Augenblicken war mein Gesicht nass, und ich spürte, wie auch langsam mein Hemd durchnässt wurde. Ich zählte langsam bis zehn und atmete tief durch. Dann schloss ich das Fenster wieder. Ich nahm mein Taschentuch und trocknete mir mein Gesicht ab. Langsam setzte ich mich wieder auf meinen Platz und begann, noch einmal die eben durchlebten Szenen vorsichtig und behutsam aneinanderzusetzen.

Dr. Geisinger hatte irgendwann Marianne Friedhoff kennengelernt. Sie wollte sich vielleicht deswegen von ihrem Mann scheiden lassen, war wegen ihm von Brüssel, Bonn oder Berlin nach Simmern gezogen. Vielleicht war aber die Ehe von Dr. Geisinger trotz seines Seitensprungs glücklich oder zumindest wollte er sich nicht scheiden lassen. Der Grund spielte auch zunächst für mich keine Rolle. Vielleicht hatten Marianne Friedhoff und Dr. Geisinger auch darüber gesprochen. Möglicherweise wollte aber auch sie plötzlich nicht mehr und beabsichtigte, ihre Scheidung zurückzuziehen. Egal – auf jeden Fall war Geisinger zu Hause. Einmal angenommen, er war nur rein zufällig zu Hause. Er schaute aus dem Fenster, um sich zu vergewissern, dass es nicht mehr regnete. Sein Blick fiel auf den Parkplatz, der vom Fenster aus sicherlich zu sehen sein musste. Er sah seine Geliebte aussteigen. Er fragte sich, was sie hier wolle. Es gab für ihn nur eine Erklärung. Marianne Friedhoff wollte seine Frau über das Verhältnis aufklären und damit etwas erreichen. Das hätte für ihn vielleicht ungewollte Folgen gehabt. Seine Frau hätte sich wahrscheinlich scheiden lassen, wenn sie bisher von dem Verhältnis nichts gewusst hatte. Er hätte als Arzt in einer so kleinen Stadt wie Simmern sehr schnell an Ansehen verloren. Simmern war nicht Köln, Koblenz oder Frankfurt. Wie hätten seine Patienten auf eine Scheidung reagiert. Friedhoff, als hochrangiger Luftwaffenoffizier und Familie Seeberger besaßen darüber hinaus sicher sehr viele einflussreiche Freunde. Dr. Geisinger hatte einfach in diesem Moment durchgedreht. Er hatte keine Zeit, sich einen Plan zu überlegen. Er griff also zu einem Messer, schlich die Treppe hinunter in den Behandlungsraum seiner Frau, hörte, wie sich die beiden unterhielten. Was hatte er gehört? Man sprach doch die ganze Zeit nur von dem Skiunfall, den Frau Friedhoff im letzten Frühjahr gehabt hatte. Ich versuchte krampfhaft, mir das Gespräch zwischen Frau Friedhoff und Frau Römer alias Frau Geisinger in Erinnerung zu rufen. Man sprach von dem Umstand, wie es zu dem Unfall gekommen war. Hatte Frau Römer nicht gefragt: ‚Wie ist es dazu gekommen?' Frau Friedhoff hatte geantwortet: ‚Es ist alles so schnell gegangen, ich weiß es heute nicht mehr'. So oder ähnlich verlief das Gespräch. Und noch ein Satz fiel mir ein, weil Frau Römer bei meinem Besuch etwas Ähnliches zu mir gesagt hatte: ‚Warum sind Sie denn nicht schon früher zu mir gekommen?'

Ja, so ungefähr musste die Unterhaltung verlaufen sein. Eine ganz normale Unterhaltung zwischen einer Patientin und der Masseurin – normal, wenn man nicht in der Aufregung etwas anderes hineininterpretieren wollte: ‚Wie ist es denn überhaupt zu diesem Verhältnis gekommen? – Ich weiß es nicht mehr, es ging alles so schnell, es war alles so schön!' Ich war mir sicher, dass ich in diesem Moment der Wahrheit sehr nahe sein musste. Natürlich gab es da und dort noch einige Ungereimtheiten, aber so ähnlich musste es sich abgespielt haben. Dr. Geisinger hatte durchgedreht, schlug seiner Frau mit etwas auf den Hinterkopf und dann stach er wie wild auf seine Geliebte ein. Vielleicht erkannte sie nicht einmal mehr ihren Mörder. Er stach wie besessen auf sie ein. Als Arzt hätte er bereits nach den ersten Stichen wissen müssen, dass sie tödlich waren, aber er stach immer und immer wieder zu, in blinder Wut. Danach verließ er den Behandlungsraum auf demselben Weg, den er gekommen war. Er ahnte ja nicht, dass noch jemand in der anderen Kabine lag. Vielleicht hätte er es sogar wissen müssen, aber in der Aufregung hatte er nicht daran gedacht. Dann verschwand er durch eine andere Tür und fuhr in seine Praxis. Irgendwie würde er es schon geregelt haben, dass er ein Alibi hatte.

Ich würde also in ein Hotel ziehen, dann als Erstes meine Vermutungen überprüfen und mit Wissen vervollständigen. Einen anonymen Brief zu schreiben sah ich nicht als besonders schwierig an. Der Brief musste in jedem Fall mit einem Teil überprüfbarer und ihn belastender Wahrheit versehen sein, damit Dr. Geisinger nicht auf die Idee kam, die Polizei einzuschalten. Dann musste ich ihm eine Summe nennen, die ihm mein Schweigen zusicherte. Immer wieder überlegte ich mir, ob ich eine solche Erpressung mit meinem Gewissen vereinbaren konnte. Ich war bestimmt kein Verbrecher. Aber wenn man in Geldnot ist, tut man so manches. Wenn ich zur Polizei ging und mein Wissen preisgab – wem war damit geholfen? Marianne, in die ich mich auf den ersten Blick verliebt hatte, würde nicht wieder lebendig. Auch Frau Römers Verletzungen waren nicht rückgängig zu machen. Nichts würde sich im Prinzip ändern, außer dass Dr. Geisinger zu lebenslanger Haft verurteilt würde. Ein Mann, der vielleicht als Arzt schon Hunderten von Menschen das Leben gerettet hatte und es auch noch weiterhin tun würde. Ein Mann, der einfach durchgedreht hatte. Vielleicht würde er deshalb auch mit einer kürzeren Freiheitsstrafe davonkommen. Auf jeden Fall waren sein Beruf und sein Leben zerstört. Er würde keinem Menschen mehr helfen können. Wenn seine Frau durchkam und alles erfuhr, ließ sie sich von ihm scheiden. Anderenfalls bestand die Möglichkeit, dass sie nicht einmal wusste, wer sie überfallen hatte, denn wahrscheinlich hatte sie ihren Mann nicht gesehen, bevor sie zu Boden ging. Vielleicht brauchte sie später sogar seine Hilfe und Unterstützung. Wer konnte wissen, welche Schäden durch die Verletzungen zurückblieben? Nein, ich war mir fast sicher, dass Geisinger nur auf eine Art und Weise zur Rechenschaft gezogen werden konnte: Er musste zahlen!

Ich könnte mit einem Teil des Geldes Gutes tun. Vielleicht einmal eine Spende an ein Waisenhaus oder eine Sozialstation. Sicherlich würde ich von dem Geld gut leben wollen, denn immerhin hatte ich einen Schock erlitten – und ich war die Schlüsselfigur und musste meinen Mund halten.

Während wir in den Augsburger Bahnhof einfuhren, merkte ich, wie mir der Kopf brummte. Ich hielt auf dem Bahnsteig Ausschau nach einem Getränkeverkäufer, aber bei diesem Wetter war keiner unterwegs. Mein Gefühl sagte mir, dass der Aufenthalt zu kurz sein würde, um auszusteigen. Also blieb ich sitzen und wartete darauf, dass der Zug wieder abfuhr. Ich erschrak etwas, als die Abteiltür plötzlich aufgezogen wurde. Zwei ältere Frauen betraten schwatzend das Abteil. Sie waren beide mit prall gefüllten Einkaufstaschen beladen und stellten sie auf die gegenüberliegende Sitzbank. Ein unangenehmer Fettgeruch verbreitete sich im Abteil. Sicher hatten sie längere Zeit in einer Imbissbude gestanden oder gesessen. Sie ließen die Abteiltür offen, wodurch es zu ziehen begann. Noch bevor sich der Zug in Bewegung setzte stand ich auf und ging auf den Gang. Ich musste ungestört nachdenken. Drei Abteile weiter fand ich wieder ein leeres Abteil. Hier brannte bereits Licht, das war gut, denn draußen wurde es immer dunkler. Ich öffnete die Tür und betrat das Abteil. Diesmal setzte ich mich nicht an das Fenster, sondern direkt neben die Tür. Ich zog den Seitenvorhang ein klein wenig zu, so dass man von außen nicht auf meinen Sitzplatz sehen konnte.

Unter dem Druck der Briefe würde Dr. Geisinger zahlen, dessen war ich mir sicher. Ich wusste durch Kollegen, die als Pharmavertreter reisten, was Ärzte wie Dr. Geisinger so verdienten. Hinzu kam, dass seine Frau auch noch berufstätig war und ihre Massagepraxis einen guten Ruf hatte. Für den Anfang schienen mir 250.000 Mark eine angemessene Summe. Sie war hoch genug, um mein persönliches Ziel zu erreichen und niedrig genug, dass Dr. Geisinger sie auch ohne große Umstände zahlen konnte. Über weitere Beträge konnte ich später nachdenken. Der Zug begann zu bremsen und ein Blick auf die Uhr sagte mir, dass wir München erreicht hatten.

Nagele von der Hoffmann Vertriebsgesellschaft hatte sich mit mir eine Stunde lang unterhalten und mich dann mit dem Hinweis wieder auf die Rückreise geschickt, man werde sich noch einige andere Bewerber anschauen und dann schriftlich Bescheid geben. Diese Aussage genügte mir um zu wissen, dass auch diese Fahrt umsonst war. Außerdem erinnerte mich die Artikelpalette der Firma Hoffmann irgendwie an Ergel Raschmir und seinen Billigramsch. Da wurde über den Preis der Markt überflutet und sobald die ersten Reklamationen auftauchten, verschwanden solche Firmen von der Bildfläche und tauchten mit der gleichen Masche unter anderem Namen kurze Zeit später wieder auf. Auch die Arbeitsbedingungen erschienen mir recht merkwürdig. Das Einsatzgebiet war äußerst großzügig gestaltet und deutete somit darauf hin, dass man gar keinen großen Wert auf Kundenbetreuung und Beratung legte. Hinzu kam, dass das garantierte Fixum äußerst niedrig war. Dafür verdiente ich an dem einzelnen Auftrag erheblich. Also forderte man nur Umsatzmasse um jeden Preis. Ein Vertreter hat ein gewisses Gespür für solche Regelungen, und diese hier sagte mir deutlich, dass auf anständige Art und Weise nicht viel zu verdienen war und der Job auch sicherlich mittelfristig wieder ein Ende finden würde. Ich dachte zurück an die wenigen, aber sehr exklusiven Räume der Vertriebsgesellschaft. Auch solche Dinge sprachen nicht unbedingt für das Renommee einer Firma.

Außer Herrn Nagele hatte ich noch Herrn Hoffmann persönlich kennengelernt und auch dessen Sekretärin. Alle drei machten durchaus nicht den seriösesten Eindruck. Ich hätte die Stellung wahrscheinlich nicht angenommen, selbst wenn man mir wider Erwarten sofort zugesagt hätte.

Fast wie selbstverständlich und als ob mein Plan vom Vormittag bereits beschlossene Sache sei, ließ ich auf der Rückfahrt zum Bahnhof mein Taxi vor einer Filiale der Deutschen Bank anhalten.

Ich betrat den Schalterraum, der um diese Zeit relativ leer war. Ein junger Mann mit Goldrandbrille und vielen Pickeln im Gesicht bot mir sofort seine Schalterdienste an. Nach Vorlage meines Ausweises, einigen Unterschriften und knapp zehn Minuten war ich stolzer Besitzer eines Bankkontos bei der Deutschen Bank in München, Filiale Harras.

Der Taxifahrer wartete geduldig und mit laufendem Taxameter vor der Tür. Vorsorglich notierte ich mir noch schnell die genaue Adresse der Bankfiliale auf die Rückseite meiner kleinen Kontokarte und den Namen meines Kundenberaters, Herrn Hallmannseder. Vielleicht musste ich ja einmal telefonischen Kontakt mit der Bank aufnehmen und da war es immer gut, wenn man einen Namen hatte.

Während meiner Rückfahrt nach Bingen setzte ich meine Gedankenspielereien fort, die zusehends Formen annahmen. Ich würde mir außerhalb von Simmern ein Zimmer nehmen. Obwohl Simmern, dank der Verkehrsanbindung in alle Himmelsrichtungen, für den Fall aller Fälle strategisch recht günstig lag, schien mir dies in der Stadt selbst zu riskant. Mich kannten zu viele Leute. Und die Gefahr, jemanden zu treffen oder beobachtet zu werden und dann Fragen beantworten zu müssen, war mir zu groß. Ich ging in Gedanken alle möglichen Orte in der Nähe durch, die ich kannte und entschied mich für Kastellaun. Dort war ich bisher nur selten gewesen, kannte niemanden und kaum jemand aus Simmern fuhr nach Kastellaun einkaufen oder zum Essen. Man ist in solchen Dingen mehr nach Kirchberg oder Rheinböllen orientiert. So wie sich in den letzten Tagen immer wieder die furchtbare Tat wie ein Film vor meinen Augen erneut abgespielt hatte, entwickelte sich jetzt sehr plastisch ein Film über meine Zukunft in Technicolor, Breitwand und Dolbytechnik.

Kurz nach neun Uhr traf ich am nächsten Morgen mit meinem Wagen in Kastellaun ein. Ich fuhr zunächst die B 327, auch Hunsrückhöhenstraße genannt, in Richtung Koblenz, drehte beim Erreichen des Industriegebietes und fuhr die Straße zurück, weit außerhalb der Stadt, bis zum Beller Bahnhof. Auch dort wendete ich wieder und bog in Kastellaun nach links in die Altstadt. Nachdem ich mir so einen groben strategischen Überblick von der Stadt verschafft hatte, setzte ich meine weitere Ortserkundung zu Fuß fort. Dabei entdeckte ich drei Hotels, von denen mir der Landgasthof Altes Stadttor am Rand der Kastellauner Altstadt am meisten zusagte. Ich beschloss hier mein Quartier aufzuschlagen, da es unmittelbar an der Verbindungsachse Koblenz – Trier lag und direkt an der Abzweigung nach Simmern. Das Hotel lag etwas abseits von der Straße in einem Hof und ich stellte zu meiner Beruhigung fest, dass man es sowohl von einem nahegelegenen Parkplatz über den Hof, als auch von zwei Straßen aus erreichen und verlassen konnte, was im Falle einer Gefahr für mich wichtig sein könnte.

Statt einer Rezeption betrat ich einen kleinen Vorraum, durch den man auch in das Restaurant ging, in das ich einen kurzen Blick warf. Ein älteres Ehepaar saß beim Frühstück und unterhielt sich mit einem nicht all zu großen Mann, der bei ihnen am Tisch. Als er mich erblickte, entschuldigte er sich bei den Herrschaften und kam mir mit geschäftigem Lächeln entgegen. Mir fiel sofort sein niederrheinischer Dialekt auf, der so gar nicht in den Hunsrück passte und mich eher an die Gegend von Köln und Düsseldorf erinnerte. Ich stellte meinen Koffer ab, in dem ich Waschzeug und Kleidung für einige Tage zusammengepackt hatte. Es gab immer die Möglichkeit, wieder zu Hause frische Sachen zu holen. Das Zimmer sollte mir nur zur Tarnung dienen und als Zuflucht, falls beispielsweise Dr. Geisinger versuchte, meiner Identität auf die Spur zu kommen.

„Guten Morgen, kann ich bitte ein Einzelzimmer bekommen?“, fragte ich und achtete darauf, möglichst meinen eigenen leichten Simmerner Dialekt zu verbergen.

„Für wie lange?“, war die freundliche Gegenfrage und der Mann, ein Herr Verbocket, wie ich später durch eine Visitenkarte erfuhr, blätterte in einem dicken Buch, das auf einer Art altem Schulkatheder lag und in dem bereits einige Namen und Termine eingetragen waren.

„Für etwa zwei oder drei Wochen, ist das möglich?”

Der Mann schaute mich überrascht an, denn kein Tourist verbrachte normalerweise eine so lange Zeit hier in der Gegend. Hatte ich damit einen ersten Fehler gemacht?

„Ich bin bei Freunden zu Besuch und weiß noch nicht genau, wie lange man mich erträgt”, fügte ich erklärend hinzu.

Er nickte verständnisvoll und kaute nachdenklich an seinem Kugelschreiber herum.

„Das geht schon in Ordnung”, versicherte er, drehte sich um und reichte mir einen Schlüssel. „Zimmer vier ist für die Zeit frei. Der Treppenaufgang befindet sich dort.” Er deutete auf einen Durchgang, in dem ich eigentlich die Garderobe vermutet hatte. „Kostet normalerweise als Einzelzimmer pro Nacht neunzig Mark mit Frühstück, aber ich lasse es Ihnen bei zwei Wochen für achtzig Mark pro Nacht.”

Da das Restaurant offenbar auch als Frühstücksraum diente und außer dem einen Tisch der älteren Herrschaften nirgends eingedeckt war, durfte ich davon ausgehen, dass nur wenige Gäste zur Zeit hier logierten. Das war mir sehr angenehm und ich nahm dankend den Schlüssel entgegen.

„Wollen Sie jetzt schon auf das Zimmer?“, fragte er etwas unschlüssig.

„Nun, ich wollte eigentlich nur den Koffer abstellen”, antwortete ich wahrheitsgemäß. Es war anzunehmen, dass das Zimmer um diese Uhrzeit noch nicht gemacht oder längere Zeit nicht benutzt und ungelüftet war, was der Wirt nur ungern zugeben wollte.

„Gut, dann lassen Sie ihn doch einfach hier stehen”, sagte er, ergriff blitzschnell meinen abgestellten Koffer und trug ihn in einen kleinen Nebenraum, der sich zwischen Katheder und Restaurant ihm befand. „Wenn Sie dann nachher kommen, steht er oben auf ihrem Zimmer."

Ich bedankte mich und verließ den Landgasthof wieder. Vorsorglich hatte ich meinen Wagen etwa hundert Meter entfernt am Markt stehen lassen, da es aufgefallen wäre, wenn ich mich mit einheimischem Kennzeichen in ein Hotel einmietete.

Nachdem ich mich vergewissert hatte, dass Verbocket mir nicht nachblickte oder gar gefolgt war, kaufte ich mir am Kiosk auf dem Markplatz die Rhein-Hunsrück-Zeitung in der Hoffnung etwas Neues über den Mordfall zu erfahren. Dabei sprang mir die satte Schlagzeile der BILD in die Augen: ‚Mord im Massage-Institut – Das Blutdrama von Simmern'. Ich nahm auch diese Zeitung mit. Als ich bezahlte, fielen mir die Zigaretten neben der Kasse auf. Nein, ich wollte nicht wieder anfangen, auch nicht, wenn sich mein Leben nun grundsätzlich ändern würde.

Zum Mittagessen fuhr ich wieder nach Simmern. Im Pfalzgraf wurde ich von der Chefin herzlich begrüßt. Wie immer bestellte ich mir mein geliebtes Lammroastbeef mit feinem Knoblauchgeschmack und den köstlichen Bratkartoffeln. Auch diese Kosten zählte ich ab jetzt zu meiner Investition in die Zukunft. Mit leerem Magen konnte man schlecht nachdenken, sagte ich mir. Sogar einen Nachtisch ließ ich mir servieren und widmete mich dabei meinen Zeitungen.

Die Rhein-Hunsrück-Zeitung brachte mir nur wenig neue Erkenntnisse. Der vermutliche Tatablauf wurde noch einmal ausführlich beschrieben. Man ging immer noch davon aus, dass der Täter oder die Täterin im persönlichen Umfeld von Frau Friedhoff zu suchen sei. Der Gesundheitszustand von Frau Römer war unverändert schlecht. Sie war inzwischen mit dem Hubschrauber in die Neurochirurgie der Universität Mainz geflogen worden. Man berichtete, dass ihr Mann, der bekannte und angesehene Internist Dr. Geisinger, in ständigem Kontakt mit seinen dortigen Kollegen war und regelmäßig über ihr Befinden informiert wurde. In einem Interview sprach Dr. Geisinger von der ‚Wahnsinnstat einer Bestie'. Ich verstand die Kaltblütigkeit dieses Mannes nicht. Warum spielte er sich jetzt auch noch so auf? Eine Affekthandlung hätte ich ihm abgenommen. Aber immer mehr schien mir ein lang geplanter Mord dahinter zu stecken.

Die Boulevardzeitung ließ den Leser zunächst in dem Glauben, den die Überschrift schon zu suggerieren versuchte, der Mord sei in einem Massage-Sex-Salon geschehen. Dabei blieb unklar, ob Frau Friedhoff dort als Masseuse gearbeitet hatte oder was für eine Tätigkeit sie ausübte. Es war nur von viel Blut und vermuteter Rache die Rede. BILD hatte seinen Korrespondenten in Brüssel direkt nach Bekanntwerden des Mordes in das dortige Hotel geschickt, in dem sich der Mann der Ermordeten aufhielt. Der Journalist hatte Friedhoff irgendwie überredet, sofort mit ihm in seinem Wagen nach Simmern zu fahren, ‚da der Mann einen Nervenzusammenbruch erlitten hatte und nicht selbst Auto fahren konnte'. Diese Fahrt hatte der Reporter genutzt, den Mann über seine Ehe auszuhorchen. Demnach hatte Marianne Friedhoff vor etwa einem Jahr einen anderen Mann kennengelernt. ‚Es muss sich dabei um eine bekannte Persönlichkeit handeln, da die Ermordete selbst ihrem Anwalt gegenüber den Namen ihres Liebhabers nicht preisgegeben hat', schrieb BILD weiter. Der einzige Anhaltspunkt, der möglicherweise zu diesem Unbekannten führe, sei ihr Umzug nach Simmern. Doch hier hatte der Reporter vergeblich recherchiert. Frau Friedhoff lebte zurückgezogen mit ihren Kindern in einem Mehrfamilienhaus etwas außerhalb von Simmern. Die Nachbarn hatten nie einen Besucher kommen oder gehen gesehen und konnten zum Leidwesen des Boulevardblattes keine Angaben über den Tagesablauf von Frau Friedhoff machen.

Das alles konnte für mich nur positiv sein. Somit kannte ich nicht nur als Einziger den Mörder, sondern wusste auch wahrscheinlich als Einziger, wer der Liebhaber von Frau Friedhoff war.

Es folgte ein Interview mit dem Bruder von Frau Friedhoff. Ich überflog zunächst die Zeilen, blieb dann aber erschrocken an einer Textstelle hängen und begann den Abschnitt noch einmal von vorne zu lesen: ‚Unser Reporter Dietmar Lersch besuchte den Bruder der Ermordeten, Georg S., einen bekannten Sportler in Trier. S. empfing den Reporter mit verweinten Augen und erzählte ihm, er habe noch wenige Tage vorher versucht, seine Schwester von der Scheidung abzuhalten und sie im Namen seines Schwagers und der Kinder gebeten, das Verhältnis zu ihrem Liebhaber zu beenden.' S. sagte in dem Interview weiter: ‚Es war furchtbar für mich, als ich von der Polizei über den Mord informiert wurde. Ich bin fest davon überzeugt, dass der Mörder sogar noch die unverfrorene Kaltblütigkeit besessen hat, mich am Abend nach dem

Mord anzurufen und nach meiner Schwester zu fragen. Wahrscheinlich wollte er wissen, ob sie bereits gefunden und auch wirklich tot sei. Dieser Anruf gibt mir allerdings gleichzeitig Anlass zu der Annahme, dass meine Schwester ihrem Liebhaber gegenüber ihre Ehe und die Kinder verheimlicht und sich mit ihrem Mädchennamen vorgestellt hat, denn er fragte mich nach Frau S.'

Auch die nächsten Zeilen waren für mich nicht uninteressant. Hier stand, dass die Polizei aus den inzwischen bekanntgewordenen Umständen die Schlussfolgerung zog, es handele sich bei dem unbekannten Geliebten von Frau Friedhoff um eine Person, die nicht in Simmern, aber im Hunsrück wohne. Man wies darauf hin, dass Frau Friedhoff in der Vergangenheit bereits des Öfteren Reisen ohne ihre Kinder und ihren Mann unternommen und möglicherweise so ihren Liebhaber und Mörder kennengelernt und getroffen habe. Die Bevölkerung wurde aufgerufen sich bei der Polizei zu melden, wenn man Frau Friedhoff in den letzten zwölf Monaten in Begleitung eines Mannes gesehen habe. Daneben prangte ein Porträt der Ermordeten.

Im weiteren Text wurde berichtet, dass der Mörder offenbar unter einem Vorwand bei Frau Römer geklingelt habe, ihr dann in den Behandlungsraum gefolgt sei und dort zuerst auf Frau Römer eingeschlagen und dann erst Frau Friedhoff ermordet hatte. Als Tatmotiv wurde wegen der vielen Stiche in den Rücken blinde Eifersucht vermutet. Nach Angaben des Gerichtsmediziners handelte es sich bei der Tatwaffe um ein etwa 20 bis 25 Zentimeter langes und zwei bis drei Zentimeter breites Messer. Die Verletzungen ließen darauf schließen, dass es sich um ein Messer mit Wellenschliff gehandelt habe. Frau Römer war mit einem Metallgegenstand niedergeschlagen worden. Dies hatten die Untersuchungen der Schwerverletzten ergeben. Nähere Einzelheiten zu dieser Waffe standen noch nicht fest.

In einem Kasten druckte BILD ein Täterprofil ab, dass ein Psychologe der Kripo Koblenz erstellt hatte. Von der Schwere der Kopfverletzung und der Schlagrichtung abgeleitet, musste der Täter von kräftiger Gestalt sein. Seine Größe wurde mit knapp unter 1,80 m angegeben. Erst ganz zum Schluss wurde die Vermutung geäußert, der Täter könne Patient oder Patientin in der Massagepraxis gewesen sein. Es gäbe Hinweise darauf, dass eine bisher unbekannte Person zur Tatzeit in der Nachbarkabine gelegen habe.

Diese Vermutung beunruhigte mich ein wenig, aber ich hatte diese Möglichkeit bereits gedanklich durchgespielt und war zu keinem Ergebnis gekommen, das mich gezwungen hätte, Konsequenzen zu ziehen. Ich legte die Zeitungen wieder zusammen und bestellte mir bei der Tochter von Frau Velden noch eine Tasse Kaffee.

Der Kaffee kam schnell, heiß und angenehm duftend. Genüsslich schlürfte ich einen Schluck nach dem anderen.

Draußen hatte es wieder zu regnen angefangen und ich überlegte, was ich nun zuerst machen sollte. Ich beschloss nach kurzer Überlegung, noch einmal in meine Wohnung zu fahren, was ich dann auch tat.

In meinem Briefkasten fand ich eine Menge Post vor. Mit den Zeitungen und der Post unterm Arm begegnete ich im Treppenhaus meiner Nachbarin, Frau Liesenfeld. Als sie mich erblickte, stellte sie sich mir breitbeinig in den Weg. Sofort fiel mir ein, dass ich ihr vor einigen Tagen in einem Anfall von Geschwätzigkeit erzählt hatte, mich von Frau Römer massieren zu lassen. Die Strafe hierfür traf mich auf der Stelle.

„Was sagen Sie denn zu diesem schrecklichen Mord?", rief sie mir empört entgegen und machte keine Anstalten, mich vor einer ausführlichen Stellungnahme in meine Wohnung zu entlassen.

„Schrecklich", bestätigte ich kurz und versuchte, mich an ihr vorbei zu stehlen.

„Das muss doch eine Bestie gewesen sein!" Aha, dachte ich, auch sie hatte inzwischen BILD gelesen und überlegte, wie ich dieses Gespräch schnell beenden könne.

„Ich glaube, ich habe das Bügeleisen vergessen auszuschalten", log ich mit ängstlicher Stimme, was auch sofort Wirkung zeigte.

Mit einem Ruck machte Frau Liesenfeld mir den Weg zu meiner Wohnung frei. „Um Gottes Willen. Retten Sie, was zu retten ist."

Ich eilte die letzten Stufen hinauf, schloss eilig auf und die Tür wieder hinter mir zu. Ich hatte das Gefühl, Frau Liesenfeld warte noch auf dem Treppenabsatz. Erst als nach einigen Sekunden noch kein Schreckensschrei von mir zu hören war, setzte sie ihren Weg nach unten sicherlich enttäuscht fort.

Ich öffnete die Umschläge nacheinander und stellte fest, dass wieder einmal alle Bewerbungen abgesagt wurden. Dieser Gedanke konnte mich zum ersten Mal seit Monaten nicht belasten. Mit einem Lächeln warf ich alle Briefe in den Papierkorb.

Dann machte ich mich daran, meine alte Reiseschreibmaschine zu suchen, die ich seit mehr als zehn Jahren nicht mehr benutzt, aber von der ich mich trotz Computer und Notebook bisher nicht getrennt hatte. Ich fand sie unten im Kleiderschrank und stellte sie auf den Wohnzimmertisch.

Nachdem ich einen Bogen weißes Papier eingespannt hatte, überlegte ich mir, wie ich meinen Brief an Dr. Geisinger beginnen sollte. In jedem Fall musste er Tatsachen enthalten, die ihn belasteten, um die Wahrscheinlichkeit auszuschließen, dass er sofort zur Polizei rannte.

‚Sehr geehrter Herr Dr. Geisinger,
als Sie am vergangenen Freitag gegen 15 Uhr durch die Verbindungstür Ihrer Wohnung die Praxisräume Ihrer Frau betraten, haben Sie möglicherweise übersehen, dass eine weitere Person in der zweiten Behandlungskabine lag. Denken Sie darüber einmal nach. Ein noch verschwiegener Freund.'

Dann nahm ich ein zweites Blatt und schrieb folgenden Text:

‚Sehr geehrter Herr Dr. Geisinger,
weiß die Polizei eigentlich, dass Sie ein Verhältnis mit Frau Friedhoff hatten? Sicherlich eine Information, die ich für mich behalten sollte! Ein bisher noch schweigender Freund.'

Nachdem ich auch diesen Bogen aus der Maschine gezogen hatte, spannte ich einen Briefumschlag ein, tippte die Privatadresse von Dr. Geisinger auf den Umschlag und ergänzte die Anschrift mit dem Vermerk Post-Express. Als Nächstes beschriftete ich einen zweiten Umschlag mit der Adresse von Geisingers Praxis und dem Zusatz persönlich/vertraulich. Dann faltete ich beide Briefe und steckte den ersten in den Umschlag, der an die Privatadresse gerichtet war und den zweiten in den an die Praxis adressierten Umschlag.

Ich stellte meine kleine Reiseschreibmaschine transportbereit in die Diele und füllte einen großen DIN-B4 Briefumschlag mit weiterem Schreibpapier und Umschlägen. Dann ging ich noch einmal durch alle Zimmer. Im Badezimmer sah ich mein altes Transistorradio stehen. Ich überlegte einen kurzen Augenblick, dann nahm ich es und stellte es neben die Schreibmaschine in die Diele. Wer wusste, ob ich nicht einmal drahtlose Nachrichten brauchte.

Bevor ich das Haus verließ, schaute ich automatisch aus dem Fenster auf die Straße, konnte aber nichts entdecken, was mich beunruhigt hätte. Merkwürdig dachte ich, wie schnell sich ein Mensch Verhaltensformen aneignen kann. Eigentlich hatte ich im Moment gar keinen Grund, mich vor irgendetwas zu fürchten. Im Falle einer Verdächtigung hatte ich genügend Beweise, wer der tatsächliche Täter war und konnte mich entlasten. Was ich jetzt vorhatte, war sicherlich juristisch gesehen eine strafbare Handlung oder gar ein Verbrechen, ich empfand es aber im Moment eher als einen Akt der gerechten Strafe und Rache an dem kaltblütigen Mörder einer bildhübschen Frau, in die ich mich augenblicklich verliebt hatte.

Bepackt mit den verschiedenen Dingen machte ich mich auf den Weg zurück in mein Hotel. Ich hatte mir lange überlegt, wo ich die Briefe aufgeben sollte und ursprünglich Mainz oder Koblenz in Erwägung gezogen. Dann sagte ich mir aber, dass heute die Briefe nur noch mit sogenannten Briefzentren-Stempeln versehen werden. Nachdem mein Bankkonto Dr. Geisinger auf eine Spur nach München führen würde, erschien mir jeder Ort für das Absenden der Briefe geeignet und Simmern eigentlich sogar logisch.

Automatisch fuhr ich in die Poststraße und erst, als ich meinen Audi auf der Parkspur abgestellt hatte, fiel mir ein, dass sich das Postamt seit einiger Zeit in der Passage zur Schlossstraße befand. Ich ließ den Wagen stehen und legte die knapp zweihundert Meter zu Fuß zurück. Nachdem ich für meinen Postexpress-Brief ein für meine Begriffe abartig hohes Porto bezahlen musste, ließ ich mir von der Postmitarbeiterin wenigsten versichern, dass dieser Brief auch zuverlässig in aller Frühe zugestellt werde.

Als ich im Hotel in Kastellaun eintraf, war mein Koffer tatsächlich bereits auf dem Zimmer. Das Zimmer und seine Naturholz-Einrichtung wirkten gediegen und sehr sauber. Ich war mit meiner Hotelwahl vollauf zufrieden, auch wenn der Zimmerpreis meinen Arbeitslosenetat erheblich belastete. Aber, vielleicht lohnte sich diese Investition ja für mich.

Auf meinem Koffer lag diskret aber unübersehbar ein Anmeldezettel. Ich füllte ihn aus und nannte mich Theodor Grosskurth mit Wohnsitz in

Berlin. Als Geburtsort gab ich Dillendorf an, ein kleineres Dorf hier in der Nähe, da ich mir unmöglich vorstellen konnte, dass Verbocket meine leichte Hunsrücker Sprachfärbung überhören konnte. Meine Eitelkeit veranlasste mich ohne große Skrupel, mein Geburtsdatum zu verändern und mich vier Jahre jünger zu machen.

Zum Abendessen ging ich hinunter ins Restaurant und überreichte als Erstes Herrn Verbocket den Meldezettel. Er nahm ihn nach einem flüchtigen Blick auf meine Eintragungen unbeanstandet an sich. Etwas erstaunt schaute er, als ich mich an einen freien Tisch setzte und die Speisekarte verlangte. Ich teilte ihm mit, dass meine Freunde heute Abend nach Mainz ins Theater gefahren seien und ich sie nicht in zeitlichen Stress bringen wolle. Diese Erklärung schien seine Neugier zu befriedigen.

Nachdem ich bereits gut zu Mittag gegessen hatte, begnügte ich mich mit einer kalten Platte mit französischem Käse, die eigentlich als Nachtisch angeboten wurde. Der Käse war köstlich und alle Sorten hatten jenen Reifegrad, den ein Käseliebhaber als au point bezeichnen musste.

Nach dem Abendessen zog ich mich aufs Zimmer zurück. Seit meinem Eintreffen in dem Hotel hatte ich das Gefühl gewonnen, zumindest in dieser Nacht der einzige Hotelgast zu sein. Ich legte mich angezogen aufs Bett und nahm das Buch Der Tod des Lächelns zur Hand. Bisher war alles so gelaufen, wie ich es mir auf der Fahrt nach München ausgedacht hatte und so fand ich endlich Muße zu lesen.

# 3.

Trotz der sehr spannend geschriebenen Geschichte um den rätselhaften Unfalltod von Prinzessin Diana war ich irgendwann eingeschlafen. In der Nacht wachte ich allerdings mehrfach auf und schaute immer wieder zwanghaft auf die Uhr. Endlich wurde es draußen langsam hell. Ich schaltete das Fernsehen ein und schaute mir einen Zeichentrickfilm an, um meiner Nervosität zu begegnen. Endlich war es soweit. Dr. Geisinger musste nach meiner Berechnung inzwischen die Postexpress-Zustellung erhalten haben. Ich stand auf, stellte mich unter die Dusche und ließ fast zehn Minuten lang Wasser über meinen Körper fließen, wobei ich kontinuierlich die Temperatur auf noch erträgliche Werte herunterregulierte. Dann zog ich mich an und ging hinunter ins Restaurant.

Es verwunderte mich nicht, dass nur ein Gedeck auf einem Tisch stand. Wie bereits vermutet, war ich der einzige Logiergast in dieser Nacht gewesen. Verbocket servierte mir das Frühstück und legte automatisch die Rhein-Hunsrück-Zeitung dazu. Ich zuckte deutlich zusammen, als mir auf der Titelseite die strahlenden Augen von Marianne Friedhoff entgegenblickten. Leicht blass geworden schaute ich zum Wirt hin. Ob er etwas bemerkt hatte. Aber der war mit der Zubereitung meines Frühstücks derart beschäftigt, dass er keine Notiz von mir und meiner Reaktion nahm. Während er Brötchen und Butter brachte, schlug ich – nun vorgewarnt – gelassen die Zeitung auf und konnte nun die komplette Überschrift lesen: ‚Wer kennt diese Frau?'.

Im fettgedruckten Leittext wurde dann die Frage erläutert. Man suchte Leute, die Frau Friedhoff in Begleitung eines Mannes im letzten Jahr gesehen hatten. Es wurde darauf hingewiesen, dass in ganz Deutschland, aber auch in den Wintersportgebieten in Österreich und der Schweiz die Polizei nach den heimlichen Aufenthaltsorten von Frau Friedhoff und ihrem Liebhaber fahndete.

Auf diese Möglichkeit war ich noch nicht gekommen. Was war eigentlich, wenn man auf diesem Fahndungsweg Dr. Geisinger als ihren Geliebten ausmachte und die Polizei hinter das Geheimnis kam, dass für mich so lukrativ werden sollte? Ich malte mir aus, dass irgendein Hotelangestellter die Frau auf dem Foto erkannte und den Mann dann der Polizei genau beschreiben würde. Nach einer einigermaßen genauen Beschreibung war Dr. Geisinger schnell überführt. Das würde meine ganzen P1äne über den Haufen werfen.

Bevor ich mir aber zu diesem Thema Gedanken machen wollte, las ich erst einmal im Innenteil den großen aktuellen Bericht zum Mordfall. Die Obduktion der Leiche hatte nicht allzu viel ergeben. Fest stand nur, dass Frau Friedhoff durch zwei der Stiche sofort getötet worden war. Der eine war mitten ins Herz eingedrungen, der andere hatte einen Lungenflügel zerschnitten. In der Handtasche von Frau Friedhoff hatte man unter anderem ein kleines Notizbuch gefunden, aus dem jetzt einzelne Adressen überprüft wurden, die ihrem Mann oder ihrer Familie unbekannt waren. Ich konnte nur hoffen, dass Dr. Geisingers Adresse oder eine gemeinsame Hoteladresse darin nicht zu finden waren.

Meine Aufmerksamkeit wurde besonders durch die Mitteilung von Dr. Geisinger in einem Interview erregt, Frau Friedhoff sei vor einiger Zeit einmal seine eigene Patientin gewesen.

Ich legte die Zeitung beiseite und schmierte mir ein Brötchen. Dieser Dr. Geisinger war wirklich raffinierter, als ich zunächst angenommen hatte. Offenbar war auch er sofort auf den Gedanken gekommen, dass möglicherweise auch seine Adresse und Telefonnummer im Notizbuch der Toten zu finden waren. Also setzte er schnell diese Behauptungen in die Welt. Wer schöpfte schon Verdacht, wenn ein ortsansässiger Internist im Notizbuch einer Ermordeten zu finden war? Wahrscheinlich hatte er für eine Überprüfung inzwischen sogar schon eine Patientenkartei angelegt und gefälscht. Vielleicht aber hatte er Marianne sogar tatsächlich zunächst als Patientin kennengelernt. Ich biss in mein Brötchen und nahm die Zeitung wieder zur Hand. Frau Römers Zustand hatte sich verschlechtert und das Ärzteteam der Neurochirurgie in Mainz gab ihr wenig Chancen einer Heilung. Die Ärzte ließen sogar durchblicken, dass sie bisher nicht einmal außer Lebensgefahr war. Inzwischen hatte man festgestellt, dass sie nicht nur durch den Schlag Verletzungen erlitten hatte, sondern beim Sturz auch noch so unglücklich mit dem Kopf gegen einen Heizkörper gefallen sein musste, dass weitere, schwere innere Verletzungen und Blutungen entstanden waren.

Positiv nahm ich die Mitteilung auf, dass die Frau, die die Tat entdeckt hatte und mit Elfriede P. angegeben wurde, sich nun zu erinnern glaubte, einen Mann gesehen zu haben, der kurz bevor sie den Vorgarten betrat, die Praxis verließ. Sie beschrieb ihn als mittelblond und auffallend groß. Diese Angabe konnte mir nur dienlich sein und die Polizei auf eine falsche Spur führen. Die Untersuchung des Wagens, mit dem Frau Friedhoff zur Massage gefahren war, hatte keine Ergebnisse gebracht. Ganz zum Schluss wurde noch mitgeteilt, dass inzwischen eine Belohnung von 5.000 Mark für Hinweise ausgesetzt worden waren, die zur Ergreifung des Täters führten. Hiermit sollten offenbar vor allem Hotelmitarbeiter und Absteigebesitzer angespornt werden, einmal gründlicher nachzudenken.

Ich legte die Zeitung abermals beiseite und schaute mich gedankenverloren in dem leeren Restaurant mit seinen künstlich geschaffenen Putzschäden an den Wänden und den schmiedeeisernen Kerzenleuchtern um.

Alles verlief immer noch nach Plan. Ich spielte noch einmal die Möglichkeit durch, dass man tatsächlich Herrn Dr. Geisinger als den Geliebten von Frau Friedhoff erkannte. Immerhin bestand dann noch die Chance, mich mit Geisinger in Verbindung zu setzen, als Patienten unter der Heißluft zu erkennen geben und ihm eine falsche Aussage anzubieten. Für gutes Geld war ich in meiner Situation auch bereit auszusagen, ich hätte den Täter gesehen und ihn ebenfalls als groß und mittelblond beschrieben. Damit war zwar die für ihn unangenehme Beziehung zwischen ihm und der Toten nicht aus der Welt geschafft, aber er war wenigstens kein Mordverdächtiger mehr. So etwas musste sich genauso versilbern lassen.

Ich war mit meinen Überlegungen sehr zufrieden, stand auf, ging in mein Zimmer hinauf, packte die Schreibmaschine auf den kleinen Tisch und spannte einen Briefbogen ein.

In der Nacht hatte ich mir in den Wachphasen den Text bereits genau überlegt und tippte nun in die Maschine:

‚Sehr geehrter Herr Dr. Geisinger, dreimal habe ich Sie gesehen: an Ihrem Wohnungsfenster, 15 Minuten vor der Tat; als dunkelrotes Blut den Vorhang der Behandlungskabine verfärbte und als Marianne

Friedhoffs Cabrio abgeschleppt wurde. Sollten wir uns noch einmal begegnen müssen, wird dies im Gerichtssaal sein. Ihr immer noch schweigender Freund.'

Ich zog den Bogen aus der Maschine, spannte einen zweiten ein und überlegte noch einmal kurz, ob ich die Summe nicht erhöhen sollte, ließ es dann aber bleiben.

'Sehr geehrter Herr Dr. Geisinger, die Summe ist 250.000 D-Mark und mein Konto bei der Deutschen Bank in München ...'

Ich suchte in meiner Brieftasche die Kontonummer und Bankleitzahl heraus, die auf der kleinen Kontokarte eingedruckt war, die mir das Pickelgesicht gegeben hatte und tippte beides in den Brief. Nachdem ich die Zahlen anschließend nochmals sorgfältig kontrolliert hatte, setzte ich meine Mitteilung fort.

'Ich empfehle Ihnen eine Blitzanweisung, da ich am kommenden Montag, kurz vor zwölf Uhr meinen aktuellen Kontostand abfragen werde.'

Plötzlich fiel mir etwas ein, was meine Spuren noch stärker verwischen konnte. Ich riss das Blatt aus der Maschine, legte ein neues ein und wiederholte den Text bis zu der Blitzanweisung. Dann fuhr ich fort:

'Da ich am kommenden Montag kurz vor 12 Uhr zur Bank gehen werde, um das Geld bar abzuheben. Sollte es zu diesem Zeitpunkt nicht auf meinem Konto sein, haben Staatsanwälte auch nach dem Mittagessen offene Ohren! Ihr bis Montag verschwiegener Freund.'

Ich faltete die beiden Briefe und steckte sie in zwei verschiedene Umschläge. Den einen adressierte ich wieder an die Privatwohnung mit dem Zusatz Post-Express, den anderen schickte ich wie gestern an seine Praxis mit dem Zusatz persönlich/vertraulich. Ihm blieb bei einer Blitzüberweisung genügend Zeit das Geld zu beschaffen.

Meine Idee gefiel mir immer besser, ich durfte nur nicht in die Versuchung kommen, unbedacht zu handeln und dadurch Fehler zu machen. Befriedigt klebte ich beide Umschläge zu und steckte die Briefe in die Manteltasche. Ein Blick auf die Uhr sagte mir, dass es inzwischen kurz vor elf war.

Ich durfte mich nicht allzu lange in meinem Hotel aufhalten, wenn ich in unmittelbarer Nähe Freunde wohnen hatte. Deshalb beschloss ich wieder nach Simmern essen zu fahren.

Zu gern hätte ich nur gewusst, ob Dr. Geisinger heute beide Briefe planmäßig erhalten und sich nun Gedanken machte, wer ihm die Briefe geschrieben hatte. Vielleicht erinnerte er sich an seinen Blick aus dem Fenster und mein Gesicht. Vielleicht ahnte er, wer ihn bei seinem Mord beobachtet hatte und war über den Terminkalender und die Kartei seiner Frau bereits auf mich gestoßen. Ob er sich dann auf den Weg zu meiner Wohnung machte, um mich aufzusuchen, vielleicht sogar zu ermorden? Ich würde nachher einmal hinausfahren und mich auf Beobachtungsposten stellen.

In dem kleinen Vorraum traf ich auf Verbocket, der sich in dem kleinen Raum hinter dem Stehpult zu schaffen machte. Er kam neugierig heraus als er Schritte hörte und schaute mich von der Seite an.

„Heute scheint es etwas besser zu werden mit dem Wetter."

In Simmern fuhr ich direkt ins Zentrum. Vorbei an dem Arbeitsamt, das ich wahrscheinlich nicht mehr brauchen und vorbei am Schwarzen Adler, der mich jetzt wieder öfter sehen würde. Auf dem Parkplatz am Simmerbach stellte ich meinen Wagen ab und nahm mir dabei vor, noch heute wenigstens einen Ölwechsel an meinem Audi vornehmen zu lassen.

Ich betrat wieder den Zeitungsladen in der Schlossstraße und kaufte wie gestern die BILD und die Frankfurter Allgemeine. Die Rhein-Hunsrück-Zeitung sparte ich mir. Die erhielt ich ja jetzt kostenlos im Hotel und hatte sie bereits gelesen. Beim Bezahlen schielte ich wieder zu den Zigaretten, blieb aber hart. Ich lenkte meine Schritte in Richtung Café Jung, wo ich früher oft mit Vertreterkollegen eine Kleinigkeit gegessen hatte. Vielleicht traf ich dort den einen oder anderen.

Das Café war wie fast immer um diese Zeit gut besucht. Ich ließ mir die Karte bringen, konnte aber nirgends ein bekanntes Gesicht entdecken. Also bestellte ich mir einen Apfelkuchen mit Sahne und ein Kännchen Kaffee. Ein Blick in mein Portemonnaie verriet mir, dass ich unbedingt heute noch bei der Hunsrück Bank vorbeigehen musste. Mein Bargeld hatte seit dem Wochenende erstaunlich rapide abgenommen. Diese Feststellung konnten mich allerdings heute nicht mehr schockieren. Ich hatte die letzten Monate sehr sparsam gelebt und in Kürze würden sich alle meine Investitionen bezahlt machen.

Inzwischen hatten sich eine junge Dame und ein älterer Herr mit an meinen Tisch gesetzt. Ich nahm mir die Zeitungen vor und beobachtete dabei die junge Dame über den oberen Zeitungsrand. Bald würde ich in der Lage sein, auch auf diesem Gebiet wieder etwas mehr Geld zu investieren. Ich grinste und las weiter. Offensichtlich kam die Polizei mit ihren Ermittlungen nicht so schnell weiter. In den beiden Zeitungen fand ich keine neuen Informationen. Lediglich die FAZ, die wieder sehr sachlich und nüchtern über den Vorfall berichtete, teilte ihren Lesern mit: ‚Nach Aussage der Gerichtsmediziner kann sich die Polizei wenig Hoffnung auf die Aussage der Masseurin Hilde R. machen. Zum einen wurde der Schlag so gesetzt, dass man davon ausgehen muss, dass Frau R. den Mörder nicht gesehen hat, (der Schlag erfolgte von hinten, Anmerkung der Red.) und zum anderen sind die Verletzungen, die Frau R. bei dem Sturz davongetragen hat, derart, dass sie voraussichtlich gelähmt bleiben und sich kaum an den Vorfall erinnern wird.'

Ich faltete die Zeitung wieder zusammen und überflog noch einmal das Boulevardblatt. Hier war auf einem Bild Dr. Geisinger im Gespräch mit den Kollegen der Uni Mainz abgebildet, die seine Frau behandelten. Als Bildtext stand darunter: „Fassungslos steht Dr. Geisinger am Bett seiner schwerverletzten Frau. Unter Tränen gestand er unserem Reporter: ‚Jetzt hat mein Leben keinen Sinn mehr.'"

Geisinger war offenbar nicht nur ein beliebter und angesehener Arzt, sondern auch ein großartiger Schauspieler. Ich betrachtete sein Gesicht zum ersten Mal für längere Zeit. Eigentlich sah er gar nicht wie ein Mörder aus. Aber wie lächerlich waren doch immer unsere Vorstellungen von Verbrechern! Unwillkürlich drängte sich mir die Frage auf, ob ich auch wie ein Erpresser aussah. Aber immerhin hatte ich mir mit dem Geld von Dr. Geisinger einiges vorgenommen. Man konnte mich wirklich nicht mit Erpressern schlechthin über einen Kamm scheren.

Die Kellnerin brachte mir den Kuchen. Ich bemerkte, wie die junge Dame am Tisch erst meinen leichten Bauchansatz sowie dann die Portion Sahne betrachtete und musste innerlich lachen. Vielleicht sollte ich zuerst einmal in Kur fahren, wenn das Geld eingetroffen war und mich von den Strapazen der letzten Tage erholen. Nachdem ich die wirtschaftlichen Aspekte des Mordfalles für mich erkannt hatte, konnte ich über manch Erlebtes hinwegsehen. Ich musste mir zwar eingestehen, dass ich oft noch an Marianne dachte, die mich im Wartezimmer so verzaubert hatte und sicherlich wäre es mir lieber gewesen, sie noch öfter lebend zu sehen, aber seitdem ich wusste, dass sie verheiratet war und zwei Kinder hatte, waren meine Gefühle nicht mehr ganz so intensiv.

Immerhin hatte ich an jenem Nachmittag unheimlich viel in die Frau hineininterpretiert. Die Tatsachen lagen doch wohl etwas anders. Selbst wenn wir uns noch ein oder zweimal bei der Massage gesehen hätten, ja sogar, wenn wir uns tatsächlich auch im Schwarzen Adler oder gar in meiner Wohnung getroffen hätten – Marianne Friedhoff war verheiratet und hatte schon einen Liebhaber.

Mir wurden meine Gedanken plötzlich bewusst und ich schämte mich vor mir selbst. Schließlich dachte ich an eine Tote, die ich für wenige Minuten einmal mit sehr intimen Gedanken in Verbindung gebracht hatte. Aber ich musste die Sache einfach realistisch betrachten, mit mir war das Schicksal an jenem Tag auch nicht allzu zaghaft umgegangen.

Ich rief die Kellnerin und zahlte. Immer noch hatte niemand, den ich kannte, das Lokal betreten. Ich würde jetzt schnell zum Autohaus Scherer fahren und einen Ölwechsel machen lassen. Vorher aber musste ich unbedingt noch zur Bank, und schließlich wollte ich ja auch noch zu Hause auf Beobachtungsposten gehen. Dabei fiel mir ein, dass ich einmal die Praxiszeiten von Dr. Geisinger feststellen sollte. Solange er dort beschäftigt war, konnte ich in jedem Falle ungefährdet in meine Wohnung gehen.

Ich hob bei der Hunsrück-Bank von meinem Konto nochmals 400 Mark ab und fuhr dann zum Autohaus Scherer. Man hatte an diesem Nachmittag nicht allzu viel zu tun und versprach mir, meinen Wagen als nächsten an die Reihe zu nehmen. Während der Wartezeit schlenderte ich zunächst durch den Ausstellungsraum und über das Freigelände, wo die Gebrauchtwagen standen. Dann erregte ein silbermetallik funkelnder Audi S 8, der fast direkt neben meinem schlichten 80er auf dem Vorplatz abgestellt worden war, meine Aufmerksamkeit. Neugierig ging ich um den Wagen herum und betrachtete ihn von allen Seiten. Vielleicht hätte ich doch einen etwas höheren Betrag fordern sollen, fiel mir beim Anblick dieser Luxuslimousine ein. Sicherlich würde ein solches Auto auch mir gut zu Gesicht stehen. Mit rund fünfzig Jahren musste man nicht nur an die Altersversorgung, sondern auch endlich ans Heiraten denken. Und die Frauen, denen ich mehr oder minder unauffällig gern hinterherschaute, standen häufig auf solche Äußerlichkeiten, wie mich das Leben gelehrt hatte. Ich war gespannt, wie der Besitzer dieses Wagens wohl ausschaute.

Die Sonne blendete mich etwas und ich konnte nicht in das Innere der Anmeldung sehen. Von Neugier geplagt ging ich also zurück, um mich dort nach ihm umzuschauen. Als ich die mit Werbeplakaten für ein Autorennen verhangene Glastür aufstoßen wollte, wurde die Tür von innen energisch geöffnet. Erschrocken trat ich beiseite und machte dem Entgegenkommenden den Weg frei. Im Vorbeieilen konnte ich nur kurz sein Gesicht sehen. Fast hätte ich einen lauten Schrei ausgestoßen. Ich merkte, wie mir schlagartig die Knie weich wurden, und ließ mich nach hinten fallen, in der Hoffnung, dort Halt zu finden. Es gab einen dumpfen Schlag, als mein Körper auf der großen Fensterscheibe der Ausstellungshalle auftraf. Ohne mich auch nur eines Blickes zu würdigen, eilte Dr. Geisinger auf seinen Wagen zu. Er knöpfte sein elegantes Jackett auf und stieg ein. Erst als er bereits den Motor angelassen hatte, war mir, als schaue er mich direkt an. Doch sicher war ich mir nicht. Ich sah erstarrt, wie der Wagen mit leise surrendem Geräusch das Firmengelände in Richtung Stadt verließ.

Im selben Moment wurde die Tür neben mir wieder geöffnet.

„Herr Kögler, ist was mit Ihnen?“, fragte eine Frauenstimme. Es war die Dame von der Fahrzeugannahme. „Sie sind ja kreidebleich, kommen Sie schnell rein und setzen Sie sich!”

Ich griff in die Manteltasche nach meinem Wagenschlüssel und rannte auf meinen Wagen zu. Mit quietschenden Reifen drehte ich mein Fahrzeug um und gab Vollgas. Als ich das Firmengelände verließ, sah ich den Audi S8 in der Straßenbiegung verschwinden. Ich schaltete in den dritten Gang und jagte hinterher, wobei sich der Abstand zwischen uns immer vergrößerte. Ich musste unbedingt wissen, wohin Dr. Geisinger fuhr. Der Audi vor mir schoss den Berg hinab. Unten folgte er nicht der Koblenzer Straße, sondern bog rechts ab. Mir wurde ein mögliches Fahrtziel mit Schrecken bewusst. Ich verringerte die Geschwindigkeit und hielt größeren Abstand. Blitzschnell überlegte ich, ob es eine Abkürzung gab, musste aber ebenso schnell feststellen, dass sich auch Dr. Geisinger in dieser Gegend recht gut auskannte. Kein Wunder, denn seine Praxis lag in diesem Stadtteil.

Nach drei Straßen hielt Geisinger ohne große Vorsichtsmaßnahmen direkt vor dem Haus, in dem ich wohnte. Ich bremste meinen Wagen ab und blieb am Straßenrand stehen. Der Arzt schien nicht bemerkt zu haben, dass er verfolgt wurde. Er hatte mich auf dem Vorplatz der

Werkstatt nicht erkannt. Das war für mich, wenn ich genauer überlegte, auch nicht allzu verwunderlich, denn er hatte mich höchstens einmal kurz gesehen.

Ich sah, wie er vor der Haustür stehen blieb und klingelte. Er drehte sich herum und schaute die Straße hinauf. Sofort warf ich mich auf den Beifahrersitz. Was sollte ich machen? Ich überlegte und wartete. Sicher würde er jetzt ein zweites Mal klingeln. Vorsichtig hob ich den Kopf. Zu meinem Erstaunen war Geisinger nicht mehr zu sehen. Ich setzte mich wieder aufrecht. Sein Audi stand immer noch vor der Tür. Hatte er mich entdeckt? Ich blickte mich um, konnte aber auf der ganzen Straße niemanden sehen, der Geisinger ähnlich gesehen hätte. Wieder ertappte ich mich, dass ich im Handschuhfach nach Zigaretten suchte. Ich hatte es ganz unbewusst getan, ohne meinen Blick von der Haustür zu nehmen. Es war natürlich auch durchaus denkbar, dass er bei einem anderen Hausbewohner sein Glück versucht hatte, nachdem bei mir niemand öffnete und jetzt lauschend und lauernd vor meiner Wohnungstür stand. Ich wartete also. Mein Herz schlug so laut, dass ich mich erschreckt nach rechts und links umsah, um festzustellen, dass niemand in der Nähe war, der das Pochen hören konnte. Meine Nerven waren nicht mehr die besten und ich sollte ernsthaft überlegen, ob nicht eine baldige Kur angebracht sei. Ich schaute auf meine Uhr. Vielleicht waren drei oder vier Minuten inzwischen vergangen.

Endlich öffnete sich die Haustür und Dr. Geisinger kam heraus. Ohne nach rechts und links zu schauen, ging er auf seinen Wagen zu. Er stieg ein. Leichter Qualm am Auspuff verriet, dass er den Wagen sofort gestartet hatte. Fast wie in Zeitlupe setzte sich der Wagen in Bewegung. Ich atmete tief auf und lehnte mich zurück. Was sollte ich jetzt machen? Geisinger hatte die Briefe erhalten. Ihm war der Terminkalender seiner Frau also bekannt und er hatte meine Adresse gefunden. Ich hatte nicht geglaubt, dass er so schnell hinter meine Anonymität käme. Andererseits sagte ich mir, dass er spätestens morgen mit viel Geschick über die Kontonummer den Inhaber erfahren konnte. Was machten also 24 Stunden aus?!

Ich hatte mein sicheres Versteck im Hotel. Solange ich ihm nicht bewusst über den Weg laufen würde, wusste er nicht einmal, wie ich aussah. Das hatte er eben vor dem Autohaus Scherer bewiesen.

Langsam fuhr ich zu meiner Wohnung vor. Ich knallte lautstark die

Tür zu und ging noch zum Kofferraum, öffnete ihn, und schlug den Deckel laut zu. Dann ging ich zur Haustür. Ich klimperte längere Zeit mit dem Schlüsselbund, als suche ich den richtigen Schlüssel. Dann öffnete ich die Tür und ließ sie ebenso laut ins Schloss fallen wie ich es eben mit der Autotür getan hatte. Lautstark begann ich die Treppe hoch zu steigen und pfiff vor mich hin. Über mir hörte ich, wie eine Wohnungstür geöffnet wurde. Ich grinste und pfiff weiter. Als ich die erste Etage erreicht hatte, beugte sich Frau Liesenfeld über das Geländer. „Ach, Herr Kögler, Sie kommen zwei Minuten zu spät", empfing sie mich erregt.

Ich schaute bewusst verwundert nach oben und stieg die letzten Stufen zur Etage empor.

„Da war gerade ein Herr für Sie da, er sagte, er müsse Sie dringend sprechen."

Ich lachte Frau Liesenfeld an und winkte mit der Hand ab: „Der kommt wieder", dabei fiel mir ein, dass ich vielleicht ein paar Andeutungen machen sollte und versuchte, mir durch eine belanglose Frage ein wenig Bedenkzeit zu verschaffen: „Hat er sonst noch etwas gesagt?"

„Nein, eigentlich nicht. Er erkundigte sich nur, wann Sie wohl am besten anzutreffen seien. Ich sagte ihm, abends. Er hat etwas gesagt von einer Lebensversicherung, die sei nicht in Ordnung. Er machte noch einen Witz bevor er ging und meinte: ‚Eines Tages kratzt der Gute ab und hat keinen Pfennig Geld gesehen!'"

Mir blieb eine Antwort im Hals stecken. Dr. Geisinger hatte einen stechenden Humor. Ich hustete und versuchte krampfhaft, eine Antwort zu finden.

„Da hat der arme Mann aber Pech, ich muss dienstlich für ein paar Tage weg. Da muss er sich schon gedulden." Was Besseres fiel mir nicht ein.

Ohne eine weitere Erklärung abzugeben, drehte ich mich um und öffnete meine Wohnungstür. Ich hörte, wie oben die Tür geschlossen wurde. Dr. Geisinger hatte mir durch seine Bemerkung eine Drohung übermitteln wollen. Aber auch mit einer solchen Reaktion hätte ich rechnen müssen. Ich lief durch die Diele ins Wohnzimmer. Ein Blick aus dem Fenster bestätigte mir, dass Geisinger nicht zurückgekehrt war. Also kannte er mich wirklich nicht. Ich ging zurück zur Wohnungstür und schloss sie von innen ab. Meinen Mantel hängte ich an die Garderobe und setzte mich dann an den Schreibtisch. Nachdem Dr. Geisinger wusste, mit wem er es zu tun hatte, brauchte ich, abgesehen von dem Geheimnis um meinen Aufenthaltsort, keine großen Vorsichtsmaßnahmen mehr ergreifen. Ich suchte mir einen Bogen Papier und begann, einen Brief mit der Hand zu schreiben. Doch noch bevor ich den ersten Satz zu Ende geschrieben hatte, kam mir eine bessere Idee.

Ich ging zur Garderobe und nahm aus der Manteltasche den Brief, der an die Praxis adressiert war und die Geldforderung enthielt. Auf dem Weg zum Schreibtisch öffnete ich den Umschlag und legte den Papierbogen vor mich hin. Dann strich ich mit einem Kugelschreiber die Summe 250.000 Mark durch und verbesserte sie in 400.000. Dahinter malte ich kunstgerecht ein Sternchen und ein zweites dann unter den Text. Dahinter schrieb ich in Blockbuchstaben: ‚Gefährdetes Leben erfordert höhere Versicherungsprämien!'

Kurz vor Schalterschluss parkte ich mein Fahrzeug wieder vor dem alten Postamt und lief die restlichen Meter zu Fuß. Wie gestern gab ich die beiden Briefe auf, einen per Post-Express als Frühzustellung, den anderen an die Praxisadresse mit normaler Zustellung.

Zum ersten Mal seit zwei Tagen hatte ich wieder das Gefühl beobachtet zu werden. Wieder auf der Straße, vergewisserte ich mich durch einen schnellen Rundumblick, dass mir niemand folgte. Obwohl ich keinen Verdächtigen ausmachen konnte, lief ich rasch zu meinem Wagen zurück. Ich hatte in Gedanken die Tür nicht abgeschlossen und den Zündschlüssel stecken lassen. In den nächsten Tagen musste ich in der Öffentlichkeit etwas vorsichtiger sein. Vielleicht sollte ich mögliche weitere Briefe doch von einem anderen Ort aus abschicken.

Während ich durch die abendlichen Straßen von Kastellaun spazieren ging, überlegte ich, ob ich noch etwas unternehmen sollte. Mir war danach. Irgendwie hatte ich das Bedürfnis einen Zeitsprung zu vollziehen. Am liebsten wäre es mir gewesen ich hätte mit den Fingern schnippen können und es wäre Montag. Ich hatte beschlossen, mich zumindest vorerst nicht unnötig bei Dr. Geisinger auf die Lauer zu legen und mich auch nicht in Simmern aufzuhalten. Es gab manchmal Zufälle, so wie heute Nachmittag. Und denen wollte ich aus dem Weg gehen. Ich musste mir eingestehen, dass irgendwo in mir verborgen die Angst schlummerte, alles könne schief gehen. Ich überlegte bereits insgeheim, ob mein Plan, den ich auf der Fahrt nach München geschmiedet hatte, wirklich so gut und von mir selbst war. Mir fiel das Zitat von den zwei Seelen ein, die in einer Brust ruhen und ich überlegte, ob das Zitat in Goethes Faust, bei Schiller oder Shakespeare zu suchen war. Nachdem ich mich nicht recht entscheiden konnte, gab ich mein Grübeln auf und beschloss, mich wieder in die Realität zurückzufinden. Und die sah doch bisher gar nicht so schlecht aus.

Hier in Kastellaun fühlte ich mich absolut sicher und unbeobachtet. Die nächsten Tage waren sozusagen freie Tage und es bestand kein Grund, nicht auch einmal eine Nacht durchzumachen. Wie lange hatte ich schon auf solch kleine Exzesse verzichtet? Als ich direkt neben dem Torbogen zu meinem Hotel von der Bopparder Straße aus an der Destille vorbeikam, erschien mir der Name recht aufschlussreich für meine Erwartungen. Meine Leberwerte waren nicht beängstigend, hatte mein Arzt gesagt. Außerdem hatte ich einfach das Gefühl, vieles vergessen und etwas feiern zu müssen. Ich schaute kurz auf die Uhr und gab mir eine Stunde, dann betrat ich das Lokal.

Der nächste Tag war ein Freitag. Ich schlief aus und verzichtete auf das Frühstück. Ich konnte mich nicht mehr genau daran erinnern, wann ich in der Nacht in mein Hotel zurückgekommen war, aber es musste ziemlich spät gewesen sein. Nach meinen Kopfschmerzen zu urteilen, hatte ich etliches zu viel getrunken. Ich rasierte mich und spürte dabei ein leichtes Zittern in der Hand. Beim Anziehen fand ich eine handschriftliche Aufrechnung der Destille in meiner Tasche, was mich sofort veranlasste, mein Portemonnaie zu kontrollieren. Entweder verbarg sich hinter dem Begriff Destille mehr als nur eine Kneipe oder ich musste einige Lokalrunden geschmissen haben. Ich versuchte mich an irgendwelche Dinge zu erinnern. Aber nach dem vierten oder fünften Bier und Schnaps und der Bekanntschaft mit einer üppigen Schwarzhaarigen versagte mein Gedächtnis. Nachdem ich die Zähne geputzt und mit reichlich Odol gegurgelt hatte, fühlte ich mich schon besser und setzte mich an den kleinen Tisch, auf dem immer noch meine alte Reiseschreibmaschine stand. Ich musste das Wochenende dazu benutzen, mein künftiges Leben besser vorzubereiten. So normal und fast langweilig mein Leben vor meiner Arbeitslosigkeit verlaufen und so diszipliniert und eher zurückhaltend mein Lebensstil während dieser Zeit geworden war, umso mehr schien mir jetzt alles aus der Hand zu gleiten, in der Hoffnung, bald alles ändern zu können. Ich kam mir wie ein Lottospieler vor, der im voraus wusste, dass er gewinnt. Hatte ich mich nicht einmal über die Frau eines Freundes lustig gemacht und behauptet, sie gäbe bereits das Geld aus, das er erst zu verdienen beabsichtige. So ähnlich und lächerlich kam ich mir heute vor. Ich überschlug die unnötigen Ausgaben der vergangenen Woche und schüttelte unwillkürlich den Kopf. Ich musste das alles ganz schnell wieder in den Griff bekommen. Selbst wenn Geisinger zahlte und alles planmäßig verlief, musste ich mich nach einer neuen Arbeit umsehen, denn auch ein Selbständigmachen brauchte Vorbereitungen und Zeit.

In den Freitag-Ausgabe der Zeitungen waren möglicherweise Anzeigen von Handelsvertretungen und ich sollte mich frühzeitig für eine solche bewerben. Eine gute Stunde später saß ich bei einer Tasse Kaffee im Café Claus und studierte die Angebote. Ich ließ mir dabei viel Zeit und musste mir eingestehen, dass ich sehr wählerisch war. Es kamen für mich sowieso nur Artikel in Frage, die sozusagen von selbst liefen. Ich hatte das ewige Betteln und Herumfahren schon lange satt und wollte meine künftigen Geschäfte in erster Linie telefonisch oder per Fax erledigen. Ich suchte mehr nach Begriffen wie ‚Repräsentant' als wie ‚Handelsvertretung' oder gar ‚Selbstständiger Verkaufsfahrer'. Nachdem ich alle Zeitungen studiert hatte, warf ich noch einen Blick in den aktuellen Teil, um mich über den neuesten Stand der Ermittlungen der Kriminalpolizei im Mordfall Friedhoff zu informieren. Die Artikel waren nach einer Woche in ihrer Aufmachung schon wesentlich kleiner geworden. Die Frankfurter Allgemeine berichtete schon überhaupt nichts mehr über den Fall. Alles nahm also wieder seinen gewohnten Lauf. Zumindest was die Medien betraf.

Eigentlich war es schade, dass ich nicht die Artikel gesammelt hatte, aber in den ersten Tagen erschien mir dies zu gefährlich, falls ich irgendwie mit der Sache in Verbindung gebracht würde. Jetzt aber waren aus dieser Richtung keinerlei Befürchtungen mehr zu hegen. Ich machte der Serviererin ein Zeichen und bestellte eine weitere Tasse Kaffee.

Ich konnte unmöglich handschriftlich oder mit meiner kleinen Reiseschreibmaschine und ohne Briefkopf an die Firmen schreiben. Dazu brauchte ich meinen Computer und anständiges Briefpapier. Immerhin ging es nicht um eine Anstellung, sondern um eine , Repräsentanz'. Es mussten weitere Investitionen getätigt werden. Ich schaute auf die Uhr. Es war noch genügend Zeit. Als meine Tasse Kaffee kam, bezahlte ich und gab ein großzügiges Trinkgeld.

Nachdem ich den Mantel angezogen hatte, ging ich zum Buffet und ließ mir von einer reizenden älteren Dame, offensichtlich die Seniorchefin, das amtliche Branchenverzeichnis geben. In den Gelben Seiten suchte ich nach einer Druckerei in Kastellaun und fand nur eine in der Bosch-Straße. Ich ließ mir von der alten Dame den Weg dorthin beschreiben und bedankte mich.

Draußen lachte die Sonne und meine Kopfschmerzen waren wie fortgeblasen. Ich ging bis zum Markt vor wo mein Auto stand und fuhr ins Industriegebiet.

In der Bosch-Straße fand ich die Druckerei bereits geschlossen vor. Gerade als ich enttäuscht wieder in den Wagen steigen wollte, erblickte ich einen jungen Mann, von dem ich annahm, dass er gerade aus dem Haus gekommen war, in dem sich die Druckerei befand. Er erklärte mir, dass freitags um 14 Uhr Feierabend sei und er auch nicht davon ausginge, dass man mir innerhalb eines Tages Briefbögen anfertigen könne. Er gab mir den Tip, mich an einen kleinen Einzelkämpfer im Druckereigewerbe namens Petry in Pfalzfeld zu wenden.

Ich machte mich also auf den Weg in die knapp acht Kilometer entfernte Ortschaft und hatte Glück. Petry, ein kleiner, sehr hagerer Mann, schien starker Raucher zu sein, denn eine riesige Wolke Zigarettendunst strömte mir entgegen, als ich das Druckereibüro betrat. Er trug einen ähnlichen Kinnbart wie Geisinger, nur beherrschte dieser Bart das schmale Gesicht des Druckers wesentlich stärker. Er saß an seinem Computer und erklärte sich nach kurzem Zögern bereit, seine Arbeit zu unterbrechen und mir noch am gleichen Tag entsprechende Briefköpfe zu drucken.

Da er aber kein hochwertiges Briefpapier vorrätig hatte, riet er mir, ins nahegelegene Emmelshausen zum Bürohaus Wagner zu fahren und dort entsprechendes Papier und Umschläge einzukaufen. Er beschrieb mir den Weg dorthin und fragte mich nach meinen Textwünschen.

So vergab ich einen Auftrag über hundert Blatt mit dem Firmenkopf: ‚Kurt Kögler – Freie Handelsvertretung'. Petry sicherte mir zu, dass der

Auftrag gegen 18 Uhr abholbereit sei, falls ich ihm umgehend das gewünschte Papier besorgen würde. Ich bedankte mich und fuhr auf dem kürzesten Weg über Norath und Leiningen nach Emmelshausen.

Das Geschäftshaus Wagner war schnell gefunden, da es direkt an der Hauptstraße lag und eine große Schaufensterfront für seine angeschlossene Buchhandlung hatte. Ich entschied mich für ein hellgraues 90 g Papier und entsprechende Umschläge. Dann fuhr ich nach Pfalzfeld zurück. Petry hatte tatsächlich inzwischen schon den Computersatz fertig und die Schrift und ihre Platzierung auf dem Blatt gefiel mir, so dass er sofort mit dem Druck beginnen konnte.

Ich beschloss, meinen Wagen vor der Druckerei stehen zu lassen und bis zur Fertigstellung meiner Briefbögen ein wenig spazieren zu gehen. Völlig entspannt marschierte ich die Hauptstraße hinauf bis zum Ende des Dorfes. Die dort früher verlaufende Bahnstrecke war inzwischen zu einem Radweg ausgebaut, den ich einschlug, da ich sonst hätte entlang der Landstraße laufen müssen.

Es stimmte schon, wenn man sagte, dass Geld vielleicht nicht glücklich mache, aber beruhige. Obwohl noch keine Zahlung auf meinem Konto eingegangen sein konnte, empfand ich allein die Tatsache, dass ich spätestens in der kommenden Woche über eine beträchtliche Summe verfügen würde, als äußerst angenehm. Vielleicht konnte Geisinger die ganze Summe nicht auf einmal und vor allem nicht in der kurzen Zeit auftreiben, mir waren seine finanziellen Verhältnisse recht unbekannt. Aber ich schätzte ihn als einen Mann ein, der genau wusste, wann es ernst wurde.

Wenn ich mir meine Zukunft ausmalte, dann verspürte ich das Bedürfnis ein paar Anschaffungen zu machen. Ein neuer Schreibtisch, ein Kopier- und ein Faxgerät. Doch vorerst war mein Geschäftsinstinkt stärker als meine Wünsche. Trotz aller finanziellen Freiheit, die mich erwartete, nahm ich mir vor auch weiterhin ein wenig hauszuhalten.

Pünktlich um 18 Uhr stand ich wieder im Druckereibüro von Herrn Petry. Er erzählte mir etwas vom Ablegen der frischen Druckfarbe wie er das durch das Einschießen von formatgenauem Papier zwischen den einzelnen Bögen verhindert habe und dafür etwas mehr verlangen müsse. Mir war das alles nur recht, denn ich hatte mein Briefpapier noch vor dem Wochenende bekommen. Die Bögen lagen in einer kleinen Schachtel und sahen sehr ansprechend aus. Während er Wechselgeld zusammensuchte schaute ich mich in dem Büro um. Dabei viel mein Blick auf einen kleinen Stapel Visitenkarten und ich beschloss, mir nächste Woche auch ein paar Visitenkarten drucken zu lassen.

Von Pfalzfeld aus war ich in einer knappen Viertelstunde in meinem Hotel. Ohne auf die Gäste im Lokal zu achten, ließ ich mir meinen Zimmerschlüssel aushändigen. Oben angekommen, packte ich sofort das Briefpapier aus und legte es neben meine Schreibmaschine auf den kleinen Tisch. Dann suchte ich mir die drei Anzeigen heraus, die ich in den Zeitungen angekreuzt hatte, und begann zu schreiben. Als Adresse gab ich meine Anschrift und Telefonnummer in Simmern an, informierte aber die Empfänger im Text, dass ich in den nächsten Tagen, bedingt durch eine lange geplante Geschäftsreise telefonisch nicht erreichbar sei.

Zum Schluss las ich die drei Briefe noch einmal durch und überlegte, ob ich auch noch einen weiteren Brief an Dr. Geisinger richten sollte. Ich verwarf den Gedanken und machte nur die drei Bewerbungsbriefe postfertig.

Danach lehnte ich mich in meinem Stuhl zurück und schloss zufrieden die Augen. Dr. Geisinger hatte inzwischen alle Briefe bekommen und musste jetzt handeln. Maßlose Neugier plagte mich und ich überlegte, ob in irgendeiner Form die Reaktion und Vorgehensweise von Geisinger zu beobachten oder kontrollieren seien. Ich verließ mein Hotelzimmer und bat unten im Restaurant Herrn Verbocket um ein Telefonbuch. Im letzten Moment fiel mir ein, dass es unklug sei vom Hotel aus zu telefonieren. Wer wusste, wie man hier die Telefonate der Gäste registrierte. Also verließ ich das Hotel und ging in die nahegelegene Telefonzelle, die ich bereits mehrfach gesehen hatte. Ich wählte die Nummer von Dr. Geisingers Praxis und ließ mehrere Male durchläuten. Nachdem niemand abhob rief ich die Nummer der Massagepraxis Römer an. Ich zählte die Meldezeichen mit. Beim siebten Male wurde abgehoben.

„Ja", meldete sich eine Männerstimme kurz und bündig.

Ich schaute mich nervös um, ob mich jemand beobachtete und steckte dann schnell einen Finger in den Mund, um meine Stimme etwas zu verändern.

„Bitte, spreche ich mit Doktor Geisinger?“, fragte ich langsam und versuchte auch, die Stimmlage zu verändern und vor allem meine plötzlich auftretende Nervosität zu verbergen.

„Ja, hier Doktor Geisinger”, kam es zurück.

„Ich habe schon ein paar Mal versucht, Sie in Ihrer Praxis anzurufen”, log ich, „hier spricht Schmitt, Eberhard Schmitt. Ich habe wieder diese Krämpfe und brauche dringend das Medikament, das Sie mir vorletzten Monat verschrieben haben.”

„Tut mir furchtbar leid, aber ich kann mich im Moment nicht an Sie erinnern.” Geisinger war also auf mich hereingefallen und schöpfte keinen Verdacht. Ich grinste und vergaß für einen Moment, dass ich möglicherweise beobachtet werden konnte.

„Wie war bitte noch einmal Ihr Name?”

„Eberhard Schmitt, Herr Doktor.”

„Nein, tut mir wirklich leid. Ich würde Ihnen raten, dass Sie den Notarzt anrufen, wenn Sie wirklich solche Schmerzen haben. Sie haben außerdem meine Privatnummer gewählt, ich bin nicht in der Praxis.”

„Könnte ich nicht doch noch bei Ihnen vorbeikommen ...” begann ich, wurde aber gleich unterbrochen.

„Nein, tut mir leid. Ich habe hier keine Medikamente und Möglichkeit”, beteuerte er. „Außerdem muss ich in einer halben Stunde außer Haus. Es geht wirklich nicht. Rufen Sie den ärztlichen Notdienst an, den hat heute ...” Er unterbrach sich und schien irgendetwas zu suchen, denn es raschelte und knarrte bevor er sich wieder meldete. „... ich kann die aktuelle Notdienstliste nicht finden, rufen Sie die eins-neun-zwei-drei-zwei an, da wird man Ihnen weiterhelfen können. Ansonsten stehe ich Ihnen ab Montag acht Uhr in meiner Praxis jeder Zeit zur Verfügung.”

„Danke”, hauchte ich und versuchte, möglichst enttäuscht zu wirken. Dann hing ich schnell ein. Er hatte gesagt, er würde heute Abend weggehen, das konnte er nur so gesagt haben, aber es bestand auch die Möglichkeit, dass er die Wahrheit gesagt hatte. Ich eilte wieder zurück ins Hotel, nahm zwei Stufen auf einmal, zog in meinem Zimmer schnell meinen Mantel an, steckte die drei Briefe ein und rannte wieder hinunter zu meinem Wagen.

Ich hatte zum zweiten Mal Glück an diesem Tag. Es war wenig Verkehr auf den Straßen und ich kam gut nach Simmern und durch Simmern durch. Es mochten seit dem Anruf etwa zwanzig Minuten vergangen sein, als ich gegenüber dem Haus von Dr. Geisinger kurz anhielt. In der ersten Etage brannte in zwei Räumen Licht. Möglicherweise war es auch ein Raum mit zwei Fenstern. Ich fuhr langsam am Haus vorbei und wendete meinen Wagen erst am Ende der Straße. Dann fuhr ich zurück und blieb einige Meter vom Haus entfernt stehen. Das Licht brannte noch immer. Da Geisinger mich nicht kannte, wusste er folglich auch nicht, welchen Wagen ich fuhr. Ich beschloss auszusteigen und etwas die frische Luft zu genießen.

Als ich näher an das Haus herankam, sah ich, dass eines der Fenster gekippt war. Ich verlangsamte meine Schritte und versuchte möglichst wenig Geräusche zu verursachen. Als ich unter dem Fenster stand, drückte ich mich dicht an die Wand und lauschte. So sehr ich mich auch anstrengte, es war nichts zu hören. Also ging ich wieder weiter. Die Straße, eine reine Wohnstraße, war um diese Zeit praktisch ohne jeden Verkehr. Ich ging langsam an dem Privatparkplatz vorbei, der durch dicke Büsche von dem Bürgersteig getrennt war. Im Licht einer etwas weiter entfernt stehenden Straßenbeleuchtung konnte ich durch die kleinen Blätter einen hellen Wagen sehen. Wahrscheinlich der metallic silberne Audi S8 von Geisinger. Ich ging weiter. Irgendwo in der Nachbarschaft bellte ein Hund. Das schwankende und ungleichmäßige Licht eines Fahrrades kam mir entgegen. Nach zweihundert Metern drehte ich mich um. Das Licht in den beiden Fenstern brannte noch immer. Ich wechselte die Straßenseite. Vielleicht konnte ich im Vorbeigehen von der anderen Straße aus etwas sehen. Langsam ging ich also die Strecke wieder zurück und behielt dabei die beiden Fenster permanent im Auge. Nichts bewegte sich dahinter. Die Stores waren zugezogen und nur durch einen kleinen Spalt konnte man ein Gemälde an der gegenüberliegenden Wandseite erkennen. Als ich genau gegenüber den beiden Fenstern angekommen war, blieb ich nochmals stehen und lauschte. Aber wieder vergeblich. Der Fahrradfahrer fuhr an mir vorbei und ich hörte nur das Surren des Dynamos. Ich ging bis zu meinem Auto zurück und drehte dann wieder um. Die Lichter brannten immer noch.

Nachdem ich den Weg vier- oder sogar fünfmal zurückgelegt hatte, wechselte ich wieder die Straßenseite. Mitten auf der Fahrbahn angekommen, drang plötzlich aus Richtung des Hauses von Dr. Geisinger ein Motorgeräusch an mein Ohr. Unwillkürlich beschleunigte ich meine

Schritte und eilte auf einen Hauseingang zu, der mir genügend Schutz zu bieten schien. Kaum hatte ich mich in den Eingang geflüchtet, als auch schon Scheinwerfer die Straße erhellten. Ich drückte mich tief in die Nische und traute mich nicht, den Kopf vorzustrecken. Mit Vollgas rauschte der metallic silberne Audi an mir vorbei. Ich war mir nicht sicher, ob es wirklich Dr. Geisinger war, der am Steuer saß. Aber wenn es sein Wagen war, dann musste er es auch gewesen sein. Nachdem die Motorgeräusche leiser geworden waren, verließ ich mein Versteck und schaute zum Haus von Dr. Geisinger hin. Die Lichter brannten immer noch. Ich lief die knapp hundert Meter zum Parkplatz. Tatsächlich, der helle Wagen war verschwunden. Ohne nach oben zu schauen, lief ich zu meinem Wagen. Wenn ich richtig kombinierte, war Geisinger jetzt auf dem Weg zu meiner Wohnung. Ich startete den Wagen und fuhr los.

Im Gegensatz zu den letzten Tagen waren die Straßen trocken und die Reifen griffen gut. Ich wählte den Weg über die Umgehungsstraße durch das Simmerbachtal in der Hoffnung, dadurch Zeit zu gewinnen. Erst als ich in der Querstraße zu meiner Wohnung war, verringerte ich die Geschwindigkeit und bog mit gemäßigtem Tempo in die Straße ein. Ich erkannte sofort, dass kein Wagen in der Nähe meiner Wohnung parkte. Langsam ließ ich mein Fahrzeug dahinrollen und dabei jeden Wagen, der rechts und links der Straße parkte. Noch bevor ich meine Wohnung erreicht hatte, tauchten im Rückspiegel Scheinwerfer auf. Ich beschleunigte meine Fahrt wieder und fuhr an meiner Wohnung vorbei. Nach wenigen Metern verringerte das Fahrzeug die Geschwindigkeit, wie ich im Rückspiegel beobachten konnte, und fuhr an den Straßenrand. Dann erloschen die Scheinwerfer hinter mir. Ich fuhr die Straße bis zur nächsten Kreuzung, bog rechts ab und hielt meinen Wagen unmittelbar hinter der Kreuzung an. Ich ließ das Standlicht brennen, den Schlüssel stecken, stieg aus und lehnte die Wagentür nur an. Vorsichtig ging ich um die Ecke und versuchte, etwas zu erkennen, aber die Entfernung war zu groß. Ich ging wieder zu meinem Wagen zurück, schaltete das Standlicht aus und wartete.

Der Sekundenzeiger meiner Armbanduhr zuckelte nervös über das Zifferblatt und ich hatte ständig das Gefühl, dass er seine Rundreise beenden wollte, aber er hielt durch und drehte eifrig seine Runden. Nach einer Viertelstunde startete ich wieder meinen Wagen und fuhr vor zu einer Garageneinfahrt. Dort wendete ich und fuhr den Weg zurück, den ich gekommen war. In meiner Straße beobachtete ich wieder jeden geparkten Wagen, nachdem ich sofort festgestellt hatte, dass der Audi vor meinem Haus verschwunden war. Also musste Geisinger den Wagen gewendet haben und denselben Weg zurückgefahren sein, den er gekommen war. Als ich mir dessen sicher war, startete ich durch und fuhr zurück zu seiner Privatwohnung.

Wie beim ersten Mal fuhr ich erst am Haus vorbei, richtete aber schon im Vorbeifahren mein Augenmerk auf den Parkplatz. Der Audi stand wieder dort. Ich fuhr vor zum Ende der Straße und drehte.

Nachdem ich den Wagen an der selben Stelle abgestellt hatte wie beim ersten Mal, blieb ich wieder unter den beleuchteten Fenstern stehen und lauschte, konnte aber auch diesmal nichts hören. Langsam wurde es doch recht kühl. So ging ich zwischendurch einmal zu meinem Wagen zurück, zog eine Strickjacke an, die auf dem Rücksitz lag und setzte dann meinen gewohnten Rundgang fort.

Gegen zweiundzwanzig Uhr überlegte ich mir, ob es noch Sinn hatte, weiter auf der Lauer zu liegen. Ich entschied mich, entweder so lange zu bleiben, bis das Licht ausging oder aber spätestens um Mitternacht meine Wanderungen vor und gegenüber der Wohnung von Dr. Geisinger abzubrechen.

So setzte ich also Schritt für Schritt einen Fuß vor den anderen und begann dabei wieder etwas von der Zukunft zu träumen. Von Zeit zu Zeit warf ich einen Blick zu den erleuchteten Fenstern hinauf, aber es schien sich heute nichts mehr zu ereignen.

Nach etwa zehn Minuten tauchten am Ende der Straße Scheinwerfer auf und brachten Abwechslung in meine abendliche und eintönige Wanderung. Der Wagen hielt in einiger Entfernung an. Nach kurzer Zeit quietschte ein Garagentor, dann verschwanden die Lichter in der Dunkelheit. Das Motorgeräusch starb ebenfalls und nur ein abschließendes Quietschen war nochmals zu hören. Dann war wieder absolute Stille. Ich wechselte abermals die Straßenseite und bewegte mich wieder in Richtung Haus. Erneut tauchten, diesmal von der anderen Seite her, Scheinwerfer auf. Deutlich konnte man sofort das gelbe Schild eines Taxis erkennen. Zu meinem Erstaunen fuhr der Wagen auf den Privatparkplatz, der zum Haus von Dr. Geisinger gehörte. Der Motor wurde nicht abgestellt, also schien nur jemand aus- oder einzusteigen. Soweit es möglich war, näherte ich mich dem Parkplatz und stellte mich hinter einen dicken Baumstamm. Von hier aus konnte ich sowohl die Einfahrt und als auch die Fenster überblicken. Was sich allerdings im Vorgarten und auf dem Parkplatz selbst abspielte konnte ich nicht sehen. Es dauerte nur wenige Sekunden, bis das Licht im Haus mit einem Schlag erlosch.

‚Aha', dachte ich, ‚Dr. Geisinger verreist per Taxi'. Da er jetzt also auf dem Weg zwischen Wohnung und Taxi sein musste, rannte ich so schnell ich konnte an den Büschen vorbei, überquerte die Parkplatzeinfahrt und lief zu meinem Wagen.

Ich hatte die Autotür noch nicht richtig geschlossen, als ich an den Schatten, die das Scheinwerferlicht des Taxis verursachte, erkennen konnte, dass der Wagen gedreht wurde. Ich startete den Motor, jedoch ohne Licht einzuschalten. Das Taxi verließ den Parkplatz und fuhr in entgegengesetzter Richtung davon. Ich setzte auch meinen Wagen in Bewegung. Erst als das Taxi abgebogen war, schaltete ich meine Scheinwerfer ein und beschleunigte die Fahrt. In einem recht großen Abstand folgte ihm, was dadurch etwas erschwert wurde, weil der Fahrer sein Taxischild auf dem Dach abgeschaltet hatte. Aber er fuhr Gott sei Dank langsam genug, so dass ich ihm in meinem Audi 80 gut folgen konnte.

Der Weg führte uns zunächst in Richtung Autobahn und ich befürchtete schon Entsetzliches. Sollte Dr. Geisinger eine Flucht vorziehen? Dann bog das Taxi aber in Richtung Westen und schlug den Weg in einen recht exklusiven Stadtteil ein. Dieser Weg gefiel mir schon wesentlich besser. Plötzlich blinkte er nach rechts und verringerte seine Fahrt. Von dieser Straße aus ging nur eine Anliegerstraße als Sackgasse ab. Ich blieb stehen und wartete einen Moment, bis ich annehmen musste, dass das Taxi seinen Zielort erreicht hatte. Dann fuhr ich langsam an der Straße vorbei. Das Taxi hatte gewendet und etwa in der Mitte der Straße angehalten. Auch ich wendete meinen Wagen so schnell es die Straße zuließ und schaltete das Licht aus, noch bevor ich an den Bürgersteig heranfuhr. Kaum hatte ich den Motor abgestellt, tauchte das Taxi wieder auf. Das Taxischild war eingeschaltet, der Wagen fuhr wieder in Richtung Stadtmitte.

Ich überprüfte, ob ich einen Kugelschreiber eingesteckt hatte und nahm aus dem Handschuhfach einen kleinen Notizblock. Dann stieg ich aus und ging langsam in Richtung Sackgasse. Die Straße bestand nur aus wenigen Bungalows und diese waren so weit auseinander gebaut, dass nur zwei Häuser in der Mitte der Straße in Frage kommen konnten, in denen sich Dr. Geisinger jetzt befand. Da in beiden Häusern Licht brannte, widmete ich mich erst dem kleineren Haus. Die Einfahrt war sehr modern gestaltet. Rechts und links des schmiedeeisernen Tores brannten kleine Laternen. Ich ging langsam am Tor vorbei und sah oberhalb des Briefkastens ein schmiedeeisernes Schild wie man es häufig in Villengegenden sieht. ‚M. Liebermann'. Ohne meinen Schritt zu verändern, ging ich weiter. Als ich außer Sichtweite sein musste, notierte ich mir den Namen. Eine Hausnummer hatte ich nirgends entdeckt. Nun ging ich zur anderen Straßenseite hinüber und wanderte den Weg zurück. Schon aus Entfernung sah ich, dass kein größeres Schild den Eingang zierte. Obwohl nicht weniger exklusiv gestaltet, konnte ich nur zwei einfache, in die Mauer eingelassene Briefkästen entdecken und griff kurz entschlossen nach meinem Schlüsselbund. Möglichst nahe an der Mauer ließ ich genau vor den Briefkästen die Schlüssel fallen. Mit einem deutlich hörbaren „Huch" bückte ich mich und hob die Schlüssel wieder auf. Blitzschnell versuchte ich, die Namen zu lesen, stellte aber fest, dass ich mir selbst dabei im Licht der gegenüberstehenden Laternen stand. Reaktionsschnell machte ich einen halben Schritt nach vorne und ließ die Schlüssel ein zweites Mal fallen.

„Das gibt's doch nicht!" sagte ich jetzt schon etwas lauter und drehte mich um. Dabei bückte ich mich wieder nach den Schlüsseln und warf einen Blick auf die Briefkästen. Liebisch und Petwasky las ich. Ich hob die Schlüssel auf und setzte, leise schimpfend, meinen Weg fort, jetzt allerdings etwas rascher. Immer wieder sagte ich mir die beiden Namen vor, bis ich fast die Querstraße erreicht hatte. Dann notierte ich mir auch diese Namen und die Hausnummer 7.

In der Querstraße schaute ich mich nach einer Telefonzelle um, konnte aber weit und breit keine entdecken. Ich ging zu meinem Wagen und fuhr in Richtung Stadtmitte. Nach einigen Straßen sah ich in der Ferne ein beleuchtetes T und steuerte darauf zu. Ich parkte den Wagen dicht neben der Telefonzelle und nahm mein Notizbuch mit.

Zuerst suchte ich den schwierigen Namen Petwasky und fand ihn auch sofort. Petwasky, Olaf, jedoch ohne jeden Beruf. Die Adresse stimmte. Die erste Enttäuschung, dachte ich. Dann suchte ich nach dem Namen Liebisch, stellte jedoch fest, dass ich über den Namen Liebermann beim Suchen stolperte und verglich schnell den erstnotierten Namen mit der Telefonbucheintragung. Liebermann, Otto – Hautarzt; Liebermann, Manfred – BankKfm. Mein Herz hüpfte und ich begann vor Erregung zu zittern. Hier stand nur BankKfm. Ohne auch nur einen Blick auf den sicherlich bald folgenden Namen Liebisch zu werfen, blätterte ich hastig unter Z nach Zölke. Die Buchstaben sprangen mir vor den Augen, dann hatte ich Gewissheit, Zölke, Peter – BankKfm. Liebermann war Bankdirektor. Daran gab es keinen Zweifel mehr, denn Peter Zölke war ein ehemaliger Schulkamerad von mir und auch Bankdirektor, das wusste ich genau, und dieser war auch nur als BankKfm. eingetragen. Ich hätte vor Freude schreien können. Geisinger versuchte also, sich das Geld zu beschaffen. Zwar war die Uhrzeit recht ungewöhnlich, aber wer wusste, warum es zu diesem späten Termin gekommen war. Außerdem hatte ich Geisinger ja ordentlich unter Zeitdruck gesetzt.

Als ich wieder auf die Straße trat, hüpfte ich vor Freude wie ein Kind. Mit Schwung stieg ich in meinen Wagen und trommelte übermütig mit beiden Fäusten auf das Lenkrad. Dr. Geisinger war jetzt vollkommen in meiner Gewalt!

Nach einigen Minuten hatte ich mich wieder etwas beruhigt, und ich dachte nach, was ich nun machen sollte. Geisinger war zunächst einmal bei dem Bankdirektor gut aufgehoben und auch sicherlich einige Zeit lang beschäftigt. Eine gute Gelegenheit, sich noch einmal die Umgebung seiner Wohnung in Ruhe anzuschauen. Denn ich wusste immer noch nicht, auf welchem Weg er nach dem Mord das Haus verlassen hatte. So beschloss ich, mir jetzt sofort diese Frage zu beantworten. Ich fuhr dieselben Straßen zurück, die wir gekommen waren, nur fuhr ich jetzt etwas schneller.

Fast übermütig stellte ich meinen Wagen direkt gegenüber dem Haus von Dr. Geisinger ab. Ich hatte nach so viel Erfolg wenig Lust, noch einen unnötigen Fußmarsch zu machen. Wie erwartet, war alles dunkel. Ich schaute auf die Uhr und stellte fest, dass es bald Mitternacht war. Als ich den Privatparkplatz betrat, blieb ich wie versteinert stehen. Der Wagen von Geisinger stand nicht mehr dort.

# 4.

Als ich am späten Morgen aufwachte, fühlte ich mich wie gerädert. Ich hatte, nachdem ich im Hotelzimmer angekommen war, nur schlecht Schlaf finden können. Auf dem Parkplatz hatte ich blitzschnell erkannt, dass Geisinger mich reingelegt hatte. Ich war fluchtartig und wie benommen in meinen Wagen gestiegen und auf Umwegen über Laubach und Braunshorn nach Kastellaun gefahren, wobei ich ängstlich darauf achtete, dass mir kein Fahrzeug folgte. Ich war unfähig einen klaren Gedanken zu fassen. Völlig erschöpft und entmutigt hatte ich mich in den Kleidern auf mein Bett geschmissen. Es wurde draußen schon langsam hell, als ich mich endlich aufraffte und mich auszog. Nachdem bisher alles wie am Schnürchen funktioniert hatte, war mit einem Schlag für mich eine Welt zusammengebrochen.

Hatte Dr. Geisinger bereits bei meinem getarnten Anruf gewusst, dass ich ihn beobachten würde, und hatte er mich trotz aller Vorsichtsmaßnahmen doch vom Fenster aus gesehen? Alles Fragen, die ich mir im Moment noch nicht beantworten konnte. Wenn Dr. Geisinger nicht in dem Taxi gesessen hatte, wer war dann zu Liebermann gefahren? Hatte ‚man' vor meinen Augen nur eine Schau abgezogen? Wer war ‚man'? Es musste neben Geisinger noch eine zweite Person mitgewirkt haben. Ich wusste gar nichts mehr. Immer wieder versuchte ich mir einzureden, dass der nächste Tag mir Erklärungen für alles bringen würde, aber wenn ich mir selbst gegenüber ehrlich war, so glaubte ich nicht daran.

Ich fing an zu grübeln, was ich bei diesem Schachzug verloren hatte. Ich kam schließlich zu der Überzeugung, dass zwar Dr. Geisinger mich in der Nacht überlistet hatte, dies aber meinem Plan und dem insgesamt positiven Verlauf keinen Abbruch tun konnte. Diese Überzeugung beruhigte mich, so dass langsam meine Müdigkeit siegte und ich einschlief.

Auch in dieser Nacht wurde ich immer wieder wach und sofort waren meine Gedanken bei Dr. Geisinger und den 400.000 Mark. Ich redete mir jedes Mal ein, dass am Montag alles vorbei sei. Wenn alles klappte, waren weitere Geldforderungen später eine reine Formsache.

Ich stand auf, weil ich starken Hunger verspürte. Nachdem ich mich angezogen und rasiert hatte, ging ich hinunter ins Restaurant. Zu meiner Verwunderung war weit und breit kein Mensch zu sehen. Als ich auf die Straße gehen wollte, fand ich die Eingangstür verschlossen. Ich ging durch das Restaurant in die Küche und rief nach Herrn Verbocket. Aber auch hier war niemand. Die Außentür der Küche zum Hof stand weit offen. So verließ ich auf diesem Weg das Hotel und ging auf die Straße. Merkwürdig, dachte ich, Verbocket hatte auch keinen Frühstückstisch gedeckt.

Verärgert ging ich zu meinem Wagen und sah, dass ausgerechnet Verbocket neben meinem Wagen mit einer älteren Frau sprach. Er durfte auf keinen Fall sehen, dass ich in meinen Wagen einstieg.

Also ging ich freundlich grüßend an den beiden vorbei und tat so, als führe mich dieser Weg zur Wohnung meiner Bekannten. Als er mich erblickte, rief er mir zu: „Ach, hätten Sie heute frühstücken wollen? Ich dachte, weil sie auch gestern nicht ..."

Ich ließ ihn erst gar nicht ausreden, sondern winkte gleich ab. „Nein, nein, das geht schon in Ordnung. Ich frühstücke bei meinen Freunden."

Hinter der nächsten Ecke blieb ich stehen und wartete, bis die beiden sich verabschiedet hatten und Verbocket außer Sichtweite war. Dann lief ich zu meinem Wagen zurück und fuhr nach Simmern.

Da heute Samstag war, würden die Geschäfte früher schließen, einige hatten wahrscheinlich bereits zu. Ich überlegte, ob ich übers Wochenende noch etwas benötigte. Im KOM kaufte ich mir wie samstags üblich alle Tageszeitungen und zog mich wieder ins Bistro zurück, wo ich an einem der hinteren Tische Platz nahm. Der quirlige Claudio Filippone kam sofort an meinen Tisch.

„Schön, Sie mal wieder zu sehen. Darf's auch etwas zu essen sein oder nur ein Bierchen?"

„Um Gottes willen, ich bin heute noch nüchtern. Kein Bier!" antwortete ich. „Ein Kännchen Kaffee und ..."

„Soll ich Ihnen ein richtiges Frühstück machen, mit Rührei und einer kleinen Wurst- und Käseplatte?"

Ich musste grinsen. Dieser aufmerksame Filippone las einem wirklich alle Wünsche von den Augen ab. Er machte eine Verbeugung und verschwand nach hinten. Lustlos überflog ich den redaktionellen Teil der Zeitungen. Nur noch die Rhein-Hunsrück-Zeitung bracht etwas über den Mordfall. Die Kripo tappte immer noch völlig im Dunkeln und suchte verzweifelt nach dem großen Unbekannten. Bei ihr seien inzwischen über hundert Hinweise bezüglich Hotelaufenthalte eingegangen, die nun alle überprüft werden mussten. Außerdem hatte sich jemand aus Hamburg gemeldet, der behauptete, im letzten Jahr mit Marianne eine vierzehntägige Seereise unternommen zu haben. Diese Möglichkeit wurde jedoch von ihrem Ehemann bestritten, da seine Frau immer nur drei oder vier Tage verreist gewesen sei. Außerdem sei sie anfällig gegen Seekrankheit gewesen und hätte mit Sicherheit nicht an einer solchen Reise teilgenommen. Daneben druckte die Zeitung ein paar Daten aus dem Leben von Marianne Friedhoff ab. Dadurch erfuhr ich, dass ihr Vater bis zu seinem Tod Bürgermeister einer kleinen Ortschaft im Hunsrück gewesen war. Ihre Mutter hatte vor Kurzem erst wieder geheiratet und lebte mit ihrem zweiten Mann, einem Fabrikanten, in Gelsenkirchen, wo sich jetzt auch die Kinder der Toten befanden. Der jetzige Name der Mutter wurde mit Elisabeth K. angegeben. Alles deutete insgesamt darauf hin, dass man in dem Mordfall keinen Schritt weitergekommen war. Mir schienen nur die letzten Sätze von Bedeutung. Hier hieß es: ‚Der Zustand der bei dem Mord schwerverletzten Masseurin Hilde R. ist unverändert. Die Leiche der Ermordeten ist nach Auskunft der Staatsanwalt Koblenz zur Beerdigung freigegeben worden. Die Beisetzung soll gemäß dem Wunsch der Familie der Ermordeten in aller Stille stattfinden.'

Der Kaffee kam. Im Bistro waren nur noch wenige Gäste, die meisten davon hatten bereits gegessen und rauchten noch eine Zigarette oder tranken einen Kaffee.

Ich musste unbedingt herausfinden, wo Marianne Friedhoff beerdigt wurde, vielleicht ja sogar hier in Simmern. Irgendetwas reizte mich, noch einmal bei Dr. Geisinger anzurufen. Bei diesem Gedanken kam mir gleich eine neue Idee. Was würde geschehen, wenn ich bei Liebermann anrief und einfach nach Geisinger fragte? Ich merkte, wie ich bei dem Gedanken nervös und unruhig wurde. Bevor Filippone das Frühstück gebrachte, stand ich auf, ging zur Theke und ließ mir Telefon und Telefonbuch geben. Vor lauter Aufregung verschwamm mir alles vor den Augen. Endlich hatte ich die Nummer gefunden und wählte. Es dauerte eine Weile, bis sich ein junges Mädchen meldete.

„Hier bei Liebermann!"

„Schmitz, guten Tag, ich habe eine furchtbar dumme Frage. Ich suche dringend Herrn Doktor Geisinger – ist er zufällig bei Ihnen?"

„Wer bitte?", fragte die Stimme etwas erstaunt.

„Doktor Geisinger", wiederholte ich langsam.

„Nein", kam es vom anderen Ende „aber Moment bitte!" Ich hörte, wie der Hörer hingelegt wurde, dann vergingen wieder einige Sekunden bis sich eine Männerstimme meldete. Es war ein tiefer Bass. Fast konnte ich mir vorstellen, wie die Person am anderen Ende der Leitung aussah: korpulent, Mitte 50, rundes Gesicht mit wenigen weißen Haaren, Zigarrenraucher.

„Liebermann, guten Tag. Wen wollten Sie bitte sprechen?"

„Ach, entschuldigen Sie bitte, mein Name ist Schmitz, ich bin ein guter Bekannter von Doktor Geisinger und zufällig für ein paar Stunden hier in Simmern. Man hat mir gesagt, dass Doktor Geisinger möglicherweise bei Ihnen sei."

„Doktor Geisinger, meinen Sie den Internisten ..."

„Richtig", unterbrach ich ihn, „Ich würde mich gern mit ihm treffen."

„Tut mir leid, aber ich wüsste nicht, was Doktor Geisinger hier bei mir sollte. Ich kenne ihn zwar als Kunden, aber ...", er machte eine kurze Pause, „ich muss gestehen, ich weiß nicht, was das Ganze soll?"

„Ach, entschuldigen Sie bitte die Störung, vielleicht ist das Ganze ein Missverständnis, ich bedanke mich auf jeden Fall", sagte ich schnell und hängte ein.

Gedankenversunken blieb ich an der Theke stehen und dachte über die Information nach. Dr. Geisinger war also gestern Abend nicht mit dem Taxi zu Bankdirektor Liebermann gefahren. Alles war Schau gewesen.

Er hatte sich bei ihm auch nicht um das geforderte Geld bemüht. Wer war aber dann von seiner Wohnung zu Liebermann gefahren und was hatte Geisinger stattdessen gestern Abend gemacht? Und vor allem, was hatte er jetzt vor?

Jemand tippte mir auf die Schulter.

„Ihr Rührei wird kalt."

Als ich mich erschrocken umdrehte, lächelte Filippone mich freundlich an. Ich bedankte mich kurz und ging zum Tisch zurück. Dort erwartete mich ein üppiges Frühstück. Neben Rührei mit viel Speck hatte der Chef des Hauses ausgesuchte Brot-, Wurst- und Käsesorten mit Tomaten, Petersilie und kleinen Gürkchen auf einer Platte garniert. Mit Heißhunger stürzte ich mich zunächst auf das warme Rührei. Schon mit den ersten Bissen befielen mich wieder all die Fragen, die sich seit gestern Nacht in mir aufstapelten.

Als ich aus meinen Gedanken auftauchte, stellte ich verblüfft fest, dass ich zwischenzeitlich, ohne es wahrzunehmen, die ganzen Leckereien der Frühstücksplatte restlos aufgegessen hatte. Ich bestellte mir bei Filippone noch eine Tasse Kaffee.

Im Bistro war nur noch mein Nachbartisch besetzt. Ich hatte wieder das Bedürfnis, eine Zigarette zu rauchen. Der Qualm vom Nachbartisch störte mich auf einmal. Entweder musste ich selbst auch rauchen oder in Zukunft den engeren Kontakte zu anderen Rauchern meiden.

Der Kaffee kam sehr schnell. Entgegen meiner Gewohnheit trank ich ihn mit viel Milch und Zucker. Irgendwer hatte mir einmal erzählt, das Zucker beruhige. Seit gestern Abend verspürte ich eine merkwürdige innere Unruhe. Vielleicht wurde sie durch meine ständigen Gedankenspiele angefacht. Ich schaute auf die Uhr. In 48 Stunden hatte ich alles überstanden. Ich atmete tief durch und spürte wieder den starken Zigarettenqualm in der Nase. Ich stand auf. Da Filippone nirgends zu sehen war ging ich an die Theke und zahlte bei der Bedienung.

Die frische Luft auf der Straße tat mir gut und ich genoss die Sonnenstrahlen. Es schien ein friedliches Wochenende zu werden. Zu gern wäre ich in meine vier Wände gefahren und hätte Schallplatten gehört. Stattdessen setzte ich mich in meinen Wagen und fuhr zum Simmerner Friedhof, der etwas außerhalb und makabrerweise in unmittelbarer Nähe des Krankenhauses liegt. Ich stelle den Wagen auf dem halbkreisförmigen Parkplatz ab. Bereits vom Eingang her sah ich vor der Friedhofskapelle einen Leichenwagen stehen. Sollte ich so viel Glück haben, dass man gerade den Sarg von Marianne Friedhoff hierher gebracht hatte?

Zielstrebig ging ich auf einen der beiden Männer zu, die gerade damit beschäftigt waren, die Kapelle wieder abzuschließen. Ich sprach den älteren Mann an, den ich für den Chef und Fahrer hielt.

„Verzeihen Sie, ich hätte eine kurze Frage."

Der Mann schlug die hintere Klappe des Leichenwagens mit Schwung zu und schaute mich erwartungsvoll an.

„Gibt es eine Möglichkeit festzustellen, wann hier welche Beerdigungen stattfinden?"

„Da müssen Sie bei der Friedhofsverwaltung anrufen", antwortete er freundlich und kam um den Wagen herum auf mich zu. „Um welche Beerdigung handelt es sich denn?"

„Marianne Friedhoff!", antwortete ich ohne zu zögern.

Der Mann zog die Stirn in Falten und fuhr sich mit der Hand über die Haare. „Friedhoff? Ist das nicht die Ermordete."

Ich nickte bestätigend. „Ja, ich bin ein Freund ihres Bruders", log ich, denn mir war sofort bewusst, in welche Gefahr ich mich begeben hatte.

Mein Gegenüber schüttelte den Kopf. „Davon ist mir nichts bekannt. Tut mir leid. Da müssen Sie bis Montag warten und bei der Friedhofsverwaltung anrufen."

„Ich glaube nicht, dass die hier beerdigt wird", ertönte eine jüngere Stimme hinter dem Fahrzeug. Der andere Mann hatte offenbar unsere Unterhaltung mitbekommen und kam nun ebenfalls um den Wagen herum. „Ich kann mir nicht vorstellen, dass die hier in Simmern beerdigt wird. Soweit ich weiß, hatte die doch hier gar keine Verwandten."

„Ich werde halt den Georg anrufen, ich meine ihren Bruder", antwortete ich, nachdem ich einsah, dass ich hier nichts Konkretes zu der Beerdigung erfahren konnte. Ich bedankte mich und verließ schnellen Schrittes den Friedhof.

Ziellos fuhr ich in die Stadt zurück. Die Geschäfte hatten inzwischen alle geschlossen und kaum jemand war auf den Straßen zu sehen. Meine Gedanken drehten sich alle um das eine Thema: 400.000 Mark. Als Erstes würde ich den Wagenkredit zurückzahlen und meine Wohnung auflösen. Es war nach dem Coup zu gefährlich, weiter in dieser Stadt zu wohnen. Da würde sich schon eine andere hübsche Wohnung hier im Hunsrück finden lassen. Alles hing natürlich auch von den Antworten auf meine Bewerbung als Handelsvertretung ab. Selbst wenn ich die Wohnung noch ein paar Monate bezahlen musste, würde ich sofort eine neue suchen. Vielleicht sollte ich auch erst einmal in einem Dorf in der Umgebung nur ein möbliertes Zimmer suchen und die Möbel beim Spediteur unterstellen. Es würde sich schon alles von selbst ergeben. Möglicherweise trachtete Dr. Geisinger auch gar nicht nach meinem Leben, sondern wollte nur mit mir verhandeln. Aber es war wohl besser, wenn wir uns nicht begegneten. Das Risiko schien mir einfach zu groß, immerhin hatte er bereits einmal in seinem Leben durchgedreht. Bei diesen Überlegungen fiel mir auf, wie schnell ich mich von den furchtbaren Bildern in der Massagepraxis gelöst hatte. Zwar sah ich ab und zu noch den blutüberströmten Körper von Marianne Friedhoff auf der Liege vor mir, aber ich erinnerte mich auch noch recht gut an ihre leuchtenden Augen, den verführerischen Duft ihres Parfums und das Ahnen ihrer langen und schlanken Beine. Komisch, alles war erst eine Woche her und doch war in der Zwischenzeit so viel geschehen. Welchem Wandel hatte ich mich unterzogen? Ich erinnerte mich an den vergangenen Samstag, an das Weinfest in Boppard und meine kleine Asiatin. Wo sie wohl inzwischen sein mochte? Zum ersten Male spürte ich wie schnell doch das Leben weiterging. Alles, was mich vor acht Tagen fast zum Wahnsinn getrieben hatte erschien mir heute wie eine Story aus den Zeitungen. Und diese berichteten über den Vorfall nur noch auf den hinteren Seiten in Form kleiner Notizen, soweit sie überhaupt noch darüber berichteten.

Ich schaltete in den zweiten Gang zurück um zu beschleunigen, denn es war weit und breit niemand zu sehen, als ich auf den Zebrastreifen zufuhr. Marianne hatte sehr gleichmäßige Zähne gehabt, fiel mir ein. Ein junges Mädchen, verführerisch und zart. So war sie mir vorgekommen. Niemand hätte vermutet, einer Mutter von zwei Kindern zu begegnen. Ich überlegte, wie alt die Kinder wohl waren. Hatte Marianne Friedhoff wirklich Ahnung gehabt, dass Frau Römer die Frau ihres Geliebten war, als sie die Massagepraxis betrat? Sie hatte doch sicher einmal mit ihm abends telefoniert. Ich schaltete das Radio ein, Fußball. Ich schaltete wieder aus und ich trat auf die Bremse, bog rechts ab und befand mich auf der Querstraße zur Wohnung von Dr. Geisinger. Was hatte Marianne eigentlich an diesem Mann anziehend gefunden? Er war bestimmt kleiner als sie, mochte gut zwanzig Jahre älter sein, keine Schönheit! Ich bog rechts ab. Dort stand sein Haus, die Einfahrt wurde sichtbar. Sein Audi stand wieder auf dem Parkplatz. Im Vorbeifahren sah ich einen grauen Ford dicht am Vorgartentor stehen. Ich schaute automatisch auf das Nummernschild, Dienstwagen. Kriminalpolizei! schoss es mir durch den Kopf. Ich überlegte, ob ich anhalten sollte, schaute in den Rückspiegel und verringerte meine Geschwindigkeit. War der Mordfall womöglich geklärt?

Plötzlich baute sich eine ganz andere Situation vor mir auf. Dr. Geisinger wollte gestern Abend möglicherweise fliehen. Vielleicht hatte er mich beobachtet und angenommen, ich sei ein Kriminalbeamter der ihn observiere. Man hatte ihn vielleicht jetzt verhaftet und machte mit ihm eine Ortsbesichtigung.

Ich hielt an und stieg aus. Die Straße war wie immer menschenleer. Irgendwie kam sie mir allerdings plötzlich unheimlich vor. So oft ich jetzt hier gewesen war, ich hatte kaum zehn Menschen gesehen. Ich lachte leise vor mich hin. Einbildung konnte einem ganz schön in die Knochen gehen, denn ich spürte, wie es mir wieder kalt über den Rücken lief. Langsam ging ich zurück zum Haus von Dr. Geisinger, ständig auf dem Sprung in eine Haustürnische, hinter einen der vielen Vorgartensträucher, in eine offene Garage oder eine Toreinfahrt. Auf der anderen Seite kamen mir zwei Kinder entgegen. Ein kleiner Junge, vielleicht vier oder fünf Jahre. Daneben die Schwester, etwa doppelt so alt. Es hätten Mariannes Kinder sein können. Ich bekam ein merkwürdiges Gefühl im Magen. Noch zehn Meter, dann konnte ich auf den Parkplatz schauen. Es wehte ein leichter Wind, die dünnen Äste der Büsche bewegten sich. Noch fünf Meter. Die Sonne stand bereits sehr tief und berührte mit ihren Strahlen nur noch die Dächer. Ich blieb hinter dem ersten Busch stehen und schaute durch die Blätter. Kein Mensch war auf dem Parkplatz zu sehen. Ich ging weiter. Durch das Geäst konnte ich jetzt die Zulassungsnummer des Fahrzeugs von Dr. Geisinger erkennen. Ich versuchte sie mir zu merken. Warum war ich nicht schon eher auf die Idee gekommen?

Langsam ging ich am Haus vorbei. Der Ford vor der dem Haus verlor Öl, deutlich waren unter dem Wagen drei frisch glänzende Öltropfen zu sehen. Hinter den Fenstern lag der Behandlungsraum. Man hatte ein Fenster nach oben gekippt, wahrscheinlich, um zu lüften. Ich versuchte mich zu erinnern, ob das Fenster gestern auch schon gekippt war. Wer achtete schon im Dunkeln darauf? An der Stelle, an der ich gestern Abend meinen Wagen abgestellt hatte, ging ich auf die andere Straßenseite und kehrte um. Die Kinder befanden sich jetzt dreißig Meter vor mir. Ich beschleunigte meine Schritte, weil ich auf dieser Seite der Straße weniger schnelle Unterschlupfmöglichkeiten hatte. Unauffällig beobachtete ich wieder den Parkplatz. Es hatte sich nichts verändert. Als ich wieder in Höhe des Dienstwagens vorbei kam, fiel mir auf, dass inzwischen einige Öltropfen mehr unter dem Wagen zu sehen war.

In der Nähe meines Wagens waren die Kinder stehen geblieben und spielten mit einem Ball. Beide grüßten und strahlten mich über das ganze Gesicht an. Ich spürte wieder den Magen. Lag es an den Kindern und an meiner Phantasie, es könnten die der Toten sein? Ich wusste es nicht. Ich stieg ins Auto und fuhr wieder in die Innenstadt.

Am alten Bahnhof hielt ich an, stellte meinen Wagen ab und ging in Richtung Fußgängerzone. Der Anblick der leerstehenden Ladenlokale und Immobilien- und Miethinweise erinnerte mich an meine Arbeitslosigkeit und ich tröstete mich mit dem Gedanken, dass sich dieses Problem für mich in der kommenden Woche sehr wahrscheinlich lösen würde.

Das unüberhörbare Nageln eines Dieselmotors hinter mir veranlasste mich einen Blick zurück zu werfen, da ich eigentlich in dieser Fußgängerstraße kein Auto erwartete. Ein Taxi fuhr im Schritttempo an mir vorbei abwärts zum Fruchtmarkt. Irgendwo auf halber Strecke stoppte der Wagen, was mich auf eine Idee brachte. Ich beschleunigte meinen Schritt und erreichte das Taxi, bevor die Fahrgäste ausgestiegen waren. Ich wartete bis die Herrschaften die Tür zugeschlagen hatten und klopfte an das Fahrerfenster. Nachdem der Taxler seine Geldbörse unter dem Sitz verstaut hatte, öffnete sich das Seitenfenster mit leisem Surren.

„Verzeihung, ich bin gestern Abend in einem Taxi gefahren, wahrscheinlich ist meine Brille darin liegen geblieben. Ich weiß nur noch, dass es ein Diesel war. Gibt es mehrere Dieselfahrzeuge in Simmern?"

Der Angesprochene grinste. „Dieselfahrzeuge sicher", lachte er. „Aber Sie meinen als Taxis." Er dachte kurz nach. „Es ist halt gemischt", meinte er schließlich und stellte seinen Motor ab. „Wohin sind Sie denn gefahren?"

Ich nannte die Adresse von Bankdirektor Liebermann, worauf der Fahrer den Kopf schüttelte. „Also, ich wars bestimmt nicht. Um wie viel Uhr soll das denn gewesen sein?"

Nachdem ich ihm etwa die Zeit angegeben hatte, beugte er sich zur Seite und tauchte mit einer Visitenkarte wieder auf.

„Rufen Sie mal bei uns an, vielleicht kann man Ihnen weiterhelfen. Wenn nicht, versuchen Sie es mal unter der Nummer."

Er schrieb mir eine andere Nummer auf die Rückseite der Karte und reichte sie mir.

„Haben Sie das Taxi denn nicht selbst gerufen?"

Natürlich, mit der Frage hätte ich rechnen müssen.

„Ich habe es von Bekannten rufen lassen", antwortete ich schnell, bedankte mich und ging weiter

Von der nächsten Telefonzelle aus wählte ich zuerst die Telefonnummer auf der Visitenkarte.

Es meldete sich eine junge Frau.

„Doktor Geisinger hier, ich hatte gestern Abend gegen zweiundzwanzig Uhr ein Taxi bestellt. Können Sie mir nachträglich sagen wer der Fahrer war?"

„Worum handelt es sich bitte, haben Sie eine Beanstandung?"

„Ganz im Gegenteil, ich war sehr zufrieden mit dem Mann und wollte mir nur den Namen fürs nächste Mal merken, weil er äußerst zuvorkommend war." Ich lachte.

„Doktor Geisinger sagten Sie?" Ich bejahte, dann dauerte es eine Weile. Im Hintergrund waren Stimmen zu hören. Dann wurde der Hörer wieder aufgehoben.

„Hören Sie? Sind Sie sicher, dass Sie das Taxi bei uns bestellt haben?"

„Nein", antwortete ich wahrheitsgemäß und hängte schnell ein. Dann wählte ich die andere Nummer, die mir der Taxifahrer auf die Rückseite der Visitenkarte geschrieben hatte.

Es dauerte lange, bis das Meldezeichen ertönte. Wahrscheinlich war der Anruf über eine Weiterschaltung gelaufen, wofür auch die Fahrgeräusche im Hintergrund sprachen, als sich auch hier eine Frauenstimme meldete.

Ich wiederholte meine Frage und es dauerte eine Weile, bis die Frau am anderen Ende recht ungehalten antwortete. „Was soll das werden? Ich bin doch selbst gefahren. Das wissen Sie doch!"

Ich war so überrascht von der Antwort, dass es einige Sekunden dauerte, bis ich reagieren konnte. Ich stieß nur völlig sinnlos „Entschuldigung" hervor.

Das war also voll in die Hosen gegangen. Eigentlich wusste ich nicht, warum ich diese Informationen sammelte. Vielleicht hatte Dr. Geisinger inzwischen das Geld schon besorgt und es bedurfte nicht einmal eines weiteren Briefes. Zum ersten Mal kamen mir in diesem Moment Zweifel, dass er sofort bezahlen würde. Ich malte mir aus, wie er blutbeschmiert die Treppe zu der Wohnung heraufgegangen war. Wo hatte er das Messer versteckt? Er musste sich umziehen, denn sein Anzug war sicher auch voller Blut. Alles war voll Blut gewesen. Ich sah wieder die Vorhänge, den Arm von Marianne Friedhoff, an dem das Blut herunterlief. Sie hatte eine so süße Figur gehabt. Wie musste es den Beamten gehen, die ständig mit Leichen in Berührung kamen. Vor allem dann, wenn die Frauen hübsch und begehrenswert aussahen?!

Das Café Jung wirkte auf dem Rückweg zu meinem Wagen wieder sehr einladend auf mich. Als ich mir an der Theke ein Stück Torte aussuchte, wurde mir bewusst, dass ich in den letzten Tagen euphorisch sehr viel Geld ausgegeben hatte. Ich erwischte mich, dass ich innerhalb kurzer Zeit wieder an einer sofortigen Zahlung meiner Forderung zweifelte. Mit dem Nummernzettel in der Hand ging ich durch in den hinteren Teil des Cafés. Wieder goss ich die Milch in die Tasse und nahm Zucker. Irgendwie spürte ich plötzlich, wie mir schlecht wurde. Ich begann auf das Stück Sahnetorte vor mir zu starren, schob angeekelt den Teller weit von mir weg und machte der Bedienung schnell ein Zeichen. Sie war irritiert, als ich mit einem 20-Mark-Schein bezahlte und ihr den Rest als Trinkgeld überließ. Fast wie eine Flucht musste mein Verlassen des Cafés auf sie gewirkt haben. Schweiß brach mir aus und es würgte mich. Im Laufschritt durchquerte ich die Innenstadt in Richtung alter Bahnhof. Neben meinem Wagen traf mich fast der Schlag. Der Schlüssel! Ich fand den Schlüssel nicht! Verzweifelt überlegte ich, wo ich ihn hätte verlieren können. Erst fiel mir die Telefonzelle ein, dann das Café. Plötzlich sah ich ihn im Zündschloss stecken. Gott sei Dank hatte ich die Wagentür nicht verriegelt. Was war mit mir? Ich taumelte, hielt mich am Türgriff meines Wagens fest, stieg wie in Trance ein, und fuhr ...

Im Hotel ließ ich mich auf das Bett fallen. Mein ganzer Körper war wie taub. Die Magenkrämpfe waren inzwischen stärker geworden, mir war speiübel und ich hatte Fieber. Unten am Kiosk auf dem Markt hatte ich eine Flasche Obstler gekauft. Eine Frau war mir an der Hotelrezeption oder wie man diesen alten Schulkatheder bezeichnen wollte, begegnet. Wahrscheinlich Frau Verbocket. Sie hatte mich beim Anblick der Flasche Obstler etwas merkwürdig angeschaut. Mir war egal was sie dachte, ich würde später einmal alles erklären.

An der Wand des Hotelzimmers hing der Druck eines Gemäldes. Es stellte spielende Kinder auf einer Sommerwiese dar. Ich nahm das Bild von der Wand und legte es mit der Bildseite auf den Boden. Merkwürdig, es war heute das zweite Mal, an dem mich der Anblick von Kindern an Marianne Friedhoff erinnerte. Meine schwitzenden Hände gruben sich in das Leinentuch. Die langsam einbrechende Dämmerung wirkte gespenstisch auf mich. Irgendwann richtete ich mich wieder auf. Alles um mich herum drehte sich und ich griff hilfesuchend nach der Bettkante. Ich griff daneben und stieß mir den Ellenbogen an. Merkwürdigerweise verspürte ich keinen Schmerz. Ich schaute mich nach einem Korkenzieher um. In dem Nachttisch lag nur ein Flaschenöffner, mit dem konnte ich nichts anfangen. Obwohl ich das Hotel nicht verlassen wollte, zog ich den Mantel über und ging die Treppen hinunter ins Restaurant.

„Ich brauche einen Korkenzieher", rief ich recht schroff quer durch das leere Restaurant. Nachdem die Frau mir wortlos aus einer Schublade hinter der Theke einen gegeben hatte, drehte ich mich wieder zum Gehen und hörte sie fragen, ob mir schlecht sei. Ich winkte ab und stieg wieder die Treppe hinauf. Der Lichtschalter im Flur war verschwunden, also tastete ich im Dunkeln weiter. Die erste Tür, die ich zu öffnen versuchte, war verschlossen, ich fand eine zweite, meine Tür. Vom Fenster fiel noch etwas Licht in den Raum und ich sah die Flasche mit Obstler auf dem kleinen Tisch stehen. Ich starrte sie an. Wieso war ich auf der Suche nach einem Korkenzieher gewesen? Die Flasche hatte einen Drehverschluss, der sich leicht öffnen ließ. Als ich die Flasche zitternd an den Mund setzte, merkte ich, dass sie bereits halb leer war und schluckte drei- oder viermal kräftig. Ich spürte, wie der Obstler in der Kehle brannte und sich ein Teil der Flüssigkeit rechts und links aus den Mundwinkeln schlich.

Warum war es plötzlich so kalt in dem Zimmer, hatte man heute keine Heizung angemacht? Ich behielt den Mantel an und begab mich auf die Suche nach einem Glas. Neben der Zahnbürste lagen der Rasierapparat und ein Waschlappen. Die Seife war heruntergefallen. Ich wollte sie aufheben, da fiel mein Blick auf das Glas. Es waren zwei Gläser und zwei Menschen, aber der Spiegel war unheimlich trübe. Ich rieb mir die Augen, aber das Bild blieb verschwommen. Den anderen kannte ich nicht. Als ich ihn grüßen wollte, war er verschwunden. Also schüttete ich mir den Zahnbecher randvoll und trank alleine mit mir selbst. Als ich den Becher abstellte, waren meine Hände ganz voll Blut und ich starrte entsetzt in das Glas, alles war voll Blut. Vielleicht schrie ich, ich wusste es nicht, es brummte so furchtbar in meinem Kopf. Es klebte, das Blut. Ich hatte das Glas fallen lassen, krampfhaft hielt ich die Flasche fest in der rechten Hand und taumelte zum Bett. Es fiel mir entgegen. Gierig saugte das Betttuch das Blut auf, das an mir klebte. Ich drückte meinen Kopf tief in das nasse Kissen. Immer und immer wieder hörte ich die Stiche des Messers, eins, zwei, drei, und sie wurden immer lauter. Marianne schrie. Ich sprang auf und riss die Vorhänge beiseite. Mein Rücken brannte wie Feuer, vielleicht hatte ich die Heißluftlampen berührt. Ein riesiger Mann bäumte sich vor mir auf. Es war Dr. Geisinger. Er lachte und riss den Arm hoch, in der Hand das blutige Messer. Sein Gesicht verzog sich dabei zu einer Maske. Das Messer schnellte mir entgegen. Es wurde alles heiß um mich, ich blutete. Dann taumelte ich nach hinten. Jemand fing mich auf und ich drehte mich dankend um. Es war Marianne. Ihre Augen waren starr und gebrochen. Auch sie war über und über mit Blut verschmiert. „Mörder!" schrie ich. Ich hatte den Mund weit aufgerissen, aber ich konnte mich selbst nicht hören. Ich nahm Marianne in die Arme. Meine Lippen berührten ihren leblosen Mund. Ihr Blut schmeckte süßlich und ich merkte, wie mir schlecht wurde. Sie klammerte sich an mich. Das wollte ich nicht, aber ich kam nicht los. Wieder versuchte ich zu schreien, aber mir war der Hals zugeschnürt. Ich musste mich übergeben. Endlich konnte ich mich von ihr losreißen. Marianne fiel auf die Liege. Ihr ganzer Körper war rot. Ich stolperte zum Becken. Es war voller Goldstücke. Der Inhalt meines Magens ergoss sich darüber.

# 5.

Jemand klopfte energisch an die Tür. Langsam fuhr ich mit meiner Hand an die Stirn und spürte, wie heiß mein Kopf war. Es klopfte wieder.

„Herr Grosskurth!"

Die Stimme kam mir bekannt vor. Ich versuchte, mich zu erinnern, aber mein Gehirn versagte.

„Herr Grosskurth, so machen Sie doch auf."

Die Stimme war aufgebracht und erregt. Ich öffnete die Augen. Um mich herum war es hell und ich lag in meinem Hotelzimmer. Das Erste, was ich wahrnahm, war mein Mantel, den ich anhatte. Mit der ganzen Kraft, die ich besaß, stieß mein Mund ein lautes: „Ja!" hervor, dann sackte ich wieder in mir zusammen.

„Herr Grosskurth, brauchen Sie ärztliche Hilfe?"

Jetzt wusste ich, wer an der Tür war. Es war Verbocket, der Wirt. Ich schüttelte zaghaft den Kopf und mir wurde nicht einmal bewusst, dass der Mann es nicht sehen konnte. Wieder rief er, ob ich einen Arzt brauche.

„Nein!" stöhnte ich und versuchte, mich aufzurichten, aber es misslang. Mein Körper war schwer wie Blei und mein Kopf dröhnte. Mit der linken Hand ertastete ich einen harten Gegenstand neben mir. Es war eine Flasche.

„Wollen Sie nicht doch lieber aufmachen, Herr Grosskurth?"

Ich drehte mich ein wenig zur Seite und sah dass die Flasche leer war. Meine Finger blieben an ihr kleben. Was sollte ich dem da draußen antworten? Ich konnte beim besten Willen nicht aufstehen und einen Arzt konnte ich auch nicht brauchen allein wegen der Identität. Schon wieder hämmerte der Wirt mit der Faust gegen die Tür. Ich drehte mich zurück auf den Rücken und nahm ein drittes Mal alle Kraft zusammen.

„Es ist schon wieder besser, ich komme nachher herunter!" rief ich so laut ich konnte.

Schweiß stand mir auf der Stirn und ich registrierte, dass meine Hände stark zitterten. Draußen entfernten sich Schritte. Gott sei Dank war ich den Wirt wenigstens los! Ich versuchte, mich zu erinnern, was geschehen war, aber die Erinnerung blieb aus. Es war mir nur elend und ich besaß keinerlei Kraft. Vorsichtig schob ich die Flasche aus meinem Bett und ließ sie, so sanft wie möglich auf den Teppich fallen. Es tat einen dumpfen Aufschlag. Selbst nach meinem schweren Autounfall vor gut zehn Jahren, bei dem ich mir etliche Verletzungen zugezogen hatte, war mein Zustand, nachdem ich aus der Narkose erwachte, besser gewesen. Die Sonne zeichnete beißend helle Flecken auf die Wand, die mich blendeten.

Mühsam schob ich die Beine zur Seite und versuchte auf diese Art das Bett zu verlassen. Meine Glieder schmerzten so sehr, dass jede Bewegung mir unmöglich erschien und ich immer wieder nach einem sicheren Halt suchte. Es dauerte Minuten bis ich aufrecht auf der Bettkante saß. Erneut versuchte ich mich zu erinnern, was geschehen war. Ein Stuhl lag auf dem Boden, daneben Scherben eines Glases. Am Waschbecken waren einige Sachen heruntergeworfen und im Zimmer stank es penetrant nach Obstler.

Im Sitzen streifte ich den Mantel ab und ließ ihn nach hinten auf das Bett fallen. Schwankend erhob ich mich, griff nach dem Tisch. Dann ging ich, auf den Tisch gestützt, bis hinüber zum Becken. Mein Spiegelbild erschreckte mich derart, dass ich fast wieder zusammengebrochen wäre. Mit letzter Kraft klammerte ich mich an den Beckenrand und starrte in meine Fratze. Die Haare waren verklebt und hingen strähnig ins Gesicht. Die Augen waren rot unterlaufen und verquollen. Ansonsten war das Gesicht kalkweiß, die Haut wirkte wie tot. Hinzu kamen die unrasierten Kinnpartien. Wenn ich so einem meiner früheren Kunden gegenübergetreten wäre, hätte mich dieser mit Sicherheit nicht erkannt. Ich fuhr mir mit der einen Hand durch die Haare, während ich mich mit der anderen Hand weiterhin krampfhaft festhielt. Auch meine Hand stank nach Alkohol und ich überlegte, wie viel ich wohl getrunken haben mochte. Der Rest war wohl in das Bettzeug geflossen, denn die Flasche war leer.

Langsam ließ ich mich auf den Boden sinken und sammelte die Dinge auf, die auf dem Boden herumlagen. Dann nahm ich meinen Kulturbeutel und stopfte alles hinein. Gestützt auf den umgeworfenen Stuhl rappelte ich mich auf und machte mich in kleinen, wohl kontrollierten Schritten auf den Weg zur Dusche. Es dauerte eine Weile bis ich mich meiner verschwitzten und stinkenden Kleider entledigt hatte. Fast eine Viertelstunde ließ ich Wasser aus der Brause über meinen Körper fließen ohne mich zu bewegen. Ich hielt mich an der Brausestange fest und die Augen geschlossen. Langsam kam wieder etwas Gefühl in meine Arme und Beine. Der sprudelnde und prickelnde Wasserstrahl erfrischte mich allmählich und nahm mir auch langsam den unerträglichen Alkoholgestank aus der Nase. Schließlich fühlte ich mich soweit gekräftigt, dass ich mich von Kopf bis Fuß einseifen und anschließend wieder abduschen konnte. Da ich keinen Bademantel mitgenommen hatte, aber auch die herumliegenden stinkenden Kleider nicht wieder anziehen wollte, öffnete ich vorsichtig den Kleiderschrank und nahm frische Wäsche heraus. Das alles war für mich so anstrengend, dass ich mich erst einmal wieder hinsetzen musste. Langsam tauchten erste Erinnerungen in mir auf. Auf dem Boden lag das zerbrochene Wasserglas und auf dem Teppich vor dem Tisch war ein großer Fleck.

Nachdem ich mir nach und nach die frischen Kleidungsstücke angezogen hatte, öffnete ich das Fenster und ließ frische Luft in den Raum. Ich schaute in den Spiegel und stellte zu meiner Befriedigung fest, dass meine Haut inzwischen etwas Farbe bekommen hatte und auch die Augen abgeschwollen waren. Ich rasierte mich und machte mich auf den Weg nach unten.

Zu meinem Erstaunen stellte ich fest, dass es schon halb zwei war, als ich das Restaurant betrat. Qualm und Stimmengewirr schlugen mir entgegen. Scheinbar hatten viele hier ihren sonntäglichen Frühschoppen eingenommen und waren dann zum Essen hier geblieben. Von den Gästen beachtete mich keiner. Nur Verbocket kam sofort aufgeregt auf mich zu.

„Wir haben uns große Sorgen gemacht, was ist mit Ihnen?“, fragte er leise.

Ich zuckte nur die Schultern und setzte mich an einen freien Tisch.

„Sollen wir nicht lieber doch einen Arzt rufen oder wenigstens Ihren Freunden Bescheid sagen?”

Zum ersten Mal an diesem Tag hatte ich das Gefühl dass mein Gehirn wieder arbeitete.

„Nein, wir haben uns gestern so verzankt ... Deswegen das Ganze. Es hat mich sehr mitgenommen.”

„Aha”, reagierte der Wirt mit einem hörbaren Seufzer der Erleichterung und einem vielsagendem Blick. „Das erklärt natürlich alles. Werden Sie abreisen?”

Ich schüttelte den Kopf und starrte schweigend vor mich hin.

„Nun, dann will ich Ihnen mal nicht weiter auf den Wecker fallen, aber wenn Sie etwas brauchen, dann kommen Sie zu mir, ja?”

Ich nickte und winkte ihn näher heran. Umständlich kramte ich in meiner Hosentasche nach meinem Portemonnaie und zog aus dem mittleren Fach einen Zwanzig-Mark-Schein.

„Geben Sie das dem Zimmermädchen, sie möchte bitte entschuldigen und das Zimmer etwas aufräumen.”

Verbocket nahm das Geld mit einem verständnisvollen Augenzwinkern entgegen und widmete sich wieder den anderen Gästen.

Langsam tauchten Bilder des gestrigen Tages wieder auf. Ich erinnerte mich an meinen Friedhofsbesuch, den Taxifahrer und meine Anrufe. Schließlich sah ich die Sahnetorte vor mir, die so plötzlich meinen Ekel hervorgerufen hatte und die Flasche mit dem Obstler. Dann eine wirre Folge von Schreckensbildern aus der Massagepraxis. Gleichzeitig spürte ich, wie mein Magen wieder anfing sich zu drehen. Ich versuchte verzweifelt, die Bilder aus meinem Gedächtnis zu verdrängen.

In diesem Moment kam der Wirt an meinem Tisch vorbei und lächelte zu mir herüber. Ich winkte ihn abermals zu mir und bestellte einen Magenbitter und einen Kaffee.

„Sie sollten auch eine Kleinigkeit essen”, meinte er und klopfte mir fast väterlich auf die Schulter.

Ich machte eine Handbewegung, die so viel sagte wie ‚mir ist alles egal’.

Zuerst brachte er mir einen Magenbitter und dann, mit dem Kaffee, eine wohlduftende klare Suppe mit einem trockenen Toast. Als er die Suppentasse abgestellt hatte, klopfte er mir nochmals verständnisvoll und aufmunternd auf die Schulter und wünschte mir einen guten Appetit.

Nach einer Stunde zog ich mich wieder auf mein Zimmer zurück. Irgendwer hatte inzwischen tatsächlich aufgeräumt und das Bett frisch überzogen. Mein Mante l hing auf einem Bügel am geöffneten Fenster.

Als ich aus dem Fenster schaute, stellte ich zu meinem großen Erstaunen fest, dass ich meinen Wagen dicht bei dem Hotelzugang geparkt hatte. Ich beschloss, ihn möglichst schnell und unauffällig wieder zum Marktplatz zu fahren. Im Kofferraum des Wagens musste auch noch ein alter Regenmantel liegen, den würde ich jetzt brauchen nachdem der andere Mantel erst einmal in die Reinigung musste.

Ich verließ mein Hotel und wartete einen Moment, bis kein Mensch auf der Straße zu sehen war. Den Schlüssel hatte ich bereits griffbereit in der Hand. Ich stieg schnell ein, startete und fuhr los. Dabei beobachtete ich unentwegt den Zugang zum Hotel, aber niemand hatte mir zugeschaut.

Nachdem der Wagen wieder an seinem alten Platz auf dem Markt stand, ging ich etwa eine Stunde durch Kastellaun spazieren. Zuerst stieg ich zur Burgruine hoch und genoss die Aussicht. Die Sonne tat mir gut und die frische Luft tat das Übrige. Langsam kam ich wieder ins seelische Gleichgewicht. Ich redete mir ein, dass sich ab morgen alles ändern würde. Die Ereignisse der letzten Tage waren einfach zu viel für mich gewesen, auch wenn ich es nicht wahrhaben wollte. Ich hatte zu viel verdrängt und mich zu euphorisch in meinen erfolgversprechenden Plan hineingesteigert.

Welche Qualen musste erst Dr. Geisinger, der Mörder, durchleben. Vor allem fühlte er sich jetzt entdeckt und in Gefahr, verraten zu werden. Mir wurde bewusst, in welcher gefährlichen Lage ich mich durchaus befinden konnte. Ich würde morgen bei der Bank in München anrufen und das Geld sofort bar abheben fahren, wenn es eingegangen war und vorerst nicht nach Simmern zurückkehren. Ich musste erst einmal für vier oder sechs Wochen irgendwo hinfahren, wo mich kein Mensch kannte und mich niemand mit dem Mord an Marianne Friedhoff in Verbindung bringen würde.

Ich setzte mich kurze Zeit auf einen Mauervorsprung und sah den vielen Leuten zu, die ebenfalls einen Sonntagsspaziergang absolvierten. Es war alles so friedlich. Kastellaun strahlte eine unendliche Ruhe aus. Merkwürdigerweise musste ich es meiden, Kinder zu beobachten. Meine Gedanken eilten dann immer wieder sofort zu der ermordeten Marianne und der Tatsache, dass sie zwei Kinder hatte. Komisch eigentlich, denn früher waren mir Kinder nicht einmal sonderlich aufgefallen.

Als die Sonne langsam hinter dem alten Gemäuer verschwand, stand ich auf und ging in Richtung Hotel. Ich überlegte, ob ich Dr. Geisinger noch einen Brief schicken sollte. Aber was würde das ändern? Er musste bis spätestens zehn Uhr die Blitzanweisung vorgenommen haben, sonst würde ich um zwölf Uhr keine positive Auskunft erhalten.

Als ich wieder über den Marktplatz ging und an meinem Wagen vorbeikam, verspürte ich plötzlich Lust, den unter Menschen zu verbringen. Ich entschloss mich kurzer Hand, nach Mainz oder Koblenz zu fahren. Schon an der Kreuzung entschied ich mich für Koblenz, da sich irgendetwas in mir sträubte, in die Straße nach Simmern einzubiegen.

Am hinteren Eingang des Koblenzer Hauptbahnhof stellte ich meinen Wagen ab, da ich nicht wusste, ob die Baumaßnahmen am Vordereingang ein Parken zuließen. Dann benutzte ich die Bahnhofsunterführung um in die Innenstadt zu kommen. Dabei fiel mir in einem Schaukasten ein Werbeplakat auf, das einen von Sommer und Sonne träumen ließ. Es zeigte einen ausgedehnten Strand mit tiefblauem Wasser und einem ballspielenden jungen Mädchen, von dem man nur ahnen konnte, dass sie in irgendeiner Form bekleidet war. Als Überschrift stand in großen Lettern auf dem Plakat: Ihr Urlaubsziel heißt Gardasee. Ich blieb vor dem Plakat stehen und träumte mich in die Landschaft und die Situation hinein. War es das Wasser, der Strand oder das Mädchen, das mich anzog? Ich wusste es nicht. So wie ich am Dienstag fast wie selbstverständlich in München zur Filiale der Deutschen Bank gefahren war, trat ich jetzt an den Serviceschalter der Bahn. Der Beamte schien gerade im Begriff zu sein seinen Dienst zu beenden. Ich wartete bis er seine Jacke angezogen hatte und mich dann fragend anschaute.

„Ach, entschuldigen Sie bitte", sagte ich deshalb betont höflich, „macht es Ihnen etwas aus, wenn Sie mir noch für morgen einen Zug zum Gardasee heraussuchen?"

„Wohin da?", fragte er und nahm auf seinem Stuhl Platz.

Ich schaute ihn ratlos an. Mir wurde bewusst, dass der Gardasee groß war und ich wohl einen Ort angeben musste. Er bemerkte wohl meine Unentschlossenheit, griff in eine Schublade und zog einen schmalen blauen Prospekt hervor und legt ihn vor mich hin.

„Ich gehe inzwischen meine Schlüssel holen. Bis dahin können Sie ja mal durchblättern", meinte er und verschwand im hinteren Bereich des

Raumes. Nun stand ich da mit einem Prospekt in der Hand an dem leeren Schalter und blätterte etwas überfordert, jetzt willkürlich einen Ort heraussuchen zu müssen. Auf den letzten zwei Seiten waren verschiedene Orte mit einer kurzen Beschreibung aufgeführt. Ich überflog die Namen Bardilino, Desenzano, Garda, Rivoli, Gardone, Riva und Salo. Irgendwo mehr vorne hatte ich eine kleine Karte entdeckt und suchte nun die einzelnen Orte. Riva lag noch ziemlich dicht an oder in den Bergen. Vielleicht sollte ich dorthin fahren. Im Anschluss folgten noch Beschreibungen von Trient, Verona und Brescia. Es waren Hotels der verschiedenen Kategorien angegeben. Auswahl gab es genug und um diese Jahreszeit war anzunehmen, dass man auch aufs Geratewohl dorthin fahren konnte.

Der Beamte kam zurück. „Nun, haben Sie sich etwas herausgesucht?"

Ich zögerte einen Moment: „Ich hätte gerne eine Verbindung nach Riva."

Während er die rechte Hand in der Hosentasche behielt, tippte er stehend mit einem Finger etwas in seinen Computer.

„Das geht über Frankfurt, München, Trient. Fahren Sie alleine oder mit Familie?"

„Alleine", platzte ich heraus, worauf er ein wenig näher an den Schalter herantrat und sich zu mir beugte.

„Ich kenne die Gegend etwas und Ihnen scheint der Ort egal zu sein. Wenn ich Ihnen einen Tipp geben darf?"

Ich nickte eifrig, und er fuhr fort: „Dann nehmen Sie den Zug bis Verona. Dort nehmen Sie den Zug nach Mailand, steigen aber in Peschiera aus, Sie können auch bis Lonato fahren. Das ist im Prinzip egal. Von dort nehmen Sie sich am besten ein Taxi. Der Ort, den ich Ihnen empfehlen kann, heißt Sirmione, ganz klein, auf einer Halbinsel gelegen. Für meine Begriffe traumhaft schön. Da bekommen Sie um diese Jahreszeit auch bestimmt unangemeldet eine Pension oder Privatzimmer."

Ich reichte ihm mit einem dankbaren Nicken den Prospekt zurück: „Können Sie mir das bitte aufschreiben und eine entsprechende Zugverbindung heraussuchen, wobei ich gerne die Reise in München für ein oder zwei Stunden unterbrechen würde, wenn das möglich ist?"

Er nickte und tippte wieder etwas in den Computer ein. So waren nunmal die Menschen hier zwischen Rhein und Mosel, hilfsbereit und freundlich. Wenig später surrte hinter ihm der Drucker und er reichte mir die ausgedruckten Zugverbindungen mit dem Hinweis: „Ich habe Ihnen zwei Züge ausgedruckt. Bei dem einen haben Sie gut zwei Stunden Aufenthalt in München, bei dem anderen, der vielleicht insgesamt etwas angenehmer ist, müssten Sie allerdings in München übernachten."

Ich warf einen Blick auf die Abfahrtszeiten und entschied mich sofort für das zweite Angebot, da ich ja erst einmal das Ergebnis meines Anrufes bei der Deutschen Bank abwarten musste.

„Die Züge nach München halten sicherlich auch alle in Mainz?", fragte ich, weil mir einfiel, dass ich meinen Wagen dort bei einem Freund unterstellen konnte.

Der Bahnbeamte warf einen kurzen Blick auf seinen Bildschirm, nickte zur Bestätigung und schaltete dann seinen Computer ab.

Beschwingt verließ ich den Bahnhof. Morgen um diese Uhrzeit würde ich im Zug sitzen und bereits kurz vor München sein. Weit weg von dem Mord, von möglichen Verdächtigungen und vor allem von finanziellen Nöten und meiner schier unerträglichen Arbeitslosigkeit. Und übermorgen, nachdem ich das Geld abgehoben und das Konto aufgelöst hatte, ging es in den Süden nach ... Ich hatte den Ort vergessen.

Die Koblenzer sind allerdings in bestimmten Dingen anders als wir Hunsrücker. Zwischen ihnen und uns besteht so etwas Ähnliches wie Hassliebe. Und es lodert der immerwährende Streit, wo Koblenz aufhört und der Hunsrück beginnt. Eingefleischte Koblenzer Altstädter zählen schon Stadtteile wie Moselweiß, Ehrenbreitstein oder Güls nicht mehr zu Koblenz. Simmern galt für diese Koblenzer schon fast als Ausland. Irgendwer hatte mir einmal den Rat gegeben, mich in bestimmten Altstadtkneipen nie als Hunsrücker zu erkennen zu geben, dann würden Bier und Wein schlechter eingeschenkt und die Essensportionen kleiner. Ob diese Behauptung stimmte, hatte ich nie überprüfen können. Trotzdem veranlasste sie mich, in Koblenz meist in Lokale mit ausländischer Küche zu gehen. So wanderte ich die Löhrstraße hinunter bis zum Münzplatz und weiter zum Florinsmarkt, wo ich einen guten Griechen in Erinnerung hatte.

Der rundliche Wirt der Taverna St. Florin begleitete mich mit einer Speisekarte bewaffnet zu einem Tisch am Fenster. Nur wenige Plätze waren besetzt, was mich insofern ein wenig störte, als ich gern viele

Menschen um mich gehabt hätte. Ich bestellte mir ohne lange zu überlegen ein Mineralwasser, was mich im Nachhinein selbst etwas verblüffte. Aber offenbar hatten dabei unbewusst mein schlechtes Gewissen und meine strapazierte Leber die Entscheidung beeinflusst. Der gemischte Vorspeisenteller und das Moussaka schmeckten vorzüglich und trösteten mich etwas über den faden Geschmack des Mineralwassers hinweg.

Gesättigt und zufrieden verließ ich das Lokal und lenkte meine Schritte in Richtung Deutscher Kaiser, einer der ältesten Kneipen der Koblenzer Altstadt. Hier war ich zwar in Gefahr, mich als Hunsrücker zu outen, aber sicherlich nicht, auf ein leeres Lokal zu stoßen.

Wie erwartet war es bis auf den letzten Platz besetzt und ich musste mit einem Stehplatz an der Theke vorlieb nehmen. Ich gönnte mir etwas verschämt zwei alkoholfreie Biere und genoss den Trubel um mich herum. Das Beobachten der vielen Menschen lenkte mich erfolgreich von den Gedanken und Bildern der letzten Tage ab. Einen kleinen Beitrag hierzu leistete auch eine kleine, etwas füllige Nachbarin an der Theke, mit der ich sehr schnell ins Gespräch kam. Leider begann sie nach einiger Zeit von ihrem Hobby, dem Reiten zu erzählen, was mich gleich wieder an mein Gespräch mit Marianne Friedhoff erinnerte. Sofort als ich merkte, dass diese Assoziation mit dem Gespräch über das Rudern und Skifahren in mir böse Erinnerungen an das Erlebte und Durchlebte wachrief, trank ich mein Bier aus und machte ich mich auf den Weg. Dabei hatte ich das Gefühl, dass mir die Reiterin etwas enttäuscht hinterher schaute. Vielleicht hatte sie sich von dem Abend mehr versprochen.

Verbocket war sichtlich erleichtert, als er mich wieder in besserer Verfassung sah. Er kam mir gleich entgegen und zog mich fast in das Restaurant, in dem nur noch ein junges Pärchen saß.

„Na, haben Sie sich wieder etwas erholt?“, fragte er und lächelte dabei zufrieden.

„Gott sei Dank”, sagte ich voll Überzeugung und dieser Seufzer war durch und durch ehrlich gemeint. Ich bestellte mir nochmals eine Flasche Mineralwasser.

„Bleiben Sie noch länger hier?“, fragte er mich, als er das Wasser brachte.

„Nein. Ich habe vor, morgen abzureisen und da will ich mich noch einmal etwas ausschlafen."

„Wie kam es denn zu der Auseinandersetzung?", wollte er sichtlich von Neugierde geplagt wissen. Ich wusste zunächst nicht, was er damit meinte. Doch dann fiel mir meine Ausrede von heute Mittag ein und ich zuckte etwas verlegen mit den Schultern.

„Wie das so kommt. Plötzlich eine Kleinigkeit und schon steigert man sich hinein ..."

Er schaute mich verständnisvoll an und legte seine breiten Hände auf meinen Arm: „Wissen Sie was? Ich habe noch ein wenig von der Suppe von heute Mittag. Ich lass sie Ihnen schnell warm machen."

Man konnte ihm ansehen, dass ich ihm leidtat und er mir etwas Gutes tun wollte. Ich hinderte ihn nicht daran. Auf einmal verspürte ich auch wieder Hunger.

Auf der Fahrt hierher hatte ich von meinem bevorstehenden Urlaub geträumt, dabei war mir eine völlig neue Idee gekommen. Möglicherweise ließ sich das Geschäft mit Dr. Geisinger in Zukunft auch von Italien aus betreiben. Ich würde mir am Gardasee alles in Ruhe überlegen, vor allem einmal die Möglichkeit in Zukunft meine Forderungen über ein Schweizer Bankkonto zu kassieren.

Den restlichen Abend verbrachte ich damit, meine Koffer zu packen. Den Mantel und die Kleider, die ich gestern angehabt hatte, beschloss ich, entweder in Mainz oder München in eine Schnellreinigung zu bringen. Ich überlegte, ob es Sinn hatte, heute Nacht in meine Wohnung zu fahren. Der Gedanke gefiel mir weniger. Ich wollte nicht mehr an die Vergangenheit erinnert werden. In Italien besaß ich wahrscheinlich genug Geld und konnte mich völlig neu einkleiden. Außerdem hatte ich noch genug Wäsche dabei. Mehr wollte ich auch nicht mitschleppen. Gegen Mitternacht ging ich zu Bett. Morgen würde noch einmal ein anstrengender Tag werden.

Als es hell wurde lag ich bereits mit geöffneten Augen im Bett. Obwohl ich schnell eingeschlafen war, hatte ich eine recht unruhige Nacht verlebt. Zwei oder drei Mal war ich aufgestanden und hatte etwas Wasser getrunken. Früher hatte mich das immer beruhigt und ich hatte danach wieder einschlafen können. Doch heute Nacht hatte dieser Trick nicht geholfen. Es tauchten wieder die Bilder aus der Massagepraxis auf. Als es draußen immer heller wurde stand ich schließlich auf, öffnete das Fenster und schaute zum Himmel empor. Ein leichter Nebel kündigte schönes Wetter an. Es sollte heute nicht nur eine Fahrt in den Urlaub, sondern eine Fahrt in ein neues Leben werden. Da meine Glieder schmerzten, machte ich am offenen Fenster meine üblichen Gymnastikübungen. Dann ging ich unter die Dusche.

Frau Verbocket schaute erstaunt, als ich bereits um fünf Minuten nach sieben Uhr das Restaurant betrat. So früh hatte sie mit mir nicht gerechnet. Zum ersten Mal sah ich auch einige andere Hotelgäste, die bereits an den Tischen saßen, aber noch auf den Kaffee warteten. Einer der beiden Gäste, ein Mann etwa meines Alters, las in der Rhein-Hunsrück-Zeitung, die bisher auf meinem Platz gelegen hatte, wenn ich zum Frühstück gekommen war. Ich interessierte mich auch heute recht wenig für deren Inhalt, denn für mich war der Mordfall Friedhoff in wenigen Stunden Vergangenheit.

Kurz vor acht Uhr spannte ich den ersten Bogen meines neuen Briefpapiers in die Schreibmaschine und tippte als Erstes die Wohnungskündigung zum nächstmöglichen Termin. Als nächstes schrieb ich einen Brief an die Spedition Klein und bat, meine Möbel und alles Inventar in meiner Wohnung zu packen und einzulagern. Ich würde den Auftrag zusammen mit meinem Wohnungsschlüssel auf dem Weg nach Mainz persönlich dort abgeben und dabei zur Kostendeckung einen Akonto-Betrag hinterlegen, den ich vorher noch von meinem Konto bei der Hunsrück Bank abheben musste. Da eine solche Vorgehensweise in Abwesenheit des Wohnungsinhabers möglicherweise etwas ungewöhnlich war, musste ich mir auf eventuelle Fragen eine gute Ausrede einfallen lassen. Das Risiko, dass bei einem unbeaufsichtigten Auszug ein paar Gegenstände verschwinden konnten, interessierte mich wenig. Immerhin würde ich in Zukunft genügend Geld besitzen.

Danach verließ ich das Hotel, um noch einmal zu der Burgruine hinaufzusteigen. Zuerst hatte ich in Erwägung gezogen, nach Simmern zu fahren und dort noch einmal sozusagen Abschied zu nehmen. Dieser Gedanke schien mir aber dann doch zu absurd und vor allem zu riskant. Ich setzte mich also oben noch einmal auf den Mauervorsprung, auf dem ich gestern schon gesessen hatte, lehnte mich an eine dahinterliegende Mauer und genoss die Aussicht. Es war noch kühl und von Norden her kam ein leichter Wind auf. Ich genoss die Einsamkeit hier oben und blinzelte in die ersten Strahlen der Sonne, die jetzt langsam durch den Nebel drangen. Wieder verspürte ich Ruhe und Frieden in mir und um mich herum.

Ich weiß nicht, ob ich mit offenen Augen vor mich hingeträumt hatte oder sogar eingenickt war. Als ich wieder auf die Uhr schaute, erschrak ich. Die Zeiger standen auf halb zwölf. Geisinger würde inzwischen das Geld überwiesen haben. In Gedanken sah ich die Bankcomputer arbeiten und meinen Kontoauszug ausdrucken. Ich stand auf und eilte den Weg hinunter in die Stadt. In der Seitentasche meines Regenmantels fühlte ich die zwei Briefe, den an meine Hauswirtin und den an die Spedition.

In dem Hotel angekommen, ließ ich mir von Herrn Verbocket die Abrechnung geben. Er machte ein trauriges Gesicht und schien enttäuscht, dass sein erhoffter Dauergast schon nach einer Woche wieder abreiste. Sicherlich hatte er von Beginn an mit vierzehn Tagen oder sogar mit mehr gerechnet.

„Fliegen Sie oder fahren Sie mit der Bahn?”, fragte er unerwartet.

Im Moment wusste ich nicht, was ich antworten sollte und hüstelte etwas, als habe ich mich verschluckt. Dann fiel mir ein, dass ich Berlin als Wohnort angegeben hatte. Wahrheitsgemäß sagte ich ihm, dass ich mit der Bahn reisen würde.

Ich zahlte die Rechnung und legte ein anständiges Trinkgeld drauf. Dann schaute ich auf die Uhr.

„Ich will von oben noch zu Hause mein Kommen ankündigen!” erklärte ich und schob ihm einen Zehnmarkschein zu. „Das dürfte reichen!”

Er nickte und steckte wortlos das Geld ein. Dann drehte er sich um und verschwand im Restaurant.

In meinem Zimmer standen schon alle Sachen zur Abfahrt bereit. Ich lauschte in den Flur hinaus, keiner war mir gefolgt. Also konnte ich ungestört telefonieren. Meiner Brieftasche entnahm ich die kleine Karte mit der Telefonnummer der Deutschen Bank in München. Die Zentrale meldete sich.

„Ja, hier ist Kögler. Ich hätte gerne den Schalter, Herrn Hallmannseder."

Ein Knacken verriet mir, dass die Verbindung hergestellt wurde. Jeden Moment würde das Pickelgesicht abheben und ich würde den Kontostand erfragen. Waren es volle 400.000 Mark oder hatte er nur weniger beschaffen können? Die Zeit schien mir endlos bis sich jemand meldete. Zu meinem Erstaunen war dieser Jemand wieder die Zentrale. Man teilte mir mit, dass auf dem gewünschten Apparat gesprochen werde. Ich trommelte nervös mit den Fingern auf dem Nachttisch herum und überlegte. Es war inzwischen zwei Minuten vor zwölf. Mein Gott, wer wusste, wie lange dieser Hallmannseder telefonierte! Würde er danach überhaupt noch abheben, wenn er in die Mittagspause gehen wollte. Vielleicht hatte auch die Blitzüberweisung ihre Tücken und war nicht so schnell, wie ich bisher angenommen hatte. Mir fiel siedend heiß ein, wie oft ich mich schon geärgert hatte, wenn die Überweisungen meiner Abrechnungen fünf oder mehr Tage brauchten, um auf meinem Konto zu sein. Es wäre alles viel einfacher gewesen, wenn ich das Konto vielleicht in Koblenz oder Mainz eröffnet hätte. Aber ich hatte vor einer Woche München für eine gute Idee gehalten, um die Spuren zu mir zu verwischen. Außerdem war ich mir sicher, dass Geisinger telefonisch kaum Chancen hatte, den Kontoinhaber zu erfragen. In Koblenz und Mainz hätte es die Möglichkeit gegeben, dass er dort auch ein Konto und einen Freund hatte, der interne Informationen vertraulich weitergab oder er hätte persönlich zur Bank fahren können und die Leute beschwatzen. Ich wusste als Vertreter, was man mit etwas Geschick und Charme alles erreichen konnte.

„Herr Kurt Kögler?" kam es plötzlich wieder aus dem Hörer. Es war die Stimme einer älteren Dame am anderen Ende, zu der ich anstelle von Herrn Hallmannseder verbunden worden war.

„Ja, Kurt Kögler", bestätigte ich überglücklich. „Kontonummer ..."

„Einen Moment bitte!" Wieder dauerte es eine Ewigkeit und mir fiel ein, dass die zehn Mark, die ich dem Wirt für das Telefonat zugeschoben hatte, sicherlich nicht ausreichten.

„Ja, ich habe Ihr Konto jetzt gefunden". Sie wiederholte zum Vergleich noch einmal langsam die Kontonummer. „Was kann ich für Sie tun?"

Mir schlug das Herz bis zum Hals und ich merkte, das mir die Stimme vor Aufregung fast versagte. „Bitte, ich ..." begann ich zu stottern, „ich wollte eigentlich nur meinen Kontostand abfragen."

„Tut mir leid", antwortete die Dame. „Am Telefon dürfen wir keine Auskunft über einen Kontostand geben."

Die Antwort traf mich wie ein Schlag auf den Kopf. Was sollte ich machen, ich musste doch erfahren, ob Geisinger überwiesen hatte bevor ich Kastellaun verließ und auf Reisen ging.

„Was wollen Sie denn wissen?" hörte ich die Stimme am anderen Ende.

‚Aha', schoss es mir durch den Kopf, sie wollte mir eine Brücke bauen, aber welche?

„Können Sie mir konkret sagen, was Sie wissen wollen? Handelt es sich um eine bestimmte Kontenbewegung, dann müssten Sie mir den Überweiser oder den Betrag nennen.

„Ich habe das Konto erst vor einer Woche eingerichtet", antwortete ich. „Es müsste inzwischen aber eine bestimmte Deckung eingegangen sein ..."

„Wenn Ihnen diese Auskunft weiterhilft, es ist heute ein größerer Betrag eingegangen."

„Wie viel?“, fragte ich sofort, atemlos vor Aufregung.

„Tut mir leid, Herr Kögler, aber das darf ich Ihnen am Telefon nicht sagen, wir haben da unsere Richtlinien. Sie müssen schon selbst vorbeikommen oder den Kontoauszug abwarten."

„Dankeschön!", sagte ich und legte auf. Ich ließ mich rückwärts auf das Bett fallen, schloss die Augen und atmete tief durch. Langsam entspannten sich meine Muskeln. Es war geschafft! Es hatte geklappt! Geisinger hatte bezahlt! Ich schaute auf meine Uhr. Seit genau 12.16 Uhr wusste ich, dass ich ein reicher Mann war.

„Herr Verbocket!" rief ich laut als ich unten angekommen war, stellte meinen Koffer, die Tasche für die Reinigung und meine Reiseschreibmaschine ab und legte den Regenmantel über den Koffer.

Der Wirt kam aus der Küche geeilt und ich ging ihm einige Meter ins Restaurant entgegen.

„Was trinken Sie?"

Er schaute mich erstaunt an und winkte ab. „Danke, tagsüber trinke ich nie etwas."

„Haben Sie Champagner?", fragte ich lachend und löste damit bei ihm noch mehr Erstaunen aus.

„Offen nicht", antwortete er verlegen oder war es Enttäuschung, dass ihm möglicherweise ein gutes Geschäft entging.

Ich ließ mich überglücklich auf einen Stuhl sinken.

„Aber eine Flasche Champagner haben Sie?"

Er strahlte über das ganze Gesicht und nickte eifrig.

„Her damit!", rief ich übermütig. „Den Rest trinken Sie heute Abend mit Ihrer Frau."

Ich hatte gewonnen! Zwar wusste ich noch nicht, wie viel Dr. Geisinger überwiesen hatte, aber in spätestens zwölf Stunden würde ich auch das erfahren. Ich beobachtete den Wirt wie er fröhlich gelaunt die Flasche öffnete und mit einem Glas auf mich zusteuerte. Er schenkte ein und schob mir das volle Glas hin. Ich prostete ihm zu und kippte das Glas in einem Zug runter.

„Haben Sie sich mit Ihren Freunden wieder versöhnt?", fragte er leise und bemühte sich, schnell das Glas wieder voll zu füllen.

‚Wenn du wüsstest!' dachte ich und schüttelte den Kopf. „Nein, aber ich habe gerade zu Hause erfahren, dass ich geerbt habe.

„Viel?", fragte er sofort unverhohlen neugierig.

„Genug", antwortete ich und machte ein verschwiegenes Gesicht.

Er sah ein, dass so schnell nichts mehr aus mir herauszubekommen war und machte Anstalten sich neben mich zu setzen. Das konnte ich jetzt auf keinen Fall gebrauchen. Ich musste zum Zug nach Mainz.

„Schade!", rief ich aus und leerte auch das zweite Glas mit einem Zug. „Mein Zug wartet nicht auf mich."

Ich stand auf, drückte ihm zwei Hundert-Mark-Scheine für das lange Telefonat und den Champagner in die Hand und verabschiedete mich von ihm.

Reiseschreibmaschine, Plastiktasche und Koffer standen nebeneinander im Vorraum. Mit einem stillen Rundumblick nahm ich Abschied von meinem Hotel und meinem Wirt, für den ich so viele Fragen offen ließ. Ich warf mir den Regenmantel über die Schulter und ergriff mein Gepäck. Im gleichen Moment bremste ein Wagen mit deutlich quietschenden Reifen vor der Hoteltür. Ich überlegte kurz, was ich machen sollte, wenn der übereifrige Wirt auf die Idee gekommen war, mir ein Taxi zu bestellen. Doch dann war das Vorfahren eines zweiten Wagens zu hören, was vermuten ließ, dass Hotel- oder Restaurantgäste vorfuhren. Ich ging zum Ausgang und stellte die Reiseschreibmaschine kurz ab, um die Tür zu öffnen, als diese aufgestoßen wurde. Nur durch einen schnellen Schritt zur Seite konnte ich verhindern, von der schweren Holztür getroffen zu werden. Noch bevor ich meiner Wut über so viel Vehemenz Ausdruck verleihen konnte, stellte sich ein Mann mittleren Alters breitbeinig in die Tür. Er schien zwar ebenfalls überrascht, erfasste aber sofort die Situation wie mir schien, so dass ich ihn nicht an einer gebührenden Entschuldigung hindern wollte.

„Herr Kurt Kögler?"

Ich schaute ihn erstaunt an, woher wusste der meinen Namen? Ich kannte den Herrn nicht. Er kam langsam, beide Hände in der Manteltasche vergraben, auf mich zu.

„Ja, kennen wir uns?", fragte ich und schaute an ihm vorbei als ein zweiter Mann, groß und hager, hinter ihm auftauchte. Aber auch sein Gesicht kam mir nicht bekannt vor.

Der Mann, der mich mit Namen angesprochen hatte, zog ein gefaltetes Stück Papier aus der rechten Manteltasche, zog es auseinander und hielt es mir entgegen.

„Herr Kögler", sagte er mit ruhiger, aber bestimmter Stimme, „Kriminalpolizei. Ich habe hier einen Haftbefehl und nehme Sie vorläufig fest wegen Verdachts des zweifachen Mordes an Marianne Friedhoff und Hilde Geisinger!"

# 6.

Der Tag an dem ich im Hotel Altes Stadttor verhaftet wurde, war ein Montag. Heute, wieder an einem Montag, stand ich abermals drei Polizeibeamten gegenüber. Dazwischen lagen fast drei Monate. Ein Uniformierter und zwei Zivilbeamte nahmen mich in Empfang. Der Chefarzt des Landeskrankenhauses in Andernach hatte den Abschlussbericht gerade einem der Zivilbeamten überreicht und wechselte mit ihm noch leise ein paar Worte.

Wenn ich an meine Tage im Hotel zurückdachte, dann waren die Erlebnisse noch harmlos gegenüber dem, was ich in den vergangenen Monaten hier erleben musste. Vom Hotel aus hatte man mich in Handschellen abgeführt und zum Untersuchungsrichter nach Koblenz gebracht. Dort war mir der Haftbefehl sozusagen in aller Ruhe erläutert worden. Was ich dann zu hören bekam und die Erlebnisse, die mir durch die Untersuchungen der Polizei immer wieder ins Bewusstsein gebracht wurden, hatten sehr schnell den großen Zusammenbruch bewirkt. Wie ich vom Untersuchungsrichter abtransportiert worden war, weiß ich bis heute nicht. Als ich wieder zu Bewusstsein kam, lag ich in einem vergitterten und, wie sich später herausstellte, streng bewachten Krankenzimmer des Landeskrankenhauses.

Die Indizien, die man hinter meinem Rücken zusammengetragen hatte, waren erschlagend. Der zunächst größte Schock war die Nachricht, dass Hilde Geisinger in der Nacht von Samstag auf Sonntag in der Uniklinik Mainz ihren schweren Verletzungen erlegen war. Entsprechend der Obduktion ihrer Leiche wurde nach einigen Tagen Anklage auf Mord an Marianne Friedhoff und vorsätzliche Körperverletzung an Hilde Geisinger mit Todesfolgen gegen mich erhoben. Was mir aber noch vor meinem Zusammenbruch beim Untersuchungsrichter bewusst wurde, war die Tatsache, dass Dr. Geisinger sofort nach Erhalt des ersten Briefes die Polizei eingeschaltet haben musste.

Nach diesen grundsätzlichen Erkenntnissen waren einige Punkte angeschnitten worden, die mir nicht mehr im Gedächtnis sind, weil meine Gedanken bereits ganz woanders weilten. Wie bereits am Samstag im Café Jung in Simmern hatten mich plötzlich wieder Fieber und Übelkeit gepackt. Wie aus einem später von meinem Anwalt eingesehenen Protokoll hervorging, hatte ich plötzlich beim Untersuchungsrichter wie wahnsinnig geschrien und um mich geschlagen. Daraufhin erfolgte die sofortige Einweisung in das Landeskrankenhaus.

Von den ersten Wochen war mir recht wenig im Gedächtnis geblieben. Ich dämmerte vor mich hin, was ich einerseits als angenehm, andererseits aber auch als quälend empfand. Dieser Gefühlswechsel war so ungefähr das einzige, was mich in diesen Tagen beschäftigte und mir in Erinnerung ist. Mehrmals täglich erhielt ich Spritzen und ich glaube, auch einige Tage an einer Infusion angeschlossen gewesen zu sein. Verschwommen hatte ich Gesichter gesehen, gestrenge und freundliche. Ein Gesicht war mir besonders aufgefallen. Es erinnerte mich an Marianne. Und auch dabei wusste ich nicht, ob ich dies als angenehm oder quälend empfinden sollte. Aber wenn ich jetzt versuchte, mich in diese Zeit zurückzuversetzen, dann empfand ich irgendwie ein positives Gefühl gegenüber diesem Gesicht.

Dann kamen die Tage, an denen sich eine Reihe von weiß gekleideten Personen um mich herum versammelten. Es waren quälende Tage. Sie stellten Fragen, die mich wie Trommelfeuer trafen. Ich versuchte zu antworten, hörte auch meine Stimme, einzelne Worte, begriff aber kaum ihren Inhalt und ihre Bedeutung. Dann wurden Geräte neben mir aufgebaut. Ich erkannte kleine Lampen, rote, grüne, gelbe. Sie blitzen und funkelten. Metall berührte meinen Körper und ich fühlte mich nackt und hilflos, geistig wie körperlich. Irgendwann glaubte ich sogar einmal das Gesicht von Dr. Geisinger in der Gruppe der Weißgekleideten entdeckt zu haben. Ich bäumte mich auf und schrie. War er gekommen, um mich zu töten? Ich spürte, wie wieder eine Nadel tief in meinen Körper eindrang und eine wohlige Wärme begann ihn zu durchströmen. Dann war alles vorbei.

Die meiste Zeit, wie gesagt, dämmerte ich vor mich hin. Ich hatte jede Vorstellung von Zeit und Raum verloren. Von Tag zu Tag spürte ich nur, dass die Ruhe in mir größer wurde oder war es eine Form von Gleichgültigkeit? Beklemmungen, wie ich sie anfänglich immer wieder erlebt hatte, verschwanden langsam.

Obwohl ich immer noch offensichtlich unter irgendwelchen Medikamenten stand, wurde ich eines Morgens von einem Pfleger aufgefordert aufzustehen und mit ihm zu kommen. Ich war allerdings nicht in der Lage, dieser Aufforderung ohne seine Hilfe Folge zu leisten. Wie ein kleines Kind von seiner Mutter ließ ich mich von ihm ankleiden, Unterhose, Socken, ein Bademantel.

Erst beim Verlassen des Zimmers, bei dem der Pfleger mich erheblich stützen musste stellte ich fest, dass auf dem Flur zwei Uniformierte Wache hielten. Wie sich allerdings später herausstellte, lagen auf der Abteilung mehrere Gefangene, so dass die Beamten nicht für mich alleine abberufen worden waren.

Ich wurde in ein großes Zimmer geführt, in dem zwei Herren in weißen Kitteln und ein dritter in Zivil auf mich warteten. Ich hatte das Gefühl, dass man äußerst höflich zu mir war und hegte die Hoffnung, dass nun alles überstanden sei und man den Irrtum meiner Verhaftung inzwischen erkannt habe. Hier irrte ich jedoch, wie sich sehr schnell herausstellte, gewaltig.

„Nehmen Sie bitte dort Platz, Herr Kögler." Der ältere Arzt, ein rundlicher Glatzkopf mit Goldrandbrille, rückte einen Stuhl zurecht und setzte sich etwa zwei Meter von mir entfernt mitten in den Raum.

„Wie fühlen Sie sich heute?"

„Danke", antwortete ich leise und erwartungsvoll. „Heute geht es mir einigermaßen gut. Ich habe auch ganz gut geschlafen."

„Fühlen Sie sich stark genug, uns einige Fragen zu beantworten?" Er schaute mich forschend, aber mit einem freundlichen Lächeln an.

Ich nickte und schaute den Herrn in Zivil an, der mit einer geöffneten Mappe nähertrat und offenbar für die Fragestunde zuständig war. Er mochte etwa Mitte Dreißig sein, vielleicht auch älter, sah unfrisiert und unrasiert aus und trug zusätzlich einen buschigen Oberlippenbart.

„Herr Kögler, wissen Sie, warum Sie hier sind?"

Ich zögerte einen Moment, bevor ich antwortete. Ich wollte keine weiteren Fehler machen, denn Fehler musste ich genügend gemacht haben, sonst säße ich nicht hier, dachte ich.

„Ich glaube, ja. Das Letzte, an das ich mich erinnere, ist meine Verhaftung im Hotel und dann die Fahrt zum Polizeipräsidium oder sonst einer Behörde. Der Rest ist nur recht schemenhaft für mich."

„Warum hat man Sie verhaftet?“, fragte der Zivilbeamte und zündete sich eine Zigarette an.

Ich schaute den Mann erstaunt an. Ob ich wohl auch eine Zigarette bekommen würde, wenn ich danach verlangte? Ich wollte aber erst dieses Verhör hinter mich bringen. Deshalb überlegte ich mir genau meine Antwort. Ich wusste außer den wenige Sätzen aus dem Haftbefehl wirklich nicht, was man mir im Detail alles vorwarf und was man sich zusammengedichtet hatte, um mich zum Mörder zu machen. Ich wusste ja nicht einmal mehr genau, was ich tatsächlich gemacht hatte. Nur mühsam hatte ich, nachdem die Wirkung der Medikamente langsam nachließ, mir die Geschehnisse der letzten Tage vor meiner Verhaftung, wieder ins Gedächtnis gerufen. Außerdem wusste ich nicht, was hinter meinem Rücken geschehen war und ich wollte auf keinen Fall mehr preisgeben, als unbedingt notwendig.

„Warum fragen Sie das?“, antwortete ich schließlich und fügte hinzu: „Ich nehme an, dass Sie von der Polizei sind? Sie müssten es eigentlich wissen, nicht ich.”

Er zuckte mit dem rechten Mundwinkel und nickte. „Sie haben nach Ihren Morden an den beiden Frauen einen großen Schock erlebt. Vielleicht gab es vorher bereits noch einen Schock aus einem anderen Umstand, den wir möglicherweise jetzt in dieser Unterhaltung abklären können. Sie wurden in den letzten Tagen verschiedenen Untersuchungen unterzogen. Das Ergebnis berechtigt die Annahme, dass Sie die Morde – zumindest im Fall Geisinger – möglicherweise in einem Moment begangen haben, in dem Sie geistig nicht voll zurechnungsfähig waren. Das wiederum kann für Sie Strafmilderung bedeuten. Ich würde also genau nachdenken, was vor den Morden war.”

Entsetzt sprang ich auf und schaute von einem zum anderen. Unwillkürlich hatte der Zivilbeamte einen Schritt zurück gemacht und der zweite Arzt, ein drahtiger, großer Blondschopf, der sich bisher im Hintergrund gehalten hatte, kam schnellen Schrittes auf mich zu.

„Nehmen Sie wieder Platz!”, sagte er barsch und drückte mich mit seiner Hand auf den Stuhl zurück.

Ich spürte, wie die Beine unter mir weich wurden und folgte widerstandslos der Anweisung.

„Aber ich habe den Mord an Marianne doch gar nicht begangen”, flüsterte ich.

Der Glatzkopf hatte die Szene fast gelangweilt von seinem Stuhl aus beobachtet und machte seinem Blondschopf-Kollegen ein Zeichen, worauf dieser wieder etwas beiseite trat und dem Zivilbeamten Platz machte.

„Herr Kögler, ich glaube nicht, dass es viel Zweck hat, dies zu leugnen", drang er wieder in mich ein. „Wir haben alle Beweise zusammen, um Sie zu überführen, erdrückende Beweise, Herr Kögler."

„Aber ich weiß doch, wer der Mörder ist", sagte ich fast trotzig, aber ich spürte, wie mir der Atem wieder knapper wurde.

„Ich habe Doktor Geisinger doch selbst gesehen", entwischte es mir. Das hätte ich nicht sagen sollen. Hatte ich mir nicht gerade eben vorgenommen, nicht mehr preiszugeben, als unbedingt notwendig? Meine Behauptung löste prompt eine Reaktion bei meinem Gesprächspartner aus. Er griff nach einem Stuhl hinter sich und zog ihn neben den des Arztes.

„Wir wissen, dass Sie nach dem Mord recht geschickt versucht haben, Doktor Geisinger zu diskriminieren und ihn unter Androhung, ihm den Mord in die Schuhe zu schieben, um vierhunderttausend Mark erpressen wollten."

Er setzte sich, legte die Akten, die er die ganze Zeit in der Hand gehalten hatte, neben sich auf den Boden und schlug die Beine übereinander. Fast hätte man annehmen können, wir kommen jetzt zu dem gemütlicheren Teil des Zusammentreffens.

„Ich glaube, es ist an der Zeit, diesen ganzen Unsinn beiseite zu lassen und ein Geständnis abzulegen. Es ist wahrscheinlich für Ihre weitere ärztliche Behandlung ein erlösender Moment, darüber zu sprechen und auch für uns – ehrlich gesagt – weniger Arbeit. Nachweisen, Herr Kögler", sagte der Beamte, beugte sich vor und schaute mich fest an, „nachweisen können wir Ihnen die Tat bis ins kleinste Detail."

Die kleinsten Details erfuhr ich denn auch in den darauffolgenden Tagen Stück für Stück. Nach dieser ersten Unterredung im Beisein der beiden Ärzte, einem Psychiater des Landeskrankenhauses und wie sich später herausstellte, einem Kriminalpsychologen aus Koblenz, verlangte ich einen Rechtsanwalt zu sprechen. Mir war in dem etwa einstündigen Gespräch klar geworden, dass ich plötzlich gegen die geballte Macht der Justiz stand und gar keine Chance hatte, mich alleine zu verteidigen.

Ich nannte einen Anwalt aus Bad Kreuznach, der mich auch bei meinem Autounfall vertreten hatte. Einige Tage später wurde mir mitgeteilt, dass der Anwalt einen Besprechungstermin mit der Anstaltsleitung vereinbart habe und ich mich auf dieses Gespräch vorbereiten solle.

Ich hatte Dr. Kaiser als einen sehr umgänglichen Menschen in Erinnerung. Als er mein Krankenzimmer betrat und mich begrüßte, merkte ich sehr schnell, dass mich meine Erinnerung getäuscht hatte und es ihm offenbar gar nicht lieb war, mein Mandat in dieser Mordsache zu übernehmen, nur weil er mich einmal in einer Verkehrssache vertreten hatte. Noch bevor er seinen Mantel ablegte, begann er schon, auf mich einzureden.

„Herr Kögler, Sie haben mich rufen lassen, weil Sie unter Anklage stehen, den Mord an Frau Friedhoff begangen und Frau Geisinger niedergeschlagen zu haben, an deren Folgen sie einige Tage später gestorben ist. Ich habe mir Ihre Akte vorlegen lassen und darf und kann Ihnen als Anwalt nur zu einem umfassenden Geständnis raten."

Ich sprang von meinem Bett auf und unterbrach ihn.

„Aber Herr Doktor Kaiser! Ich habe Sie rufen lassen, weil ich unschuldig bin. Ich habe Frau Römer, ich meine Frau Geisinger und Frau Friedhoff nicht umgebracht. Ich habe Frau Friedhoff nicht einmal gekannt", schrie ich ihn an und erkannte sofort an seinem Blick zur Tür, dass dies schon wieder ein Fehler gewesen war. Nachdem fast alle Medikamente bei mir abgesetzt worden waren, kam auch wieder langsam Leben in mein Hirn und meinen Körper, was leider auch wieder ganz natürliche und verständliche Reaktionen meinerseits zur Folge hatte. Zumindest sah ich das so.

Ich ließ mich zurück auf mein Bett sinken. Dr. Kaiser verzog das Gesicht und schaute mich strafend an. „Dem steht die Aussage eines Hotelportiers in Garmisch-Partenkirchen entgegen, der Sie nach Vorlage eines Fotos sofort als den Mann erkannt hat, der mit Frau Friedhof am ..." Er unterbrach sich und nahm aus seiner Mappe einen Schnellhefter. Dann stand er auf und setzte sich neben mich auf mein Bett und blätterte in den Unterlagen. Plötzlich hielt er inne.

„Sie waren in der Zeit vom einundzwanzigsten bis siehenundzwanzigisten August mit Frau Friedhoff in Garmisch-Partenkirchen und haben dort im Hotel Obermühle übernachtet. Allerdings muss ich sagen, haben Sie das alles sehr geschickt gemacht, Sie haben Frau Friedhoff die Anmeldekarte ausfüllen lassen und sie hat Sie als ‚Herrn Friedhoff' eingetragen."

Er schaute mich wieder an und schnitt eine Grimasse, von der ich nicht wusste, was sie aussagen sollte. Ich war fassungslos. Mein erster

Gedanke war, ich musste sofort nach Garmisch-Partenkirchen und diesen Hotelportier sprechen. Dann wurde mir sehr schnell bewusst, dass hierzu sicherlich keinerlei Chance bestand. Im Gerichtssaal würde ich ihn zum ersten Mal sehen und ich war mir bereits sicher, dass er hemmungslos und mediengeil mit dem Finger auf mich zeigen würde, wenn es darum ging, ‚seinen' Herrn Friedhoff zu identifizieren. Oder hatte ihm Geisinger einen Teil der Summe gezahlt, die er eigentlich hätte an mich zahlen sollen. Das Bestechen von Zeugen war sicherlich billiger gewesen, aber auch nicht risikolos ...

„Sie sehen", riss mich Dr. Kaiser aus meinen Gedanken, „man hat sehr umfangreiche Ermittlungen betrieben und sowohl das Motiv liegt klar und deutlich dem Staatsanwalt vor, wie auch die lückenlosen Ermittlungen der Polizei."

„Was für lückenlose Ermittlungen der Polizei?", fragte ich entsetzt und ahnte, dass mich wohl noch mehr erwartete.

Dr. Kaiser begann, in den Unterlagen zu blättern und schien sich einige Highlights heraussuchen zu wollen.

„Nun, zumindest sind sie so lückenlos, dass für die Tat- und Folgezeit fast jede Minute rekonstruierbar ist."

Ich legte mich langsam zurück in meine Kissen. Wieder begann sich alles zu drehen. Dr. Kaiser merkte wohl rasch die Veränderung und drückte den Notrufknopf, der eigentlich für die Patienten oder das Pflegepersonal gedacht ist.

Kurze Zeit später kam ein jüngerer Arzt herein und leuchtete mir mit einer Lampe in die Augen. Dann fühlte er meinen Puls. Inzwischen waren auch ein Pfleger und eine Krankenschwester hereingekommen und ich sah, wie sie dem Arzt eine Spritze reichte. Ich verspürte den Einstich in meinen Arm und sofort die wohlige Wärme, die meinen Körper durchflutete. Alle Krämpfe lösten sich, die Ängste verschwanden und mein Körper begann, wie so oft in den letzten Wochen, leicht zu werden und zu schweben.

„Geht es Ihnen jetzt wieder besser?", fragte mich der Arzt und lächelte ein wenig. Ich nickte zaghaft und atmete tief durch.

Als Arzt, Pfleger und Krankenschwester das Zimmer verlassen hatten, setzte sich Dr. Kaiser wieder auf mein Bett. Ich hatte das Gefühl, er sprach jetzt etwas leiser, vielleicht lag es aber auch an der Spritze.

„Herr Kögler, wir können natürlich jederzeit unsere Besprechungen abbrechen oder Sie können auch einen anderen Anwalt verlangen. Aber die mir von der Polizei vorgelegten Unterlagen sind erbarmungslos lückenlos und ich muss Sie bitten, mir die volle Wahrheit zu sagen, wenn ich Ihnen helfen soll. Ich habe mit den Ärzten, die sie hier behandelt haben, eine längere Unterredung gehabt. Sie sind hier mit einem schweren Schock und starken Depressionen eingeliefert worden. Es besteht die berechtigte Hoffnung, dass Sie für die Tatzeit von den Gutachtern verminderte Zurechnungsfähigkeit, vielleicht sogar mehr, bescheinigt bekommen. Herr Kögler, ich rate Ihnen, sagen Sie mir die Wahrheit, legen Sie ein umfangreiches Geständnis ab. Sie sind noch nicht alt und haben mit dem Leben abgeschlossen. Wenn wir Glück haben, sind Sie je nach Gutachten und guter Führung in drei oder fünf Jahren wieder ein freier Mann. Dann haben Sie immer noch einen guten Teil Ihres Lebens und Ihrer Erwerbsfähigkeit vor sich."

Erwerbsfähigkeit vor mir? Wenn der wüsste! Arbeitslos war ich. Und das seit ... Ich bekam die Monate nicht mehr zusammen. Was hatte man denn ermittelt? Man musste doch wissen, wie es beruflich um mich stand. Man musste doch erkennen, was die Ursache war, dass ich diese Erpressung eingefädelt hatte. Ich war kein Mörder, nicht einmal ein Erpresser, denn von Geld hatte ich nichts gesehen. Ich war ein hilfloser, perspektivloser Arbeitsloser. Ich atmete erneut tief durch und wartete darauf, dass er weitersprechen würde, aber er schaute mich nur an. So vergingen sicherlich einige Minuten. Seine goldene Ebel-Armbanduhr tickte so laut, dass ich sie hören konnte. Ich versuchte zu erkennen, wie viel Uhr es war, aber es misslang. Mein Sehvermögen hatte nachgelassen, vielleicht lag es auch nur an den vielen Medikamenten.

Langsam raffte ich mich auf und erhob mich wieder. Das Sprechen fiel mir schwer, aber ich bemühte mich, deutlich zu sprechen.

„Herr Doktor Kaiser, ich habe Sie rufen lassen, weil Sie mich damals bei meinem Autounfall gut beraten haben und ich Vertrauen zu Ihnen hatte. Ich habe auch jetzt Vertrauen, obwohl Sie an meiner Aussage zweifeln. Ich sage Ihnen hiermit ein für alle Mal, ich bin unschuldig! Sie können mir vielleicht unterlassene Hilfeleistung anhängen. Ich gebe zu, dass ich versucht habe, Doktor Geisinger mit dem Mord an seiner Frau, den ich beobachtet habe, zu erpressen. Aber mit beiden Morden selbst habe ich nichts zu tun."

Dr. Kaiser schüttelte den Kopf und stand mit einem Seufzer der Enttäuschung auf. Er ging langsam um das Bett herum zum vergitterten Fenster. Es dauerte einige Zeit bis er etwas sagte. Dazu drehte er sich um und schaute mich grimmig an.

„Ist das Ihr letztes Wort?"

„Ja!", sagte ich fest und laut.

Er packte schweigend seine Akten zusammen, steckte sie in seine Mappe und zog seinen Mantel an. Dann drehte er sich zu mir um.

„Ich werde übermorgen um dieselbe Zeit wiederkommen. Bis dahin haben Sie Zeit, sich die ganze Sache noch einmal zu überlegen."

Er grüßte knapp und klopfte gegen die Tür. Von draußen wurde ihm geöffnet und ich konnte im Flur einen Polizeibeamten erblicken, der neugierig in mein Zimmer hineinschaute, und dann hinter dem Anwalt die Tür wieder verschloss.

Am Tag darauf wurde ich nochmals zu dem Glatzkopf-Psychiater gerufen. Er unterhielt sich zunächst mit mir über meine Kindheit. Ich sollte ihm erzählen, wie ich aufgewachsen sei und was für mich das bedeutendste Erlebnis in der Kindheit war. Ich dachte nach und erinnerte mich an einen Vorfall, der sich abgespielt hatte, als ich etwa vier oder fünf Jahre alt war. Damals war mein Vater schon tot. Er war kurz nach meiner Geburt an einer Lungenentzündung gestorben, die er sich in der russischen Kriegsgefangenschaft zugezogen hatte. Ich lebte mit meiner Mutter allein in Mutterschied. Wir waren von Hause aus nicht besonders wohlhabend; hinzu kam, dass überall nach dem Krieg große Armut herrschte, und es kaum etwas zu kaufen gab. Alle lebten damals noch ständig in der Furcht vor erneuten Übergriffen der Besatzungssoldaten. War es im letzten Jahrhundert der verführerische Charme der napoleonischen Soldaten gewesen, vor dem die Hunsrücker Mütter ihre Töchter schützten, so war es nach dem Zweiten Weltkrieg im Rheinland der feindselige Hass der französischen Soldaten, vor dem männerlose Frauen und Mütter glaubten, sich und ihre Kinder schützen zu müssen.

Ich erinnerte mich also, dass wir wieder einmal mit allem, was meine Mutter tragen konnte, in den Keller gerannt waren. Immer noch wurden damals irgendwo Fliegerbomben entschärft oder gesprengt, die sich nahe unserem Dorf verirrt hatten. Ich besaß einen bunten Zinnsoldaten und umklammerte ihn mit meinen kleinen Händen so fest ich konnte.

Mit diesem Zinnsoldaten, der schon seine prächtigste Zeit hinter sich hatte, spielte ich bereits eine Weile im Keller, als plötzlich eine schwarzhaarige Nachbarin auf mich zukam, mir den Zinnsoldaten entriss und fürchterlich schrie. So lange schrie, bis ihr Tränen in die Augen traten. Sie bog und bog den Zinnsoldaten bis er zerbrach und schmiss die beiden Teile vor mich auf den Boden und trampelte darauf herum. Ich begann daraufhin zu weinen und beobachtete verängstigt die Frau, wie sie wieder zurück zu dem Platz ging, wo sie vorher gestanden hatte. Neben ihr stand ein Kinderwagen. Sie legte die Decke in dem Wagen zurecht und lehnte sich dann mit dem Kopf und Oberkörper an eine andere Frau, die neben ihr stand.

Meine Mutter hatte keinen Ton gesagt, sondern auch angefangen, leise vor sich hin zu weinen. Vorsichtig nahm ich die beiden Teile vom Boden und versuchte sie wieder zusammenzufügen. Es ging natürlich nicht. In diesem Moment wurde die Erde durch Detonationen erschüttert. Alles schrie auf und viele Menschen rannten umher. Diesen Moment nutzte ich, um unbemerkt zu dem Kinderwagen zu laufen. In dem Wagen lag ein kleines Baby und schaute mich mit großen Augen an. Ich streckte meine Arme in den Wagen und fuhr mit den abgebrochenen Enden der Zinnfigur dem Baby mehrmals fest übers Gesicht. Als ich meine Hand zurückzog, sah ich, dass das Kind im Gesicht blutete und anfing zu schreien. Ich rannte erschrocken zu meiner Mutter zurück und drückte mich ganz fest an sie.

Wir verließen den Keller kurze Zeit nach der Detonation, ohne dass jemand die Verletzungen des kleinen Kindes bemerkt hatte. Erst viel später als ich schon zur Schule ging begegnete mir einmal das kleine Mädchen auf dem Schulhof. Ich spielte mit ihr Murmeln, die mir ein Onkel zum Geburtstag geschenkt hatte. Als ich ihr ins Gesicht schaute sah ich unter dem linken Auge zwei kleine Narben und eine dritte am Haaransatz. Ich hatte sie gefragt, woher die Narben stammten, aber sie wusste es nicht. Ich aber war mir sicher, dass sie das kleine Baby war, das ich aus Wut über den zerbrochenen Zinnsoldaten misshandelt hatte.

Der Glatzkopf machte sich ein paar Notizen und stellte weitere Fragen bezüglich meiner Kindheit und meinem Verhältnis zu meiner Mutter. Willig beantwortete ich ihm die Fragen so gut ich konnte. Ich hatte mir nach dem gestrigen Erlebnis mit meinem Anwalt fest vorgenommen, in Zukunft alle Fragen wahrheitsgemäß zu beantworten, da mir klar geworden war, dass die volle Wahrheit das Einzige war, was mich von dem Verdacht des Mordes und des Totschlags befreien konnte.

Am frühen Nachmittag des nächsten Tages kam Dr. Kaiser wie angekündigt. Sein Gesicht war mürrisch und er machte nicht den Eindruck eines Mannes, der mir helfen wollte. Ich ahnte sofort, dass er nur gekommen war, weil er nun endlich ein Geständnis von mir erwartete. Er grüßte kurz und hängte seinen Mantel über das Fußende des Bettes.

„Nun?“, fragte er, wobei er seine Aktentasche auf mein Bett schmiss. Für kurze Zeit überlegte ich, ob ich nicht doch einen anderen Anwalt verlangen sollte. Er selbst hatte mir das Angebot gemacht.

Doch dann sagte ich fest entschlossen: „Ich bin unschuldig, wollen Sie das bitte als gegeben zur Kenntnis nehmen?”

Er zuckte mit den Schultern, öffnete seine Aktentasche und zog drei dicke Schnellhefter heraus. Die leere Aktentasche ließ er irgendwo unterhalb des Bettes verschwinden.

„Das”, sagte er und deutete auf die drei Schnellhefter hin, die er auf einen kleinen Tisch legte, der gegenüber meinem Bett stand, „das sind die bisherigen Unterlagen der Anklage.”

Ich spürte, wie sich mein Hals zuzog und ich wieder Schweißausbrüche bekam. Auf dem Tisch lagen schätzungsweise dreihundert oder mehr Seiten, verteilt auf drei Ordner. In meinem Kopf setzte fast automatisch das vertraute Brummen ein. Ich öffnete den Mund, um irgendetwas zu sagen, brachte aber keinen Ton hervor.

Dr. Kaiser stand auf und nahm den obersten Ordner.

„Dann lassen Sie uns also von vorne anfangen und alles in Ruhe durchgehen. Ich hoffe, Sie wissen, was Sie jetzt tun.”

Er glaubte also nicht an meine Unschuld. Später, als ich wusste, was in den Unterlagen alles stand, konnte ich ihm seine Meinung eigentlich gar nicht mehr verübeln. Aber in diesem Moment tat ich es.

Indem er in den Unterlagen da und dort Passagen las und Notizen entzifferte, die er wohl selbst handschriftlich gemacht hatte, teilte er mir zu meiner Überraschung mit, dass ich Marianne Friedhoff im November vergangenen Jahres kennengelernt hätte. Um sich juristische Vorteile bei Ihrer Scheidung zu verschaffen, habe Marianne Friedhoff großen Wert darauf gelegt, dass diese Beziehung allgemein geheim blieb. Sie sei allerdings bereitwillig mit ihren Kindern nach Simmern gezogen, um häufigere, heimliche Treffen mit mir zu ermöglichen. Seither hätten Marianne und ich uns mehrmals in der Woche getroffen, teilweise wäre sie sogar auf meinen Reisen als Vertreter dabei gewesen.

Nach Auskunft meines ehemaligen Arbeitgebers hatte seit Beginn dieser Liebschaft mein Engagement und Umsatz deutlich nachgelassen, was später schließlich zu meiner Kündigung geführt habe. Daraufhin habe Frau Friedhoff mehrere höhere Beträge von ihrem Bankkonto abgehoben, die sie wahrscheinlich mir für den Lebensunterhalt zur Verfügung gestellt habe. Wie bereits erwähnt, seien wir im August dieses Jahres in Garmisch-Partenkirchen zu einem Kurzurlaub gewesen. Frau Friedhoff und ich seien von dem Hotelportier zweifelsfrei identifiziert worden. Einer Gegenüberstellung nach meiner Entlassung aus dem Landeskrankenhaus stände nichts im Wege.

Um Frau Friedhoff noch öfter unbemerkt sehen zu können, hätte ich ihr dann empfohlen, auch in die Massagepraxis Römer zur Massage zu gehen und die Termine seien so abgesprochen worden, dass wir uns dort unauffällig begegnen mussten. Auf dem Feuerzeug von Frau Friedhoff waren meine Fingerabdrücke entdeckt worden, was belegte, dass wir uns also bereits vor dem Tag der Ermordung getroffen hätten. Wahrscheinlich bei diesem Treffen hätte ich von Frau Friedhoff erfahren, dass sie ihre Scheidung zurückgezogen habe und das Verhältnis beenden wolle. Diese Aussage stamme von dem Bruder der Ermordeten, der am Abend vor dem Verbrechen das Versprechen seiner Schwester erhalten hatte endlich ihren Liebhaber aufzugeben. In wilder Eifersucht hätte ich dann an besagtem Freitag zum Messer gegriffen. Bei einer nach meiner Verhaftung durchgeführten Hausdurchsuchung hatte man festgestellt, dass sich in der Küche kein Messer mit Wellenschliff befand. Man ging davon aus, dass Marianne Friedhoff und ich uns vor der Massagebehandlung in meiner Wohnung getroffen hätten. Eine Nachbarin habe ausgesagt, ich hätte am Mordtag zusammen mit einer Frau – deren Beschreibung auf Marianne Friedhoff passte – eilig das Haus verlassen und wir seien gemeinsam mit meinem Auto fortgefahren.

Wahrscheinlich hätte ich beim Verlassen der Wohnung in Mordabsicht ein Brotmesser aus meiner Küche eingesteckt. In der Massagekabine wäre ich dann plötzlich in die Nachbarkabine gestürzt, hätte Frau Geisinger niedergeschlagen und dann auf Marianne eingestochen.

Nachdem ich die Mordwaffe abgewaschen hatte, es waren Blutpartikel im Becken der Massagepraxis gefunden worden, sei ich geflüchtet. In meiner Wohnung fand man Blutspuren auf dem Teppich und ein Hemd mit Blut in der Schmutzwäsche. Weitere Blutspuren hatte man an meinen Schuhen entdeckt, wie der Laborbericht zeigte.

Dass ich zu diesem Zeitpunkt gesundheitlich angeschlagen gewesen sei, bestätigte die Zeugenaussage eines Polizisten, der mich am Mordtag gegen 22 Uhr aufgesucht und ausgesagt hatte, ich habe angegriffen und sehr verstört gewirkt.

Schließlich und endlich waren Blutspuren auch an einigen Kleidungsstücken gefunden worden, die ich bei der Verhaftung im Hotel bei mir hatte. Man ging davon aus, dass ich im Begriff war diese Kleidungsstücke zu vernichten. Während der Tage nach dem Mord hatte man von einem gegenüberliegenden Haus aus sämtliche Autonummern notiert, die das Mordhaus passierten und alle Personen fotografiert, die dort vorbeigingen. So war mein Wagen notiert worden, als das Cabrio von der Ermordeten abtransportiert wurde. Er war wiedererkannt und notiert worden, als ich abends vor dem Haus von Dr. Geisinger auf- und abging. Auch davon gab es Fotos. An diesem Abend war Dr. Geisinger gegen Mitternacht bei der Polizei aufgetaucht und hatte die Erpressung angezeigt. Gleichzeitig hatte er das nötige Alibi für die Tatzeit mitgebracht. Seine Assistentin in der Praxis hatte vor der Polizei ausgesagt, dass Dr. Geisinger, wie gewohnt, am Mordtag gegen 14 Uhr die Praxis betreten hatte. Er habe verschiedene Anrufe getätigt und anschließend einige Befunde diktiert. Erst nach der polizeilichen Mitteilung über den Mord in der Praxis seiner Frau habe er seine eigene Praxis verlassen und sei gleich ins Krankenhaus zu seiner verletzten Frau geeilt.

„Ich glaube", unterbrach Dr. Kaiser seine Ausführungen, „es erübrigt sich, Ihnen vorerst Weiteres vorzulesen. Den Rest kriegen Sie schon zu gegebener Zeit mit."

Er nahm die Brille ab, die er von Zeit zu Zeit aufgesetzt hatte, vor allem dann, wenn es um Kleingeschriebenes im Text ging.

„Sie sehen, Herr Kögler", sagte er mit einem hörbar bissigen Unterton, „die Anschuldigungen gegen Doktor Geisinger waren völlig unnötig. Sie haben die Aufmerksamkeit der Polizei erst durch ihre Erpressungsversuche und ihr ständiges Auftauchen am Tatort auf sich gelenkt. Außerdem gibt es da noch einen merkwürdigen Anruf einen Tag nach der Tat bezüglich eines neuen Massagetermins, den Sie bei Doktor Geisinger getätigt haben. Was hatte es damit eigentlich auf sich?"

Ich versuchte mich zu erinnern. Nur mühsam rief ich mir die Zusammenhänge wieder ins Gedächtnis.

„Das hatte der Polizist abends zu mir gesagt, als er mich ausfragte wegen meiner Termine bei Frau Römer. Er sagte so etwas wie, ich solle mich in den nächsten Tagen erst einmal mit der Massagepraxis wegen neuer Termine telefonisch in Verbindung setzen. Deshalb rief ich einen Tag später an und da meldete sich Doktor Geisinger."

Dr. Kaiser machte sich seine Notizen.

„So, Herr Kögler, und jetzt hätte ich gerne einmal Ihre Version. Sind Sie nun an dem Mordtag zu dem Behandlungstermin gegangen oder stimmt das, was Sie bisher der Polizei ausgesagt haben?"

Wieder wurde mir bewusst, in welch fatale Situation ich geraten war, und dass ich beschlossen hatte, nur noch die Wahrheit zu offerieren, selbst wenn diese mir für meine versuchte Erpressung einiges an Strafe einbringen konnte.

„Was steht auf Erpressung?“, fragte ich leise.

Dr. Kaiser zog die Stirn zusammen und schien den Grund meiner Frage nicht ganz zu verstehen.

„Auf Mord steht lebenslänglich!", gab er zurück, ohne meine Frage zu beantworten.

„Gut", sagte ich und versuchte, ruhig zu bleiben. „Ich will Ihnen alles erzählen, wie es wirklich war.

Dann berichtete ich, dass ich wegen eines geplanten Telefonates mit einer Firma etwas früher zur Massage gegangen war. Ich erzählte von der Begegnung mit Frau Seeberger, alias Frau Friedhoff, und wie die Fingerabdrücke auf das Feuerzeug gekommen waren. Erst jetzt fiel mir ein, dass ich vergessen hatte ihm zu erzählen, dass ich bereits vor dem Betreten des Hauses einen Mann am Fenster der ersten Etage gesehen hatte. Ich beschrieb sein Gesicht und dann die Szene im Wartezimmer. Frau Friedhoff hatte den Raum kurz vor mir ebenfalls durch die Außentür betreten, das besagte also, dass der Mann am Fenster auch Frau Friedhoff gesehen haben konnte. Ich erläuterte meine Theorie, dass Dr. Geisinger der eigentliche Geliebte von Frau Friedhoff gewesen sei und sich in ihm wahrscheinlich alles das abgespielt hatte, was die Polizei für meine Person annahm. Ich schilderte das Gespräch in der benachbarten

Kabine, und dass ich unter der Heißlufthaube plötzlich das Gefühl bekommen hatte, jemand sei hereingekommen. Als ich den Tathergang zu schildern begann, merkte ich, wie mir wieder kalt wurde. Tränen traten mir in die Augen. Nur stoßweise brachte ich die Sätze hervor. Dr. Kaiser zeigte viel Geduld, die ich ihm bei seinem heutigen Kommen noch nicht zugetraut hatte. Ich beschrieb, wie ich das Gesicht zum zweiten Mal, wenn auch nur für den Bruchteil einer Sekunde, gesehen hatte.

Der Rechtsanwalt ließ mich reden, ohne mich zu unterbrechen. Er hatte sich während meiner Erzählung an den kleinen Tisch gesetzt und notierte eifrig, was ich ihm erzählte. Als ich ihm die Lage der Leiche und der Schwerverletzten beschrieb, schlug er einmal in den vorliegenden Unterlagen nach, in denen sich auch Fotos befanden, wie ich deutlich erkennen konnte, und schüttelte fast ganz unmerklich den Kopf.

Als er glaubte, ich würde deshalb aufhören zu erzählen, schaute er mich wieder fragend an. Also fuhr ich fort in meinem Bericht und beschrieb, wie ich das Becken gesäubert und fluchtartig und in Panik die Massagepraxis verlassen hatte.

„Ich glaube", meinte er danach und legte den Kugelschreiber beiseite, „wir sollten es für heute hierbei belassen. Ich habe den Eindruck, es belastet Sie noch sehr. Und wenn Ihre Aussage stimmt, dann müssen wir die Überprüfung Ihrer Angaben so schnell wie möglich betreiben, damit der wirkliche Mörder nicht noch mehr Zeit hat, mögliche Spuren zu beseitigen.

„Zeit", sagte er mit deutlicher Betonung und erhob fast drohend seine Hand, „Zeit ist im Moment unser ärgster Gegner. Also werden Sie schnell gesund."

Ich schob den Kopf weit in den Nacken, weil ich mich unheimlich verkrampft fühlte. Dr. Kaiser zog wieder seinen Mantel an und packte die Schnellhefter in die Aktentasche.

„Wir werden das alles in einem Stück durcharbeiten. Ich werde hier in Andernach übernachten. Die Fahrt von Kreuznach hierher ist nicht unerheblich. Morgen wollen wir einmal den Tag nach dem Mord durchgehen. Vielleicht können Sie sich dazu schon ein paar Gedanken machen. Es gibt da verschiedene unklare Stellen, die mich interessieren."

Zum ersten Mal seit ich nach ihm hatte rufen lassen, streckte er mir die Hand entgegen. Ich nahm sie dankbar an, obwohl ich immer noch nicht davon überzeugt war, dass er mir glaubte.

Das bei mir kurz aufgeflammte alte Vertrauen zu Dr. Kaiser wurde bereits am nächsten Tag wieder getrübt. Statt ihm kam ein Herr Schneider aus der Anwaltskanzlei und teilte mir mit, Dr. Kaiser habe nun doch abends noch nach Kreuznach fahren müssen. Er sei nunmehr beauftragt, meine Aussagen zu protokollieren, da Dr. Kaiser in einem anderen wichtigen Fall hätte einspringen müssen. Ich schüttelte verständnislos den Kopf. Was konnte es wichtigeres geben, als mich vor einer doppelten Mordanklage zu bewahren?

Rechtsanwalt Schneider hatte eine sehr hohe Stirn, lichtes blondes Haar und mochte um die Vierzig sein. Er war äußerst schlank, modisch-elegant gekleidet und lächelte einem beim Sprechen ständig spitzbübisch an.

So enttäuscht, vielleicht sogar erbost ich über das Nichterscheinen von Dr. Kaiser war, so erfreut war ich sehr schnell über die Art und das Verhalten des jungen Anwalts, der mir nach dieser ersten Mitteilung das sagte, was ich eigentlich von Dr. Kaiser erwartet hatte.

„Herr Kögler", begann er, schaute mich aufmunternd an und stützte sich nach hinten auf dem kleinen Tisch ab. „Nach den Unterlagen der Staatsanwaltschaft Koblenz lastet ein großes Indizienmaterial auf Ihnen und jetzt auch natürlich auf unseren Schultern mit. Indizien, die dafür sprechen, dass Sie der Mörder von Frau Friedhoff sind, außerdem Schuld am Tode von Frau Geisinger und versucht haben, Herrn Doktor Geisinger durch Anschuldigungen zu erpressen. Letzteres wird von Ihnen nicht bestritten. Darüber hinaus sind Sie der Meinung, dass Ihre Anschuldigungen gegen Doktor Geisinger den Tatsachen entsprechen."

Er machte eine kurze Pause, entnahm seinem Pilotenkoffer zwei Äpfel, von denen er mir einen hinhielt. Ich nahm ihn dankbar entgegen, denn es war für mich so etwas wie die erste menschliche Regung, die ich in diesem Raum verspürte. Außerdem ließ es mich aufhorchen, dass er nicht wie alle anderen von Beweisen, sondern von Indizien sprach, was mir signalisierte, dass er mich nicht unbedingt für den Täter hielt. Nachdem wir beide in unsere Äpfel gebissen hatten, fuhr er kauend fort.

„Ich habe mich heute Nacht gleich hingesetzt, nachdem ich erfahren hatte, diese Sache heute übernehmen zu müssen und die Akten studiert. Die Sekretärin von Doktor Kaiser hat mir auch schon Ihre Aussage, die Sie gestern Herrn Kaiser gegenüber gemacht haben, getippt und ausgedruckt. Auch diese habe ich bereits überflogen. Wir haben zwei Möglichkeiten. Entweder können wir die Täterschaft von Doktor Geisinger unumstößlich beweisen, was ich stark bezweifle. Oder wir streben vorerst nur als Ziel an, in der schnellen Verhandlung die Indizien der Kriminalpolizei in Zweifel zu stellen und für Sie zumindest einen Freispruch mangels Beweises zu erwirken. Ich glaube, soweit müssten wir zuerst einmal kommen. Alles Weitere muss dann die Kripo und Staatsanwaltschaft tun. Immerhin sind wir ja nicht verpflichtet, denen den Mörder frei Haus zu liefern."

Er lachte mich an und ich hatte das Gefühl, dass mir endlich jemand gegenüber saß, der sich für mich engagierte und der auch in der Lage war, mein Tun und Handeln zu verstehen und mich zu vertreten.

Ich erzählte ihm, wie ich am Morgen nach dem Mordtag den Abtransport beobachtet hatte. Durch diese Begebenheit hatte ich Sicherheit, dass der Mann, den ich als Mörder identifizieren konnte, Dr. Geisinger war. Ich berichtete weiter von meiner Arbeitslosigkeit und meiner Fahrt nach München und wie mir unterwegs im Zug der Gedanke mit der Erpressung gekommen war. Dabei kamen mir meine Motive, die ich mir zurechtgelegt hatte und die mir damals vernünftig und plausibel erschienen waren, jetzt eher lächerlich vor. Aber an der Reaktion von Herrn Schneider merkte ich, dass er meine Aussage ernst nahm und versuchte, mein damaliges Handeln aus der Situation der Arbeitslosigkeit heraus zu verstehen. Immer wieder stellte er mir Fragen, die mich verblüfften, weil sie genau auf das abzielten, was mich vor Wochen bewegt hatte.

„Sie waren also ernsthaft davon überzeugt, dass Sie Ihre heimliche Liebe auf den ersten Blick, wenn man das einmal so nennen will, viel stärker rächen konnten, als es einem Gericht gelungen wäre, mit dem für Sie angenehmen Nebeneffekt, dass Sie daraus noch einen finanziellen Nutzen ziehen konnten?" Er schaute mich verständnisvoll an.

„Ja", sagte ich langsam und überlegte, was er genau gesagt hatte. „Ja, so ähnliche Gedanken sind mir damals durch den Kopf gegangen. Ich hatte das Gefühl, auf diese Art und Weise Frau Friedhoff rächen zu können. Alle anderen Bestrafungen erschienen mir nicht hart und gerecht genug und schienen nur die Falschen zu treffen. Es klingt lächerlich, aber ich war im Zug von meiner Idee überzeugt."

Schneider griff zu einer Akte und suchte nach einer bestimmten Stelle. Als er sie gefunden hatte, überflog er schnell ein paar Zeilen.

„Das klingt durchaus verständlich. Der Psychiater hat hier in einem ersten Gutachten eindeutig herausgestellt, dass Sie durch den Mord derart gespalten waren, dass schizophrene Handlungen Ihnen völlig normal erscheinen mussten. Hier steht wörtlich ‚... hat er versucht, durch eigenmächtiges Handeln die Erinnerungen an die grauenhafte Tat, deren Ausmaß ihm bis heute wahrscheinlich nicht bewusst ist, zu verdrängen. Menschen in dieser Situation neigen zu einem aus ihrer Sicht vermeintlich logischen und vielschichtigen Denken und Kombinieren, viele ihrer Handlungen sind dabei zwar absolut präzise, aber für den Außenstehenden unproduktiv, wenig zweckbezogen und objektiv betrachtet irrational. Es ist bekannt, dass dabei erhebliche kriminelle Gedankengänge und Handlungen vollzogen werden können, zu denen dieser Mensch unter normalen Umständen nicht fähig wäre.'"

Er legte die Akte beiseite und schaute mir wieder direkt in die Augen.

„Der Psychiater geht natürlich von Emotionen aus, die sich auf den Täter beziehen. Als Laie gehe ich aber einmal davon aus, dass eine ähnliche Emotion und Motivation für sein Tun und Handeln auch einem Zeugen zugebilligt werden kann, der das Verbrechen derart unmittelbar erlebt hat, wie Sie. Aber", er lachte mich wieder spitzbübisch an, „darüber sollen sich die Gutachter den Kopf zerbrechen. Wir wollen erst einmal sehen, dass wir mit den entlastenden Beweisen weiterkommen."

Schneider las sich die letzten Sätze noch einmal durch, die er notiert hatte. „Anschließend sind Sie nach Hause gefahren. Was haben Sie dann gemacht?"

Ich schilderte, wie ich in München vor meiner Rückfahrt spontan das Bankkonto eröffnet hatte und in Kastellaun ins Hotel umgezogen war. Schneider schrieb wieder alles mit. Wie im Flug waren vier Stunden vergangen, ohne dass ich irgendeine Anstrengung verspürte. Als sich der junge Anwalt verabschiedete, hatte ich das Gefühl, dass er mir glaubte. Mit einem kräftigen Händedruck bedankte ich mich bei ihm.

Etwas hoffnungsvoller legte ich mich zurück in mein Kissen. Bald würden Ärzte oder Pfleger kommen und ich würde für die Nacht wieder eine von diesen ekelhaften Spritzen bekommen.

Rechtsanwalt Schneider besuchte mich in den nächsten Tagen fast regelmäßig. Er ließ mich wissen, dass er sich in Andernach in eine billige Pension eingemietet hatte und bereits eigene Recherchen in

Simmern und Kastellaun angestellt hatte, die zumindest teilweise meine Aussagen bestätigten. Aus den drei Schnellheftern wurden langsam vier und es war beruhigend zu wissen, dass in dem vierten Ordner nun endlich Argumente waren, die mich entlasteten.

Am Tag als ich aus dem Landeskrankenhaus abgeholt wurde, stand mein Prozesstermin bereits fest. Alles, was ich zu dem Mord an Marianne Friedhoff und dem Totschlag von Hilde Geisinger sagen konnte, hatte ich Herrn Schneider und Dr. Kaiser zu Protokoll gegeben. Mit Schrecken hatte ich zur Kenntnis genommen, dass man die ausgedruckte Zugverbindung nach Verona als geplante Flucht ansah und seitens der Kriminalpolizei immer noch keinerlei Anstalten machte, das Alibi von Dr. Geisinger und meine Theorie genauer zu überprüfen. Das Unverständlichste für mich allerdings war die Tatsache, dass man hartnäckig versuchte, mir ein Verhältnis mit Marianne Friedhoff nachzuweisen, obwohl ich sie lebend kaum eine Viertelstunde gekannt hatte! Ich, ein arbeitsloser Handelsvertreter und diese junge, hübsche und offenbar nicht ganz unvermögende Frau?

Wie ich im Laufe der Gespräche mit Herrn Schneider erfuhr, hatte die Polizei sofort nach der Anzeige von Dr. Geisinger nach mir eine verdeckte Fahndung herausgeben und fast gleichzeitig durch die Auswertung ihrer Ermittlungen festgestellt, dass ich häufiger am Tatort aufgetaucht war. Statt mich zu verhaften, hatte man sich entschieden, mich erst einmal zu observieren, um weitere Umstände des Mordes aufdecken zu können. Mich erstaunte nur, dass mein Auftauchen am Samstag in der Nähe des Mordhauses unbekannt geblieben und es mir offenbar immer wieder ungewollt gelungen war die observierenden Beamten abzuschütteln.

Denn erst über die Kontonummer, die ich Dr. Geisinger zugespielt hatte, war die Polizei sozusagen in letzter Minute, meinem Unterschlupf in Kastellaun auf die Spur gekommen. Die ganzen Verzögerungen, die sich bei dem Telefonat mit der Deutschen Bank in München ergeben hatten, waren manipuliert gewesen. Sofort als mein Anruf bei der Zentrale der Bank in München ankam und ich Herrn Hallmannseder verlangte, begannen die Techniker fieberhaft den Anschluss des Anrufers zu ermitteln. Sehr geschickt hatte man die Verbindung aufrechterhalten, ohne dass ich Verdacht geschöpft hatte. Noch während ich mit der Dame der Deutschen Bank sprach, waren Kripobeamte von Simmern aus zu meinem Hotel gestartet.

Als weiteres Beweisstück für meine Flucht fand man in meiner Manteltasche die Kündigung meiner Wohnung und den Auftrag an die Speditionsfirma. Selbst die Aussagen der Mitarbeiter des Bestattungsunternehmens lagen vor, obwohl mir nicht klar war, wie meine Erkundigung nach der Beerdigung von Marianne Friedhoff in ihre Beweisführung passte.

Wichtig für mich und meine Verteidiger waren zunächst einmal drei Tatsachen. Die Blutspuren, die man an meiner Kleidung gefunden hatte, waren geringfügig und passten eher in meine Aussageversion. Die Blutspuren am Mantel waren nur auf der Futterseite. Folglich konnten sie nur indirekt erfolgt sein. Die zweite Tatsache war, dass ich nicht unbemerkt unter dem Heißluftkasten hervorkommen konnte, ohne dass Frau Geisinger rechtzeitig etwas bemerkt hätte. Rechtsanwalt Schneider hatte veranlasst, dass dieses Gerät als Beweismaterial anerkannt und sichergestellt wurde. Und schließlich war bisher die Tatwaffe nicht gefunden worden.

So gab mir der junge Rechtsanwalt immer wieder die Zuversicht, dass wir es vor Gericht schaffen würden, die Anklage derart zu erschüttern, dass eine Verurteilung unmöglich war. Immer wieder besprachen wir kritische Stellen im zeitlichen Ablauf und in den Unternehmungen, die ich in der Zeit zwischen dem Mord und meiner Verhaftung durchgeführt hatte. Der junge Mann erreichte auch, dass man die Taxifahrerin ausfindig machte, die mich zur Wohnung des Bankdirektors Liebermann gelockt hatte. Aber ihre Aussage brachte keine neuen Aspekte für mich. Sie gab an, von Dr. Geisinger den Auftrag und Geld erhalten zu haben, zum Haus von Herrn Liebermann zu fahren. Dort sollte sie kurze Zeit warten und wenden. Damit war ihr Auftrag erfüllt. Es handele sich um eine Wette, habe Geisinger ihr gesagt und die Fahrt über den Fahrpreis hinaus fürstlich honoriert. Ihr sei dies alles damals sehr merkwürdig vorgekommen, zumal der Auftraggeber sie einen Tag später noch mal angerufen und behauptet hatte, er sei persönlich mit einem Taxifahrer dorthin gefahren. Auf diesen Vorfall angesprochen, gab Dr. Geisinger zu Protokoll, dass er mich beobachtet und angenommen habe, ich trachte nun auch ihm nach dem Leben. Er habe daraufhin keinen anderen Ausweg gewusst, als mich von seinem Haus wegzulocken. Danach sei er ja auch sofort zur Polizei gefahren. Dies wiederum entsprach der Eintragung im Tagesbericht der Polizei.

So setzten wir zunächst alle Hoffnung darauf, dass der Hotelportier aus Garmisch-Partenkirchen mich bei einer persönlichen Gegenüberstellung einwandfrei als den falschen Mann identifizieren würde und die Aussagen von mir so glaubhaft untermauert würde, dass das Gericht zumindest einen Freispruch wegen Mangels an Beweisen verkünden musste.

Ich verließ das Landeskrankenhaus in Handschellen und wurde in die Justizvollzugsanstalt nach Koblenz überstellt. Bis zur Verhandlung waren es noch auf den Tag genau vier Wochen. Mein Gesundheitszustand war den Umständen entsprechend gut. Die Angstzustände und Wahnvorstellungen, die ich in den ersten Wochen meines Krankenhausaufenthaltes gehabt hatte, waren verschwunden und ich war innerlich froh, dass es nicht mehr zu der Reise an den Gardasee gekommen war. Die physischen und psychischen Reaktionen auf das Geschehene wären früher oder später auch dort gekommen, wo kein Arzt so schnell die Hintergründe erfahren hätte. Zum einen, weil ich die dortige Landessprache nicht beherrschte, zum anderen, weil ich mit Sicherheit keinem Arzt dort erzählt hätte, dass ich in Deutschland Zeuge eines Mordes gewesen war und deshalb unter Depressionen litt.

So trat ich in Koblenz meine Untersuchungshaft an. Die Umstellung vom Krankenhaus zum Gefängnis war groß. Bisher hatte ich den ganzen Tag über gelegen, das Essen war gut und reichlich gewesen. Vor allem aber wurde ich im Krankenhaus in erster Linie als Patient behandelt. Hier im Gefängnis ließ das Essen gegenüber dem Krankenhaus einiges zu wünschen übrig und ich war für meine Bewacher einfach der Mörder, also ein Verbrecher, der zwar noch nicht abgeurteilt war, aber an dessen Schuld niemand zweifelte. Vielleicht dachten nicht alle so, sie bemühten sich aber wenig, ihre Zweifel zu erkennen zu geben. Vielleicht müssen Justizvollzugsbeamte so sein.

Am schlimmsten für mich waren die täglichen Begegnungen mit den anderen Gefangenen. Ich sah die Blicke, hörte die Bemerkungen und spürte die Gedanken. Schließlich kam mich auch wieder Dr. Kaiser besuchen und wollte wissen, ob es etwas Neues zu besprechen gab. Ich hatte ihn sofort nach Herrn Schneider gefragt. Er schien über meine Enttäuschung, dass er persönlich kam, beleidigt und teilte mir nur knapp mit, Schneider müsse sich nun seinerseits in ein anderes Mandat einarbeiten.

So kam es mir vor, als drehe sich die ganze Untersuchung im Kreis. Da meine Mutter vor einigen Jahren gestorben war und ich keinerlei Verwandte hatte, bekam ich auch niemals Besuch.

Ich nutzte die Zeit, um mich immer wieder in die Lage von Dr. Geisinger zu versetzen, den ich inzwischen mit ganz anderen Augen sah. Hatte ich damals noch angenommen, dass er im Affekt gehandelt hatte, so war er heute für mich der eiskalte Verbrecher, der den Mord exakt geplant hatte. Ich interessierte mich plötzlich weniger für den Grund seiner Tat, als für die Tatsache, dass ich mir immer noch keinen Reim auf sein Alibi zur Tatzeit machen konnte. Aber ich fühlte, dass dies die einzige Schwachstelle seiner Version sein musste. Immer wieder überlegte ich mir Möglichkeiten, wie ein solches Alibi konstruierbar und durchführbar war, ohne dass jemand daran zweifelte. Schließlich kam ich zu dem Schluss dass möglicherweise die Arzthelferin ihren Chef deckte, weil sie selbst ein Verhältnis mit ihm hatte und er ihr geschworen hatte, nicht der Täter zu sein. Dies mochte ihr sogar glaubhaft erscheinen, da sich der Anschlag ja offensichtlich gegen Frau Friedhoff gerichtet hatte und nicht Frau Geisinger galt. Außerdem war in der Presse hinreichend publiziert worden, dass man mich, den Mörder, gefasst hatte.

Andere Umstände, über die man vorher in der Presse ausführlich berichtet hatte und die gegen mich als Mörder sprachen, wurden von der Staatsanwaltschaft heruntergespielt. So war beispielsweise kaum noch davon die Rede davon, dass Frau Friedhoff gegenüber ihrem Anwalt von einer bekannten Persönlichkeit gesprochen hatte, als sie sich weigerte den Namen ihres Liebhabers zu nennen. War ich eine bekannte Persönlichkeit? Außerdem war bisher davon die Rede gewesen, dass diese Person mit großer Wahrscheinlichkeit nicht in dieser Gegend ansässig sei, da Frau Friedhoff immer weggefahren sei. Nun gut, diese Tatsache sprach zwar auch nicht für Dr. Geisinger, aber eben auch nicht für mich als Mörder.

So vergingen Tage und Wochen. Allmählich befürchtete ich in meiner Zelle, die alten Anfälle wieder zu bekommen, die ich im Landeskrankenhaus gehabt hatte. Gott sei Dank blieben sie aus!

Die Hauptverhandlung war auf fünf Tage angesetzt und der erste Verhandlungstag war ein Montag. Am Freitag vorher tauchte Dr. Kaiser nochmals bei mir auf. Wir gingen noch einmal alle wesentlichen Punkte durch. Danach hatten wir, so glaube ich, für jeden der anstehenden Punkte in der Verhandlung eine Antwort. Ob diese überzeugend waren, würde das Urteil zeigen.

# 7.

„... das Gericht zieht sich zur Beratung zurück."

Der Vorsitzende, die beiden Beisitzer und Schöffen der 3. Strafkammer des Landgerichtes Koblenz erhoben sich und im Saal standen ebenfalls alle auf. Die Richter verließen den Saal durch eine kleine Tür, die ihnen ein Justizbeamter aufhielt. Dann schloss sich die Tür hinter ihnen und im Zuschauerraum begann sogleich ein lautes Stimmengewirr. Zwei Fotografen stürzten sofort an meine Barriere, auch Erik Kothny vom SWR war mit einem Fernsehteam gekommen. Mehrmals zuckten Blitzlichter auf, irgendwo wurde ein Handscheinwerfer eingeschaltet. Ich hatte es inzwischen aufgegeben, einen Aktendeckel oder die Hände vor mein Gesicht zu halten. Sollten sie mich doch alle sehen! Ich war unschuldig. Dr. Kaiser versuchte mich soweit abzuschirmen, wie es seinem breiten Rücken möglich war.

Als mir ein Justizbeamter auf die Schulter klopfte, zuckte ich zusammen. Ich drehte mich zu ihm um. Er machte eine Handbewegung, die bedeutete, dass ich ihm folgen solle. Ich blickte fragend zu Dr. Kaiser, der kurz nickte.

Im Gerichtssaal hatte man mir die Handschellen abgenommen und auch jetzt durfte ich ohne Handschellen in den Nebenraum gehen, da es von hier aus keine Fluchtmöglichkeit gab.

Die Verhandlungstage waren ganz anders verlaufen, als Dr. Kaiser sie mir vorher geschildert und ich sie mir in meinen kühnsten Träumen vorgestellt hatte. Schon beim Verlesen der Anklage durch den Staatsanwalt waren Punkte aufgetaucht, die ich niemals mit Schneider oder Dr. Kaiser besprochen hatte. Die Kombination von Indizien, die Schlussfolgerungen auf Grund meines Handelns und das Aufrufen der Zeugenliste waren erschütternd für mich. Schon nach dem ersten Verhandlungstag hatte ich mich damit abgefunden, dass der Prozess auf keinen

Fall so unbeschwert enden würde, wie ich es mir erhofft hatte. Die Bestätigung hatte mir soeben der Staatsanwalt gegeben. Seine Forderung: Lebenslänglich für den brutal geplanten Mord an Marianne Friedhoff, acht Jahre für die vorsätzliche Körperverletzung von Hilde Geisinger mit Todesfolge. Die Erpressung könne in Anbetracht der schwere der anderen Vergehen fast vernachlässigt werden. Hierfür hielt der Staatsanwalt eine Freiheitsstrafe von einem Jahr und sechs Monaten für angemessen.

Er hatte alle Gutachten über Bord geworfen und sprach von einer vorsätzlichen, heimtückischen Tat, die mindestens mehrere Tage lang bei vollkommen klarem Bewusstsein vorbereitet worden sei. Mildernde Umstände könne es höchstens im Fall Hilde Geisinger geben, da dies vielleicht ein „Betriebsunfall" gewesen sei. Ursprünglich habe ich lediglich einen Zeugen bewusstlos und kampfunfähig schlagen wollen. Immerhin sei nicht eindeutig zu klären gewesen, ob sich Frau Geisinger nicht einen Teil, möglicherweise den tödlichen Teil ihrer Verletzungen beim Sturz zugezogen hätte. Dies sei jedoch nicht meine Absicht gewesen. Strafverschärfend würde sich jedoch die Tatsache auswirken, dass ich mich nicht um die Schwerverletzte gekümmert habe, dies sei auch ohne Aufdecken meiner Anonymität möglich gewesen. Alle von den Psychiatern und Kriminalpsychologen eingebrachten Vorbehalte seien ausschließlich für die Zeit nach der Tat gültig. Hier bestreite die Anklage nicht, dass ich, gequält von den Bildern dieser grausamen Tat, einen Schock und Depressionen zurückbehalten hätte. Auf das Strafmaß habe dies jedoch keinen Einfluss.

Ich hörte verkrampft und schweigend zu.

Dr. Kaiser bestritt alle Punkte der Anklage soweit sie den Mord und die Körperverletzung mit Todesfolgen und nicht aber die Erpressung betrafen. Er schilderte mich als einen vielleicht etwas einfältigen Menschen, der tatsächlich in der erpresserischen Bestrafung des Mörders eine gerechtere Strafe gesehen habe, als sie ein Gericht dem Mörder hätte zuteil werden lassen können. Er beschrieb einen labilen, seit einiger Zeit arbeitslosen Menschen, der durch das Erleben dieser Tat allen Glauben an das Gute im Menschen und den Sinn des Lebens verloren hatte. Dies beweise vor allem meine Flucht nach vorne, die darin gegipfelt habe, dass ich mit dem zu erwartenden Geld nach Italien wollte, um dort ein neues Leben anzufangen.

Während seines Plädoyers beobachtete ich die Richter und Schöffen. Der Vorsitzende blätterte fortwährend in den Akten. Die anderen machten eher einen gelangweilten als von der Rede faszinierten Eindruck, wie man es oft in Spielfilmen erlebte. Überhaupt lief dieser letzte Verhandlungstag fast wie ein Spielfilm vor mir ab. Ich hätte laut losschreien können. Aber was half es noch! Dr. Geisinger hatte die Partie voll und ganz gewonnen, das spürte ich.

„Es sieht nicht gut aus, Herr Kögler!"

Dr. Kaiser war von mir unbemerkt in den kleinen Raum gekommen, in dem ich zusammengesunken auf einem Stuhl saß und aus dem vergitterten Fenster starrte.

„Wie lange kann das dauern?", fragte ich und schaute ihn enttäuscht an. Ich hatte nach diesen Tagen kaum noch die Nerven, das Urteil abzuwarten.

Dr. Kaiser wiegte den Kopf hin und her. „Je länger es dauert, umso besser ist das Urteil für uns, würde ich sagen." Er stellte seine Aktentasche auf den Boden und zog seine Robe aus: „Mit einer Stunde werden wir mindestens rechnen müssen."

Ich spürte, wie ich vollends in mich zusammensackte. Für mich gab es keine Hoffnung mehr.

„Denken Sie daran, Herr Kögler, auch nach einem Urteil ist noch nicht alles verloren. Wir haben es hier mit einem ausgesprochenen Indizienprozess zu tun. Überall sind Hypothesen und mögliche Verbindungen, aber nirgends steht schwarz auf weiß, dass Sie der Täter sind oder sagen wir besser, dass es keine andere Möglichkeit gibt. Haben Sie bemerkt, dass sich der Staatsanwalt in seinem Plädoyer vorwiegend mit Ihrem Verhalten nach der Tat beschäftigt hat, weil er auch keine überzeugenden Beweise für Sie als Täter hat. Vor allem zieht er von Ihrem Verhalten nach der Tat Rückschlüsse, dass Sie der Täter sind."

Er zündete sich eine Zigarette an und hielt mir die Schachtel hin. Ich lehnte ab, weil mir ohnehin schon schlecht war.

„Ein solches Urteil, wenn es der Anklage entspricht, kann möglicherweise von anderen Richtern in der Berufung völlig umgedreht werden. Immerhin sitzt nebenan nicht eine Einzelperson über Sie zu Gericht, jeder da drinnen hat seine eigene Meinung. Sehen Sie also nicht alles so schwarz."

Er blies den Zigarettenqualm weit in den Raum.
„Haben Sie irgend einen Wunsch?“, fragte er. „Ich muss nämlich noch einmal kurz meine Kanzlei anrufen und ein paar Sachen diktieren. Sobald es hier soweit ist, ruft man mich und ich komme nochmals bei Ihnen vorbei, bevor wir hineingehen.”
„Kann ich bitte etwas zu trinken bekommen?”
Er warf seine Robe über den Arm und griff nach seiner Aktentasche: „Was möchten Sie denn bitte?”
„Ein Mineralwasser, möglichst kalt.”
Er nickte und drückte auf einen Klingelknopf neben der Tür. Kurze Zeit später wurde diese geöffnet und er wechselte mit dem Beamten ein paar Worte. Der schaute an Dr. Kaiser vorbei und rief, dass er mir gleich das gewünschte Wasser bringen würde.
Dann saß ich wieder allein in dem dreimal vier Meter großen Raum und hing meinen Gedanken nach. Hätte ich geahnt, wie alles kommen würde! Ich wäre damals sofort auf die Straße gerannt und hätte laut um Hilfe geschrien. Aber konnte man mir in diesem Moment für mein falsches Verhalten Vorwürfe machen? Immerhin war es eine Situation, in die Gott sei Dank nur wenige Menschen hineingeraten. Wer handelt in solchen Momenten schon logisch? Hätte ein anderer nicht auch Angst bekommen und versucht, sich ganz aus der Sache herauszuhalten?
Wie es damals zu der Überlegung gekommen war, Dr. Geisinger zu erpressen, wusste ich selbst nicht mehr. Damals war mir alles gut und gerecht vorgekommen. Vielleicht lag es auch an dem Schock, den ich erlitten hatte, ohne dass ich mir dessen bewusst war.

Am ersten Verhandlungstag war Dr. Geisinger als Zeuge aufgerufen worden. Er hatte mich schwer belastet. In schillernden Farben erzählte er dem Gericht, wie er die Briefe bekommen hatte, die er zunächst für einen makabren Scherz hielt. Er habe angenommen, dass möglicherweise ein Neider ihn unter dem Aspekt der Angst vor Diskriminierung und übler Nachrede auf diese Art und Weise erpressen wolle. Immerhin hätte das Gerücht eines solchen Verdachtes seinen Ruf als Arzt ruinieren können. Erst als am Abend plötzlich ein Mann vor seinem Haus auf- und abgegangen sei, habe er sich ernsthafter mit der Erpressung befasst. Er habe aber jede andere Möglichkeit ausschließen wollen und deshalb erst bei der Polizei telefonisch nachgefragt, ob er bewacht oder überwacht werde. Nachdem man dies verneinte, habe er sich entschlossen, die Erpressung anzuzeigen, da er sogar um sein Leben gebangt habe. Beim ersten Versuch, zur Polizei zu fahren, sei er von einem Auto verfolgt worden, habe deshalb gewendet und sei zurückgefahren. Zu Hause sei er auf die Idee gekommen, seinen Beobachter mittels einer fingierten Taxifahrt abzuschütteln.

Er habe die Taxifahrerin angewiesen bis vor das Haus des ihm rein zufällig bekannten Bankdirektors zu fahren, zu warten und zu wenden. Die Idee mit der Adresse des Bankdirektors sei ihm tatsächlich durch die Erpressung gekommen. Kaum sei das Taxi außer Sichtweite gewesen, habe sich auch sein Beobachter ins Auto gesetzt und sei abgefahren. Daraufhin sei er zur Polizei gefahren.

Auf die Tatzeit angesprochen, gab er an, wie üblich, in seiner Praxis gewesen zu sein und dort verschiedene Arbeiten erledigt zu haben. Erst durch die Polizei sei er von dort weggerufen worden.

Seine Aussage wurde durch einen Polizisten der Simmerner Polizeiwache, die Taxifahrerin und seine Arzthelferin bestätigt. Geisinger hatte abwechselnd mit verängstigter, dann wieder mit verbitterter Stimme gesprochen. Er blieb dabei weder dem Staatsanwalt, noch meinem Verteidiger eine Antwort schuldig. Alles, was er sagte, klang einleuchtend und vernünftig.

Nach der Aussage nahm er im Zuschauerraum Platz und saß die ganzen Tage dort. Immer wieder schaute er zu mir herüber. Oft trafen sich unsere Blicke und ich hatte manchmal das Gefühl, dass er mich heimlich triumphierend angrinste. Ich war diesem Mann nicht gewachsen.

Am erstaunlichsten war für mich während der Beweisaufnahme die Vernehmung des Hotelportiers aus Garmisch-Partenkirchen. Als er den Gerichtssaal betrat, hatte ich für einen Augenblick den Eindruck, Hans Moser sei von den Toten auferstanden. Klein, rund und in einem Trachtenanzug genoss er, für einige Minuten Mittelpunkt eines Mordprozesses zu sein. Auf meine Person angesprochen, gab er ohne zu zögern und mir ins Gesicht schauend an, dass ich eindeutig der Mann sei, der zusammen mit Frau Friedhoff in seinem Hotel übernachtet habe. Daran ließe er keinen Zweifel, betonte er nochmals, als er meine Empörung verspürte.

Dr. Kaiser beantragte die Vereidigung, dieser wurde stattgegeben. Ohne mit der Wimper zu zucken, hob der Hotelangestellte die rechte Hand und schwor.

Dr. Kaiser hatte sich zu mir herumgedreht, mich beschwörend angeschaut und mir zugeflüstert: „Sind Sie sicher, dass Sie diesen Mann noch nie gesehen haben?"

Ich nickte. Daraufhin beantragte er, die Verhandlung für eine halbe Stunde zu unterbrechen. Der Antrag wurde abgelehnt. Als nächster Zeuge wurde der Hotelier vom Alten Stadttor in Kastellaun in den Zeugenstand gerufen. Beim Betreten warf er mir einen enttäuschten Blick zu, und mir war klar, wie auch seine Aussage verlaufen würde. „Ich habe den Herrn von Anfang an für eine merkwürdige Person gehalten", tat er kund. „Allerdings für einen Mörder", räumte er ein und schüttelte sich merklich, „nein, für so einen nicht. Die Geschichte mit den Freunden und dem Streit, das habe ich ihm sowieso nicht so recht geglaubt! Damals hatte ich sogar Angst wegen der Bezahlung gehabt. Als dann die Herren von der Polizei mein Hotel betraten, ahnte ich sofort, dass die Stunde geschlagen hatte."

Auf die Frage von Dr. Kaiser, warum er denn mich überhaupt aufgenommen habe, er hätte ja immerhin sagen können, das Hotel sei belegt, meinte er: „Ach, wissen Sie, ich habe es ja nur geahnt, gewusst hat man ja nichts, und vom Ahnen allein darf man ja keinen Menschen verurteilen."

„Ein sehr wahres und gescheites Wort, Herr Vorsitzender", antwortete Dr. Kaiser. „Ich hoffe, dass die Herren Richter sich diesen Satz des Zeugen zu Herzen nehmen."

Im Publikum wurde die Bemerkung mit Buh- und anderen Zwischenrufen quittiert. Man konnte die Feindseligkeit gegen mich richtig spüren. Der Vorsitzende ermahnte zur Ruhe und ließ die Frau aufrufen, die die Tat entdeckt hatte.

Erika Pusslitz betrat den Gerichtssaal mit hochrotem Kopf. Sie war Anfang bis Mitte sechzig und hatte eine rundliche Statur. Man sah ihren Bewegungen an, dass sie sich sehr unwohl in ihrer Haut fühlte. Sie sprach leise und musste mehrmals vom Vorsitzenden zu einer deutlicheren Aussprache aufgefordert werden.

„Sie haben vor der Polizei ausgesagt, einen Mann gesehen zu haben, der die Praxis der Frau Geisinger, also die Massagepraxis Römer verließ, als Sie zum Termin kamen. Ist der Angeklagte dieser Mann?"

Hundert oder mehr Augenpaare starrten auf mich und man lauschte gespannt, was die Zeugin antworten würde. Zuerst kam nichts. Sie drehte sich suchend in dem Raum um. Dann blieben ihre Blicke bei mir hängen und ihr Kopf wurde noch roter. Wie gelähmt saß ich auf meiner Bank, auf der mindestens drei weitere Angeklagte Platz gehabt hätten und starrte sie an.

„Ach bittschön, könnte er mal aufstehen, der Mörder", fragte sie kurzatmig.

Alles im Saal jaulte vor Vergnügen. Das Wort Mörder war wie ein Blitz durch meinen Körper gegangen und ich schaute Dr. Geisinger durchdringend an, als wolle ich dieses Wort an ihn weiterreichen, aber er schien nur zu grinsen. ‚Mein Gott, sah das denn niemand!'

Der Vorsitzende ließ die zwei letzten Worte im Protokoll streichen. „Herr Kögler, stehen Sie bitte einmal auf."

Ohne meinen Blick von Dr. Geisinger zu wenden, befolgte ich die Anweisung des Vorsitzenden. Ein paar Sekunden vergingen, bis ich mich wieder setzen durfte.

„Nun, Frau Pusslitz, ist das der Mann, den Sie gesehen haben?", fragte der Staatsanwalt ungeduldig.

Sie drehte sich wieder zum Richtertisch und schaukelte mit den Hüften.

„Ich bin mir halt nicht so ganz sicher. So ähnlich mag er schon ausgeschaut haben, der Mann."

Dr. Kaiser bat, eine Zwischenfrage stellen zu dürfen.

„Frau Pusslitz, Sie haben vor der Polizei ausgesagt, der Mann sei blond oder mittelblond gewesen. Herr Kögler ist aber ohne Zweifel dunkelhaarig!"

Erika Pusslitz schaute erst gar nicht zu Dr. Kaiser hinüber, sondern antwortete spürbar beleidigt: „Dann hat er halt so eine Perücke aufgehabt, wie das die Verbrecher immer machen", stieß sie hervor.

Wieder kamen Lachsalven aus dem Zuschauerraum und abermals bat sich der Vorsitzende Ruhe aus.

„Hat noch einer der Herren eine Frage an die Zeugin?"

Der Staatsanwalt meldete sich nochmals zu Wort. Er war ein junger, hagerer Mann, der, wäre er mir unter anderen Umständen begegnet, mir sicherlich sympathisch gewesen wäre. Er sprach mit tiefer, sonorer Stimme.

„Frau Zeugin, ich darf noch einmal festhalten, absolut sicher sind Sie nicht, dass es dieser Mann ist, der aus der Massagepraxis kam. Ist das richtig?"

„Ja", bestätigte sie mit fester Stimme. „So kann man das wohl sagen."

„Gut, aber Ähnlichkeit besteht wohl zwischen dem Herrn dort und dem, den Sie gesehen haben?"

„Ja, so kann man das wohl sagen", wiederholte sie.

„Worin besteht denn nun die Ähnlichkeit, wenn Sie die Haarfarbe mal außer Acht lassen?"

Erika Pusslitz drehte sich wieder zu mir herum und betrachtete mich lange und ausgiebig. Dann meinte sie ohne Umschweife: „Halt vom Gesicht her, so eins sieht man doch nicht alle Tage, oder nicht?"

Jetzt schien selbst dem Staatsanwalt die Einfältigkeit der Zeugin zu wenig beweisführend zu sein, zumindest warf er einen etwas verzweifelten Blick zum Richtertisch, bevor er einen letzten Versuch startete.

„Was ist denn so Besonderes an dem Gesicht des Angeklagten?"

Wieder wiegte Frau Pusslitz mit den Hüften: „Es hat halt so was Brutales."

Die Zuschauer tobten vor Vergnügen. In diesem Moment musste auch der letzte Idiot im Saal merken, dass die Zeugin wenig zu berichten wusste und vor allem kaum etwas Glaubwürdiges vorzutragen hatte. Man verzichtete auf eine Vereidigung und entließ sie.

Als diese Witzfigur den Saal verlassen hatte, lehnte sich Dr. Kaiser vorsichtig nach hinten und flüsterte mir was zu, das ich zuerst nicht verstand. Ich beugte mich vor und er wiederholte: „Solche Zeugen können einen ganz schön reinreiten, Gott sei Dank hat der Staatsanwalt selbst diese Frau nicht ernst genommen."

Ich nickte nur.

Die Tür öffnete sich und der Justizbeamte kam mit dem Mineralwasser herein. Wortlos stellte er das Glas auf den Tisch und verließ wieder den Raum. Ich hörte, wie der Schlüssel im Schloss umgedreht wurde und spülte mit einem Schluck den faden Geschmack hinunter. Es erfrischte, aber es konnte nicht das in meinem Hals herunterspülen, was sich im Laufe der letzten Tage angesammelt hatte.

Ich sah keine Chance mehr, freigesprochen zu werden, auch wenn Dr. Kaiser noch so fromme Sprüche klopfte wie ‚in Berufung gehen' und so. Die Schuld lag eindeutig bei mir. Warum hatte ich mich auch auf die wahnwitzige Idee mit dem Schweigegeld eingelassen? Hätte ich heute als Richter im Verhandlungssaal gesessen, ich hätte mich auch verurteilt. Kaum zehn Meter von mir entfernt saßen sie wahrscheinlich und wägten ab, ob die Indizien schwerwiegend genug waren, um mich zu verurteilen. Und der Mörder? Dr. Geisinger würde als freier Mann das Landgericht verlassen und sich köstlich über den kleinen, arbeitslosen Vertreter amüsieren, der auszog, um das große Geld zu machen. Er war bei weitem nicht der Mann, wie ich ihn mir im Zugabteil damals nach München und zurück vorgestellt hatte. Er war nicht der verzweifelte Ehemann oder Liebhaber, den man in die Enge getrieben hatte und der keinen anderen Ausweg mehr sah, er war ein kaltblütiger Killer.

Jetzt sah ich die Wirklichkeit ganz deutlich vor mir. Am Abend vor dem Mord hatte Marianne Friedhoff nach dem Telefonat mit ihrem Bruder mit ihm Schluss gemacht. Er fühlte sich abgewiesen und verhöhnt. Er, dem sonst wahrscheinlich alle Frauen zu Füßen lagen. Der beste Beweis war seine Praxishilfe, die ihn deckte. Oder wusste sie gar nicht, dass sie ihm zu einem falschen Alibi verhalf?

Am zweiten Verhandlungstag war Sieglinde Bierbach, die Arzthelferin, vorgeladen worden. Alle Befragung drehte sich ausschließlich um die Tatzeit und das Alibi. Aber ihre Aussage war klar, knapp und vor allem unerschütterlich.

„Am Mordtag hat Doktor Geisinger, wie üblich, zwischen Viertel vor zwei und zwei Uhr die Praxis betreten. Freitags haben wir nur Abendsprechstunde ab siebzehn Uhr. Er ging sofort in sein Arbeitszimmer und führte verschiedene Telefonate mit Patienten und Kollegen. Ich hörte nicht nur sein Wählen in dem Verteilerkasten unserer Telefonanlage, sondern musste ihm über die Gegensprechanlage mehrfach Befunde oder ähnliches heraussuchen und ihm hineinbringen oder über die Sprechanlage durchgeben. Gegen vier Uhr rief er mich und übergab mir die Diktatbänder. Kurz vor Praxisbeginn klingelte es und ich öffnete in der Annahme, es sei ein verfrühter Patient. Es war aber die Polizei."

Die Richter und der Staatsanwalt hatten keinerlei Fragen. Dr. Kaiser meldete sich zu Wort.

„Frau Bierbach. Besteht die Möglichkeit, dass man von dem Arztzimmer aus, in dem Doktor Geisinger zweifelsohne gesessen hat, unbemerkt die Praxis verlassen kann?"

Das sehr deutliche und klare „Nein" zerstörte schlagartig jede Hoffnung.

„Frau Bierbach, haben Sie zwischen zwei Uhr und dem Eintreffen der Polizei einmal Ihr Büro verlassen? Bitte antworten Sie nicht sofort, sondern denken Sie in Ruhe noch einmal darüber nach, und wenn Sie es nicht mehr genau wissen, dann sagen Sie es dem Gericht bitte auch so deutlich."

„Da brauche ich nicht nachzudenken", antwortete die Arzthelferin etwas schnippisch. „Sicher habe ich nicht die ganze Zeit auf meinem Stuhl gehockt und Däumchen gedreht, aber ich war nie länger als höchstens ein oder zwei Minuten von meinem Arbeitsplatz weg. Außerdem rasselte ja die ganze Zeit die Telefonanlage, was ganz schön nerven kann, und das höre ich auch, wenn ich im Karteiraum bin."

„Es besteht also absolut nicht die Möglichkeit, dass Doktor Geisinger sein Büro verlassen hat?"

Sieglinde Bierbach zögerte und man spürte, wie alle im Gerichtssaal den Atem anhielten.

„So will ich das auch wieder nicht sagen, sicherlich hätte er unbemerkt einmal aus dem Raum gehen können, aber eben nur für ein oder zwei Minuten, denn dann war ich wieder an meinen Platz und hätte ihn sehen müssen, als er zurückkam. Außerdem hätte er in der Zeit nicht telefonieren können. Nein, ich kann beeiden, dass Doktor Geisinger sein Büro nicht verlassen hat!"

Dr. Kaiser zuckte mit den Schultern, drehte sich um und schaute mich verzweifelt an.

Später wurde ich dann nochmals zur Sache befragt und ermahnt, doch endlich die Wahrheit zu sagen. Ich sagte die Wahrheit, aber immer wieder hatte ich das Gefühl, dass mir niemand zuhörte. Kaum eine Zwischenfrage, immer wieder nur ratlose Blicke zwischen den Beteiligten.

Zum Schluss meiner Aussage stellte mir der Staatsanwalt nur eine einzige Frage. „Herr Kögler, was versprechen Sie sich eigentlich davon, dass Sie selbst noch hier, bei dieser erdrückenden Beweislast Herrn Doktor Geisinger eines Mordes bezichtigen? Würde es Ihnen nicht besser anstehen, hier wenigstens vom großen Unbekannten zu sprechen?"

Mit gepresster Stimme schrie ich plötzlich laut in den Saal: „Ich kann nicht mehr, als die Wahrheit sagen, was kann ich dafür, wenn sie keiner hören will?

Der Vorsitzende ermahnte mich, meine Äußerungen wohl zu überlegen und mich besser unter Kontrolle zu halten. Dann erhielt Dr. Kaiser das Wort, aber auch alles, was er fragte, war bereits schon mehrfach beleuchtet und diskutiert worden. Es erschien alles so sinnlos. Nur zögernd und fast gleichgültig antwortete ich auf seine Fragen. Man spürte, dass auch er kaum noch eine Chance für mich und seine Verteidigung sah.

Zum Abschluss des zweiten Verhandlungstages traten die beiden Gutachter auf. Ihr Vortrag war trocken und teilweise für mich unverständlich. Man billigte mir vom ärztlichen Standpunkt aus verminderte Zurechnungsfähigkeit zu. Meine Aktivitäten bezeichnete der erste Gutachter, Professor Dr. Haberland, als ein Paradebeispiel für Verdrängungsenergie, die ein schuldbeladener Mensch entwickeln kann. Ich sei nicht nur in der Lage gewesen, die Tat durch vermeintliche Rachehandlungen in mir und meinem Alltag zu verdrängen, sondern sogar fähig gewesen, die widerliche Rolle des Mörders auf eine andere Person zu projizieren. Dies sei mir so überzeugend gelungen, dass ich mir dieses wiederum in Anbetracht meiner finanziellen Situation zunutze machen wollte, nämlich durch Erpressung.

Dr. Kindermann, mein Glatzkopf aus Andernach, ging mehr auf meine persönliche Entwicklung ein. Er hängte sich an der Geschichte auf, die ich ihm aus meiner Kindheit erzählt hatte. Er habe den Eindruck gewonnen, dass ich ständig im Kampf mit der Menschheit gestanden habe. Ein Selbstmitleid und eine gewisse Neigung zur Gewalt habe dann die unglückselige Tat ausgelöst. Ein solches Blackout sei für einen Menschen wie mich fast vorhersehbar gewesen. Zur Tatzeit hätte ich alles ertragene Unrecht auf das letzte Glied meiner Peiniger, nämlich Marianne Friedhoff, übertragen und diese deshalb umgebracht. Es sei also praktisch nicht nur eine Rache an Marianne Friedhoff gewesen, sondern an all den Menschen, die mir je einmal Unrecht oder Leid zugefügt hätten, begonnen mit der Mutter jenes kleinen Mädchens im Keller bis hin zu meinem Arbeitgeber, als er die Kündigung gegen mich ausgesprochen habe. Was sich nach der Tat abgespielt hatte, waren für ihn die Handlungen eines Menschen, der sich plötzlich von all den ‚bösen Mitmenschen' befreit fühlte und sich nun eine ‚gute, heile Welt' schaffen wollte.

„Ich bin der Auffassung", so schloss er seinen Vortrag, „dass Kurt Kögler bereits in den ersten Tagen in Italien wieder begonnen hätte, neuen Hass gegen Menschen aufzubauen, die ihn in irgendeiner Form beleidigten oder missachteten. Und mit Sicherheit wäre er nach unseren Erfahrungen bereits in wenigen Jahren wieder eine akute Gefahr für alle gewesen, die ihm seiner Meinung nach Unrecht getan haben. Ich rege deshalb nach Verbüßung der Haftstrafe eine anschließende Sicherungsverwahrung an."

Fieberhaft überlegte ich, ob es nicht doch noch eine Chance für mich gab. Ich hatte die Hände auf den Schenkeln liegen und starrte immer noch aus dem vergitterten Fenster. Trotz der Erfrischung, die mir der Wärter gebracht hatte, wurde mein Hals enger und enger. Ich hörte wieder meinen Herzschlag mit dumpfen und unregelmäßigen Schlägen. Man hatte mir meine Uhr abgenommen und ich wusste nicht, wie spät es war und wie viel Zeit inzwischen verstrichen war.

Was würde Geisinger für ein Gesicht machen, wenn das Urteil verkündet wurde? Vielleicht war er zur Urteilsverkündung auch gar nicht mehr im Gerichtssaal. Merkwürdigerweise hatte er die ganzen Tage ständig im Saal gesessen, obwohl er bereits als Zeuge am ersten Tag entlassen worden war. Hatte er seine Praxis zugemacht, nur um meinem Leiden und meiner Verurteilung beizuwohnen? Anders konnte ich es mir nicht vorstellen. Sicherlich schickte er seine Patienten einfach zu einem Kollegen, der für den trauernden und verzweifelten Witwer Verständnis zeigte. Seine Hausbesuche konnte er nach den Verhandlungen durchführen.

Ich verspürte Seitenstiche und setzte mich aufrecht auf den Stuhl. Dabei zwang ich mich regelmäßig durchzuatmen. Nach wenigen Augenblicken ließen die Stiche nach. Ob Dr. Geisinger mit meinen Anschuldigungen auch noch ein Geschäft machte und ‚sein Martyrium' an eine Illustrierte verkaufte? Oder waren ihm wenigstens ein paar Patienten weggelaufen, weil man an seiner Unschuld zweifelte? Ich überlegte, wie ich mich wohl verhalten würde, wenn man von meinem Hausarzt behauptet hätte, er habe seine Frau und seine Geliebte umgebracht. Plötzlich ließ ich alle Spekulationen fallen. Ein Frösteln ging durch meinen Körper, obwohl ich spürte, wie mein Blut in Wallung geriet und durch meine Adern rauschte. Ich hörte das Rauschen ganz deutlich in meinen Ohren. Ich hatte auf einmal den Eindruck, den Atem anhalten zu müssen, um nicht unnötige Energie zu verbrauchen. Mein Hirn begann wie wahnsinnig zu arbeiten. Zuerst war es nur ein Bild, dann bewegten sich die Bilder vor- und rückwärts. Aus Bildern wurden Szenen.

Die Szenen liefen immer schneller an mir vorbei. Details, Großaufnahmen, Totalen. Ich sprang auf und hielt mich krampfhaft an der Tischplatte fest. Plötzlich hatte ich eine Idee, einen Lichtblick, sah eine allerletzte Chance. Ich klammerte mich an die Tischplatte, wie meine Gedanken sich an die Chance klammerten. Mit Mühe und Not versuchte ich, mich zu konzentrieren. Alles um mich herum begann zu tanzen. Fast war es, als habe ich ein starkes Rauschmittel eingenommen. Hatte ich noch genügend Zeit, meinen plötzlichen Plan zu überdenken oder war schon alles zu spät. Ich erinnerte mich, was mir meine spontanen Ideen und Pläne bisher alles eingebracht hatten. Ich sagte mir immer und immer wieder, dass nur Ruhe die fehlende Zeit zum Nachdenken ersetzen konnte.

Also zwang ich mich zur Ruhe. Ich zog meinen Stuhl an die Wand, um mich auch seitlich anlehnen zu können. Dann schloss ich die Augen und dachte nach. Jede einzelne Phase meiner Überlegungen überprüfte ich. Es durften nicht noch einmal blindlings Fehler gemacht werden, wie ich sie zu Hauf begangen hatte. Auf Grund meiner Erfahrungen konnte ich mit einem bisher fehlerfrei arbeitenden Gehirn von Dr. Geisinger rechnen. Es war ein Versuch und alles schien mir einen letzten Versuch wert zu sein. Gelang es mir nicht, würde ich wahrscheinlich nie mehr die vier Wände meiner Zelle verlassen und ein Leben lang für eine Tat büßen, die ich nie begangen hatte. Gelang es mir, konnte ich bereits in wenigen Tagen, ja vielleicht schon heute als freier Mann das Gerichtsgebäude verlassen. Bei diesem Gedanken merkte ich, wie meine Hände zitterten und ich meine Füße nicht mehr spürte. Immer wieder spielte ich Szenen und Vorgänge durch, variiert nach verschiedenen Überlegungen, so wie ich es seit dem Mord schon hunderte Male gemacht hatte. Aber einmal, verdammt noch mal, musste doch das Glück auf meiner Seite sein.

Ich erinnerte mich an einen Mann im Zirkus, den ich vor Jahren gesehen hatte. Er wusste auf jede Frage aus dem Publikum sofort eine treffende Antwort. Ich stellte mir vor, wie er vorher geprobt und alle möglichen Fragen sich selbst gestellt und beantwortet hatte. Man musste die Fragen einfach sofort einordnen, dadurch reduzierte sich die Vielfältigkeit der Fragen und man konnte für ähnliche Fragen gleiche Antworten verwenden. Ich übertrug diese Idee auf meine erdachte Szene. Für ähnliche Reaktionen gleiche Antworten. Ich untergliederte meine Antworten in gedankliche Schwerpunkte. Zu diesen Schwerpunkten stellte ich mir Fragen meines Gegenübers und handelte entsprechend. So vergingen Minuten, vielleicht auch mehr.

Plötzlich wurde der Schlüssel wieder ins Schloss gesteckt und umgedreht. Dr. Kaiser kam für meine Begriffe viel zu früh. Zu gern hätte ich dieses Gedanken-Schach-Spiel noch öfter geübt und durchgespielt. Aber nun hatte die Ankunft meines Anwaltes dem Spiel, das schon bald eine lebensentscheidende Realität werden würde, ein Ende gesetzt.

„Das hat ja ziemlich lange gedauert", meinte er. „Vielleicht sieht es doch besser aus, als wir beide annehmen. Auf jeden Fall, Herr Kögler, egal wie das Urteil ausfällt, behalten Sie Ruhe und denken Sie an die Möglichkeit, in Berufung zu gehen."

Er hatte seine Robe bereits an, als er in den Raum gekommen war. Er schüttelte mir die Hand und schaute mich dabei tröstend an. „Ich gehe jetzt schon rein, Sie werden gleich vorgeführt. Also, ich drücke uns beiden die Daumen."

Mit diesen Worten verließ er den kargen Raum wieder und überließ mich meinem Schicksal. Für Sekunden hatte ich mit dem Gedanken gespielt, ihn einzuweihen. Aber dann hatte ich darauf verzichtet, nachdem ich merkte, wie hilflos er selbst in dieser Situation war. Seine leeren Worte waren kein Halt und Trost für jemanden, der unschuldig lebenslänglich ins Gefängnis musste.

Wieder wurde die Tür geöffnet und der Wärter kam herein.

„Sind Sie soweit? Wir müssen rein."

Ich nickte nur und stand auf. Wir betraten den Gerichtssaal durch die kleine Tür. Er hatte sich wieder gefüllt und überall waren wieder Journalisten und Fotografen bei der Arbeit. Die Scheinwerfer des Fernsehens leuchteten auf, als ich mich auf die Anklagebank schob. Mein erster Blick war auf den Platz gerichtet, wo Geisinger die ganzen Tage gesessen hatte. Ich atmete erleichtert auf. Er saß bereits und schaute spöttisch zu mir herüber.

Schaute er tatsächlich spöttisch oder bildete ich mir sein Grinsen immer nur ein? ‚Egal', dachte ich, ‚bald würde es sich entscheiden, ob meine Idee gut war'.

Vorsichtig schaute ich nach hinten und schätzte den Abstand zwischen meiner Bank und der Wand. Es war fast ein Meter. Das schien mir zu viel. Ich zog in meinem gedanklichen Schachspiel eine Figur zurück und eine andere tauschte ich aus. Zum ersten Mal seit Jahren war mir zum Beten zumute, aber außer einem verzweifelten ‚Oh Gott, hilf mir bitte' bekam ich nichts zustande.

Bereits vor einigen Monaten hatte ich planmäßig etwas vorbereitet und es hatte mich auf die Anklagebank gebracht. Würde mich dieser Plan wieder in die Freiheit katapultieren?

Die Justizbeamten verwiesen die Fotografen und das Fernsehteam des Saals. Dann ging einer von ihnen hinter den Richtertisch und öffnete die Tür, der Countdown begann.

Die Spannung schien mir unerträglich. Die drei Richter und zwei Schöffen betraten mit fast maskenhaften Mienen den Gerichtssaal und gingen zu ihren Plätzen. Alles im Saal erhob sich. Ein letztes Mal warf ich einen Blick zu Dr. Geisinger. Auch er war aufgestanden und schien auf das Urteil gespannt.

Im ganzen Gerichtssaal herrschte beängstigendes Schweigen. Der Vorsitzende wartete bis absolute Ruhe eingetreten war, dann rückte er seine vor ihm liegenden Akten zurecht, nahm das oberste Blatt in die Hand und schaute abschätzend zum Zuschauerraum.

„Im Namen des Volkes ergeht folgendes Urteil: Der Angeklagte Kurt Kögler wird für den Mord an Marianne Friedhoff in Tateinheit mit schwerer Körperverletzung mit Todesfolge von Hilde Geisinger und Erpressung von Doktor Hermann Geisinger schuldig gesprochen."

Zustimmendes Gemurmel ertönte aus dem Zuschauerraum. Ein Justizbeamter war aufgesprungen und zerrte einen Fotografen, der versucht hatte, zu meiner Anklagebank zu laufen, aus dem Saal und sorgte mit einer Handbewegung beim Publikum für Ruhe.

„Im einzelnen ergeht folgendes Urteil: Im Fall Friedhoff wird der Angeklagte des Mordes für schuldig befunden. In Anbetracht einer verminderten Zurechnungsfähigkeit wird der Angeklagte zu einer Haftstrafe von fünfzehn Jahren verurteilt. Im Falle der schweren Körperverletzung mit Todesfolge wird der Angeklagte ebenfalls für schuldig befunden und hier hält das Gericht eine Haftstrafe von fünf Jahren für angemessen. Wegen Erpressung wird der Angeklagte zu einer Haftstrafe von zwölf Monaten verurteilt. Damit ergibt sich eine Gesamthaftstrafe von einundzwanzig Jahren. Außerdem wird vom Gericht nach Abbüßen der Haftstrafe eine zeitlich vorerst unbegrenzte Sicherungsverwahrung angeordnet. Über eine vorzeitige Haftentlassung kann frühestens in zehn Jahren ein Antrag gestellt werden."

Noch bevor sich der Vorsitzende auf seinem Stuhl niedergelassen hatte, griff ich mit einem Aufschrei ruckartig an meine Brust und stöhnte laut und vernehmlich auf.

„Mein Herz!"

Meine Stimme überschlug sich dabei. Wohl bedacht ließ ich mich seitlich auf die breite Sitzbank fallen und fügte mit unverminderter Lautstärke hinzu:

„Einen Arzt! Bitte, helft mir!"

Bevor ich die Augen schloss, sah ich noch im Augenwinkel, wie sich Dr. Kaiser entsetzt zu mir umdrehte und hörte ihn laut rufen: „Mein Gott, ist ein Arzt im Saal?"

Was sich weiter abspielte, konnte ich nur hören, denn ich hielt die Augen fest geschlossen. Während ich zuckende Bewegungen mit Armen und Beinen machte, zählte ich innerlich die Sekunden. In der Ferne hörte ich jetzt auch einen Justizbeamten in den Flur hinein nach einem Arzt rufen.

„Wir sollten ihn nach nebenan bringen", sagte jemand und ich spürte, wie starke Hände bereits meine Beine umklammerten. Ich schrie gequält auf und zog die Beine an. Nur das nicht! Dann hörte ich wieder die Stimme von Dr. Kaiser, der meinte, man solle mich liegen lassen, bis ein Arzt gekommen sei.

Zu gern hätte ich mich aufgerichtet und zu dem Platz von Dr. Geisinger gespäht. Stattdessen gestikulierte ich mit meinen Händen und fuhr mir abwechselnd an Kopf und Brust.

„Einen Arzt, schnell, mein Herz! „ stöhnte ich zwischendurch wieder, nachdem ich annahm, dass mindestens eine halbe Minute vergangen sein musste. Irgendwer rief in den Saal, dass man einen Arzt gerufen habe. Um mich herum herrschte emsiges Treiben, das ich nur hören, nicht aber sehen konnte. Das Publikum im Saal unterhielt sich lautstark, während andere Menschen um mich herum laienhaft zu diagnostizieren begannen.

Plötzlich verspürte ich einen warmen Atem über mir.

„Können Sie mich hören, Herr Kögler?"

Ich erkannte Dr. Kaiser, der sich über mich gebeugt hatte und öffnete zum ersten Male vorsichtig die Augen. Dabei blinzelte ich nur ein wenig und versuchte, den Eindruck zu erwecken, dass ich benommen und nicht voll bei Bewusstsein sei.

„Ja”, stieß ich leise hervor und griff mir wieder ans Herz.

„Versuchen Sie, sich zu beruhigen, ein Arzt ist bereits unterwegs.”

Ich schloss die Augen wieder und machte weiter zuckende Bewegungen mit dem Oberkörper.

„So lassen Sie mich doch durch!”

Eine Männerstimme donnerte unwirsch durch den Raum. Ich spürte förmlich, wie Bewegung in meine Umgebung kam. Dann kniete jemand, der schwer atmete, neben mir nieder.

„Ich hab nur schnell meine Tasche geholt”, sagte die Stimme und beugte sich über mich. Eine Hand ergriff meinen Arm und fühlte den Puls. Ich war sicher, dass derjenige, der neben mir kniete, nicht an meinem Puls interessiert war.

„Machen Sie doch bitte schon einmal den Arm frei”, sagte die Stimme deutlich erregt. Immer noch wagte ich nicht, die Augen zu öffnen. Hatte ich bisher geschauspielert, so bekam ich jetzt tatsächlich Herzbeklemmungen. Jemand schob den Ärmel meiner Jacke hoch und öffnete den Manschettenknopf.

„Das reicht nicht!” zischte die Stimme. Man versuchte den Ärmel der Jacke höher zu schieben. Es misslang.

Die Person, die sich über mich beugte, riss mit einem kräftigen Ruck mein Hemd in Brusthöhe auf.

„Lassen Sie den Arm”, herrschte die Stimme den Helfer an, der sich um die Freilegung des Armes bemühte. „Ich spritze direkt ins Herz!”

Diese Äußerung traf mich wie ein Blitz. Erschrocken öffnete ich die Augen, verzog aber reaktionsschnell das Gesicht wieder zu einer schmerzverzerrten Grimasse. Neben meiner Bank kniete Dr. Geisinger, Schweißperlen auf der Stirn, und war gerade dabei eine Spritze aufzuziehen. Ein Justizbeamter in Uniform bemühte sich indes um meinen anderen Arm. Er hatte mehr Glück beim Hochschieben der Jacke. Er knöpfte hastig meinen Hemdsärmel auf und zog ihn hoch so gut es ging. Ich hörte, wie Geisinger die leere Ampulle fallen ließ und spürte seinen Griff nach dem nun freigelegten Arm. Mit der Fingerspitze tastete er nach einer Vene. Nachdem er offenbar eine passende Stelle gefunden hatte, hörte ich ihn gegen die aufgezogene Spritze mit dem Finger klopfen und spürte einige kalte Tropfen auf meiner nackten Brust. Alle um mich herum wären in diesem Moment bereit zu beeiden, dass Dr. Geisinger mir sofort Erste Hilfe geleistet hatte.

Jemand im Hintergrund rief man möge dem eingetroffenen Notarzt Platz machen. Ich öffnete die Augen ein wenig und sah, wie Geisinger seine Spritze blitzschnell auf meinen Arm richtete. In gleichen Moment spannte ich alle Muskeln an und raffte meine ganze verfügbare Kraft zusammen. Mit der geballten rechten Faust schlug ich Geisinger mitten ins Gesicht. Im gleichen Moment schnellte meine linke Hand hoch und griff zu. Es war einfacher, als ich in den kühnsten Träumen erwartet hätte. Ich hielt in der linken Hand die Spritze und riss den Arm hoch.

„Nehmen Sie", schrie ich dem verwirrten Dr. Kaiser entgegen. „Nehmen Sie die Spritze. Er will mich umbringen!"

Noch ehe Dr. Kaiser reagierte, war Dr. Geisinger trotz blutender Nase aufgesprungen. Ich riss ich die Spritze wieder herunter und schob die Hand samt Spritze hinter meinen Rücken. Inzwischen hatten die Umstehenden begriffen, dass hier etwas Merkwürdiges vor sich ging.

„Geben Sie die Spritze her, Sie sind wahnsinnig!" brüllte Dr. Geisinger und stürzte sich mit vollem Körpergewicht auf mich. Ich spürte, wie mein abgewinkelter Ellenbogen und mein linkes Handgelenk unter der Last unserer beiden Körper zu schmerzen begann und ließ die Spritze los. Dann ergriff ich mit beiden Händen den Körper der auf mir lag und umklammerte ihn fest. Hände griffen nach mir und Dr. Geisinger.

Spätestens jetzt hatte auch der Letzte der Umstehenden bemerkt, dass das Verhalten von Geisinger zumindest recht merkwürdig war. Zwei kräftige Arme zogen den Arzt nach oben und ich bekam freie Sicht. Ich ließ mich von der Bank fallen und landete auf dem Bauch, dabei blieb die Spritze auf der Bank liegen. So schnell ich in der Erregung konnte, sprang ich wieder auf. Das verstand ein Justizbeamter falsch und versuchte mit aller Kraft mich festzuhalten.

„Holen Sie die Spritze!" schrie ich nur und deutete mit der freien Hand zur Bank hin.

Inzwischen hatte man auch im Zuschauerraum begriffen was sich hier an der Anklagebank abspielte. Ich zerrte zur Bank hin, obwohl mich der Beamte festhielt. Dabei kamen unsere Beine ins Gedränge. Wir fielen beide hin. Als ich aufschaute, stand jemand in weißer Kleidung mit leuchtendoranger Jacke. Endlich, der Notarzt!

„Haben Sie die Spritze?" schrie ich außer Atem. Er schaute mich völlig verständnislos an. Dann zerrte mich jemand auf die Beine und packte mich an der Schulter.

„Kommen Sie!" Es war die Stimme von Dr. Kaiser, er hatte endlich begriffen, strahlte über das ganze Gesicht und zog mich zur Wand herüber.

„Wir haben die Spritze!", sagte er und ein gewisser Siegerstolz schwang in seiner Stimme mit.

Ich blickte mich erleichtert um. Ein Fotoreporter und ein anderer Mann hielten Dr. Geisinger fest, der verzweifelt versuchte, über die Balustrade auf die Verteidigerbankseite zu klettern.

„Ruhe!" schrie jemand laut. Wahrscheinlich war es der Vorsitzende, der bisher die ganze Sache völlig überrascht und überfordert verfolgt hatte.

Drei oder vier Justizbeamte versuchten, wieder Ruhe und Ordnung im Saal zu schaffen, gestikulierten wie wild mit den Armen und versuchten, die Zuschauer und die Presse aus dem Gerichtssaal zu drängen.

„Räumen Sie den kompletten Saal!" donnerte die Stimme. Jetzt sah ich, dass es tatsächlich der Vorsitzende war, der da rief.

Geisinger rief etwas zu dem Richtertisch, aber der Vorsitzende winkte ab. Nun war auch ein Justizbeamter neben mich getreten. Es war wohl derselbe, der mich eben mit aller Gewalt zurückhalten wollte.

Dr. Kaiser fauchte ihn unwirsch an: „Halten Sie diesen Mann auf!" Dabei deutete er mit der Hand auf Dr. Geisinger.

„Ich bitte zum letzten Mal um Ruhe!" donnerte die Stimme des Vorsitzenden durch den Raum.

Immer wieder leuchteten Blitzlichter auf. Diesmal weniger auf mich, als auf die ganze Szenerie und Geisinger gerichtet. Trotz des immer noch herrschenden Chaos kam der Saal langsam zur Ruhe. Nur hier und da fiel noch ein lautes Wort.

„Darf ich um eine Erklärung bitten, was hier vorgeht?", fragte der Vorsitzende aufgebracht und mit unnachgiebiger Stimme.

Dr. Kaiser schob mich beiseite und trat an die Balustrade, an der ich in den letzten Tagen oft gestanden hatte.

„Herr Vorsitzender, meine Herren Richter und Schöffen, Herr Staatsanwalt. Ich muss Ihnen gestehen, dass ich selbst noch nicht glauben kann, was sich eben hier abgespielt hat und kann auch vorerst nur Vermutungen äußern. Lassen Sie es mich trotzdem versuchen."

Er machte eine Kunstpause und schien die absolute Stille zu genießen, die seit Beginn seiner Ausführungen plötzlich im Saal herrschte.

„Wir haben unmittelbar nach der Urteilsverkündung erlebt, dass der Angeklagte einen Kreislaufkollaps oder Ähnliches erlitten hat, vielleicht muss ich auch sagen, vorgetäuscht hat. Die Verteidigung und die anwesenden Justizbeamten haben daraufhin umgehend nach einem Arzt gerufen. Als Erster traf der Zeuge Doktor Geisinger, der bekanntlich Arzt ist, hier beim Angeklagten ein und hat – für uns alle verständlich – versucht Erste Hilfe bei dieser Herzattacke zu leisten. Schnell hat er eine Spritze vorbereitet. Jedoch in dem Moment als er die Spritze setzen wollte, ist sozusagen der Angeklagte wieder zu sich gekommen und hat ihm die  Spritze entrissen. Doktor Geisinger hat, wie wir alle beobachten konnten, sich daraufhin auf den Angeklagten gestürzt. Man darf also davon ausgehen, dass der Angeklagte, der bisher immer und immer wieder trotz aller Indizien gegen ihn seine Unschuld beteuert hat und Doktor Geisinger als Mörder bezichtigte, uns hier ein kleines Schauspiel aufgeführt hat. Ich muss zugeben, sicherlich eine Szene, die diesem hohen Haus nicht würdig ist, aber – auf welche Gedanken kann man kommen, wenn man gerade als Unschuldiger verurteilt wurde und dabei dem wahren Mörder ins Gesicht schaut? Ob mein Mandant die Vermutung mit seinem – sagen wir mal – außergewöhnlichen Verhalten beweisen kann, wissen wir noch nicht. Das wird ein Labor entscheiden müssen. Immerhin ist die ominöse Spritze gerettet und indirekt in meinem Besitz. Ich beantrage eine sofortige Untersuchung des Inhaltes und die Unterbrechung des Verfahrens bis zur Vorlage des Laborergebnisses. Vorsorglich beantrage ich das Verhalten meines Mandanten, ob gerechtfertigt oder nicht, als einen Akt der Verzweiflung zu betrachten, um seine Unschuld endlich zu beweisen und von einer diesbezüglichen Anzeige abzusehen."

Dr. Kaiser machte eine kurze Verbeugung und drehte sich mit triumphierendem Blick zu mir um.

„Wo ist die Spritze jetzt?"

Der Vorsitzende schaute gespannt zu uns herüber. Ein junger Mann, den ich nicht kannte, reichte Dr. Kaiser die kleine Spritze. Der nahm sie, machte einen gekonnten Bogen um die Balustrade und eilte zum Richtertisch. Dort legte er die Spritze direkt vor den Richter.

„Herr Doktor Geisinger, was für ein Medikament befindet sich in der Spritze?“, fragte der Staatsanwalt, dem anzusehen war, dass selbst ihm das Verhalten von Dr. Geisinger fragwürdig erschien.

Geisinger starrte teilnahmslos vor sich hin und wehrte sich nicht einmal dagegen, dass sich ein Justizbeamter inzwischen dicht neben ihn gestellt hatte und bereit war, ihn an einer eventuellen Flucht zu hindern.

„Ich finde es absurd, was hier geschehen ist", stieß er nur empört hervor. „Muss man sich als Arzt, der Erste Hilfe leisten will, so etwas gefallen lassen, vor den Augen der Justiz? Da spielt sich plötzlich ein Rechtsanwalt zum Kriminologen auf und ein Mörder versucht auf die schäbigste Art und Weise sich vor dem Knast zu retten. So eine Unver..."

„Ich habe Sie lediglich gefragt, was in dieser Spritze ist, Herr Doktor Geisinger", wiederholte der Staatsanwalt unbeirrt seine Frage.

Dr. Geisingers Stimme wurde merklich verhaltener.

„Ein Herzpräparat, das die Muskulatur kräftigt und die Herzkranzgefäße erweitert. Etwas Besseres hatte ich nicht in meiner Tasche."

Der Vorsitzende nahm die Spritze und winkte einem der Justizbeamten zu. Er beugte sich zu dem Mann herab und flüsterte ihm einige Worte zu. Der Mann nahm die Spritze und verließ den Raum.

„Herr Doktor Geisinger, niemand zweifelt an Ihrer Hilfsbereitschaft oder Ihrer Aufrichtigkeit. Haben Sie bitte als Staatsbürger auch Verständnis dafür, wenn ein Gericht jeden Zweifel ausschalten muss. Ich darf Sie bitten, sich zu unserer Verfügung zu halten bis der Inhalt im Labor untersucht worden ist. Wie Sie gesehen haben, ist die Spritze bereits auf dem Wege dorthin. Ich darf einen der Justizbeamten bitten, Herrn Doktor Geisinger bis zur Fortsetzung der Verhandlung in einen Nebenraum zu führen. Der Angeklagte ist ebenfalls aus dem Saal zu bringen. Die durch den Vorfall unterbrochene Verhandlung ist bis zum neuen Aufruf unterbrochen."

Blitzlichter, Rufe und aufgeregtes Stimmengewirr folgten. Ich hatte die ganze Szene wie im Traum verfolgt. Obwohl meine Knie butterweich waren, war ich die ganze Zeit stehen geblieben. Dr. Kaiser drehte sich zu mir herum und winkte mich an die Balustrade heran, wo ich mich zu ihm herunterbeugte.

„Gehen Sie in den Nebenraum", sagte er, „ich komme gleich nach!"

Ein Justizbeamter ging mit Geisinger an mir vorbei und ich spürte, wie mich der Mörder von Marianne Friedhoff und seiner eigenen Frau hasserfüllt aus den Augenwinkeln anschaute. Dann verschwand er mit dem Beamten aus dem Saal.

Auch ich wurde wieder in meinen Raum gebracht. Ich konnte es noch gar nicht fassen. Mein Plan hatte geklappt. Trotzdem wagte ich nicht, mich zu sehr zu freuen, denn auch beim ersten Mal, als ich versuchte, Dr. Geisinger zu erpressen, hatte er mich überlistet. Vielleicht war tatsächlich in der Spritze etwas gegen einen Herzanfall und ich hatte erneut gegen ihn verloren.

Kaum saß ich auf meinem Stuhl, als die Tür aufgeschlossen wurde und Dr. Kaiser in den Raum stürzte. Sein Gesicht war hochrot, und es war mir zunächst nicht klar, ob er wütend war oder triumphierte.

„Mensch, Herr Kögler, was haben Sie sich da nur einfallen lassen? Sind Sie wahnsinnig? Was glauben Sie denn, wie groß die Chance ist, dass Dr. Geisinger darauf hereingefallen ist? Ich drücke Ihnen selbstverständlich die Daumen, aber ich lehne jede Verantwortung ab."

Er fasste sich mit der rechten Hand an die schwitzende Stirn.

„So etwas ist mir in meiner ganzen Anwaltspraxis noch nicht vorgekommen." Er drehte sich blitzartig um und stampfte mit dem Fuß auf: „Warum haben Sie mir nicht wenigstens vorher etwas davon gesagt?"

Ich überlegte, ob ich ihm die Wahrheit sagen sollte, dann zuckte ich nur die Schultern. „Ich war mir bis zur letzten Sekunde nicht ganz sicher. Vor allem bestand das Risiko, dass Geisinger gar nicht zur Verkündung im Gerichtssaal war, möglicherweise mit dem Taxi gekommen war und anderenfalls auch nicht unbedingt seine Arzttasche griffbereit im Auto hatte. Außerdem konnte durchaus ein anderer Arzt noch anwesend oder vor ihm bei mir sein. Ich habe wirklich bis zum letzten Moment mit mir selbst gekämpft."

Sicherlich entsprachen meine Angaben größtenteils der Wahrheit, aber innerlich hatte ich vom ersten Moment des Gedankens an diese Möglichkeit gewusst, dass ich es in jedem Fall versuchen würde.

„Wo ist Doktor Geisinger jetzt?", fragte ich neugierig.

Dr. Kaiser drehte sich wieder zu mir herum: „Irgendwo in einem Amtszimmer. Der wird auch keine Anstalten machen zu türmen. Mensch, Kögler, haben Sie denn immer noch nicht begriffen, wie raffiniert dieser Dr. Geisinger ist? Wenn der Ihnen eben tatsächlich irgendetwas verabreichen wollte, was Ihnen den Rest gegeben hätte, dann wäre das sein erster Fehler. Ich glaube es einfach nicht, es wäre zu einfach!"

Er starrte mich an und ich spürte, wie das triumphierende Gefühl, das ich noch vor wenigen Minuten verspürt hatte, langsam meinen Körper verließ. Ich würde wieder als Verlierer aus dem Ring treten und diesmal für immer. Dr. Kaiser schien meine Gedanken gelesen zu haben.

„Wenn wir daneben liegen, haben wir es furchtbar schwer im Berufungsverfahren!"

Er schaute auf die Uhr und klopfte an die Tür: „Ich komme gleich wieder. Vielleicht gibt es Wege, schon vorab etwas zu erfahren."

Ihm wurde wieder von außen geöffnet und er verließ meinen Raum, ohne sich noch einmal umzudrehen.

Schier endlose Zeit schien zu vergehen. Ab und zu hörte ich vor der Tür ein paar Stimmen, die dann aber wieder verstummten. Je länger es dauerte, umso mehr verfiel ich in meine alte Resignation zurück. Ich war unschuldig, aber alles sprach gegen mich und wenn jetzt nicht ein Wunder geschah, war alles aus.

Ich stand auf und versuchte, mir etwas die Beine zu vertreten. Hier war es fast wie in meiner Zelle und dort zu leben, daran musste ich mich wohl allmählich gewöhnen ...

Warum hatte die Assistentin nur mit solcher Bestimmtheit behauptet, Dr. Geisinger habe die Praxis nicht verlassen? Er musste sie verlassen haben, er musste sogar, wenn man den Weg berücksichtigte, fast eine halbe Stunde unterwegs gewesen sein.

Ich hörte wieder Stimmen hinter der Tür. Der Schlüssel wurde umgedreht und Dr. Kaiser stand im Türrahmen. Sein Gesicht war nichtssagend. In der rechten Hand hielt er einen Zettel. „Und?" schrie ich ihn an.

Schweigend hielt er mir den Zettel entgegen. Ich erkannte den Kopfbogen des gerichtsmedizinischen Institutes und überflog den Text. Kurzuntersuchung: Der Inhalt, der am heutigen Tag vorgelegten und mit einem Dringlichkeitsvermerk des Landgerichts Koblenz versehenen Spritze, Eingangs-Nummer. 3858/98, wurde nach telefonischer Rücksprache mit dem Vorsitzenden der 3. Strafkammer untersucht. Die Spritze enthielt gemäß einer ersten kurzen Laboruntersuchung 30 ml, davon neben einer Basislösung eine Substanz, die in einer wesentlich geringeren Dosierung unter der Bezeichnung Dociton für den Handel zugelassen ist. Das vorliegende neue Präparat steht derzeit nur Kliniken und Ärzten zur gezielten und kontrollierten Anwendung zur Verfügung. Es enthält zusätzlich Wirkstoffe und soll in dieser Kombination bei Hypertonie (Bluthochdruck), hyperkinetischen Herzsyndromen, Angina pectoris und Herzrhythmusstörungen erprobt werden. Die Dosierung erscheint als Soforthilfe bei unbekannten Patienten oder diffusen Symptomen stark bedenklich, jedoch hätte bei einer negativen Reaktion des Patienten eine Antidote (beispielsweise Atropin 0,5 – 2 mg) intravenös verabreicht werden können. Gleichsam muss darauf hingewiesen werden, dass bei nicht kompensierter Herzinsuffizienz, frischem Herzinfarkt oder Schock die Dosierung und Verabreichung des Präparates den Exitus zur Folge gehabt haben könnte. Eine ausführliche Laboruntersuchung und ein Gutachten erfolgen auf Wunsch.

Ich zitterte am ganzen Körper und schaute Dr. Kaiser verzweifelt an.

„Was heißt das?"

Dr. Kaiser nahm tief Luft. Er nahm den Laborbericht wieder entgegen.

„Das alles besagt, wenn Doktor Geisinger in der Lage war eine schnelle Diagnose zu stellen, hat er Ihr Bestes gewollt."

„Aber, ich habe doch nur gespielt!" Meine Stimme überschlug sich vor Erregung.

„Was haben Sie gespielt – den Herzanfall ...", fragte Dr. Kaiser aufgebracht.

Seine Stimme war barsch, er fasste mich fest am Arm und trat dicht an mich heran.

„Herr Kögler, wenn der Staatsanwalt glaubt oder besser, wenn es Doktor Geisinger glaubhaft machen kann, dass er eine Angina pectoris vermutete, dann hat er vor vielen Zeugen Ihr Leben gerettet. Verstehen Sie, was das heißt?"

Ich spürte, wie mir die Beine wieder weich wurden. Dr. Kaiser fing mich auf und führte mich zum Stuhl. Ich setzte mich hin und schaute meinen Anwalt verzweifelt an.

„Aber die Dosis! Da steht doch ausdrücklich, dass diese Dosis stark bedenklich ist."

„Gut, unter bestimmten Umständen ist sie bedenklich. Aber es steht auch drin, dass man bei Überdosierung ein Gegenmittel intravenös spritzen kann, für den Fall, dass die Situation falsch eingeschätzt wurde. Das hätte spätestens der Notarzt tun können, der ja bereits eingetroffen war. Es hängt jetzt alles vom Staatsanwalt ab, wie er die Situation einschätzt." Er machte eine Pause und fügte dann leise hinzu: „Aber da sehe ich schwarz."

Die Tür hatte sich geöffnet, ohne dass es einer von uns beiden gemerkt hatte und ein Justizbeamter stand mitten im Raum.

„Herr Doktor Kaiser, wenn Sie bitte einmal kommen würden!"

Der Anwalt nickte kurz und klopfte mir auf die Schulter. Dann verließ er mit dem Uniformierten den Raum.

Meine Arme und mein Rücken schmerzten. Außerdem hatte ich mir, als ich mich auf die Bank fallen ließ, die Schulter verletzt. Wie viel Uhr mochte es sein? Ich hatte jeden Zeitbegriff verloren. Was scheinbar so gut abgelaufen war, sollte mit einem Male alles zunichte sein? Ich konnte es einfach nicht glauben.

Lärmend donnerte ein Düsenjäger über das Gerichtsgebäude. Ich zuckte zusammen und stützte meinen Kopf in die Hände. Langsam lief mir eine Träne über die Wange. Ich war am Ende meiner Kräfte. Was war aus meinem Leben geworden? Ich dachte an jenen Tag zurück, an dem ich verfrüht in die Praxis von Frau Römer gegangen war, nur um ein Telefonat zu führen. Ich sah wieder Marianne vor mir, wie sie mir die Zigarette anbot, aber ich sah auch das Feuerzeug, das von Stund an meine Fingerabdrücke getragen hatte. Was hatte mich eigentlich an ihr so angesprochen? Vielleicht die Augen oder auch ihre ganze Art? Was wäre geschehen, wenn ich zur verabredeten Zeit hingegangen wäre? Wahrscheinlich hätte mir niemand geöffnet. Ich wäre wieder nach Hause gegangen und hätte am nächsten Tag von dem Mord gelesen. Heute würde ich wieder mit meinem Auto durch die Gegend fahren und Spirituosen oder Kaffee verkaufen, wer weiß, welches Angebot ich inzwischen erhalten hätte. Ich trank den letzten Rest Sprudel, der noch im Glas war.

Ich versuchte angestrengt, mich daran zu erinnern, wie das Urteil ausgefallen war. Ich hatte mich ganz auf mein bevorstehendes Schauspiel konzentriert und kaum hingehört was der Vorsitzende vorgelesen hatte. Würde man mich nach ein paar Jahren begnadigen oder würde vielleicht doch noch, wenn auch erst in Monaten oder Jahren, meine Unschuld bewiesen werden? Meine Gedanken sprangen hin und her und ich verspürte zum x-ten Mal seit dem Mordtag eine grenzenlose Hilflosigkeit.

Als die Tür plötzlich wieder geöffnet wurde, hob ich nicht einmal den Kopf. Ich vernahm nur ganz in der Ferne die Stimme von Dr. Kaiser.

„Herr Kögler. Ich komme gerade vom Oberstaatsanwalt Jung. Er hat der Kammer nahegelegt, das Verfahren zu unterbrechen und um eine Pause von drei Tagen gebeten."

Ich sprang auf und stieß den Stuhl um: „Drei Tage, sagen Sie!", schrie ich Dr. Kaiser an. „Drei Tage, das halte ich nicht aus!"

Mit ausgestreckten Armen rannte ich auf die Tür zu und donnerte mit beiden Fäusten gegen das Holz. Von außen wurde geöffnet und zwei Justizbeamten schoben mich beiseite an die Wand. Doch Dr. Kaiser winkte den beiden ab. Keuchend blieb ich in der Ecke hinter der Tür stehen.

„Herr Kögler, überlegen Sie doch mal. Das ist doch mehr, als ich persönlich je von Ihrer Aktion erwartet hätte. Das heißt doch, dass der Oberstaatsanwalt jetzt bereit ist, auch einmal die Person von Doktor Geisinger etwas genauer unter die Lupe zu nehmen. Kein Haftbefehl, nein, natürlich nicht, dazu gibt es keinen Grund, aber er hat den Vorsitzenden um eine Pause gebeten, um neue Ermittlungen zu veranlassen. Verstehen Sie. Vielleicht findet er etwas. – Wir haben eine Chance!"

Er unterbrach sich und kam langsam auf mich zu. Seine Stimme hatte sich gesenkt und er sprach leise. Behutsam legte er wieder seine Hand auf meinen Arm. „Herr Kögler, Sie haben etwas erreicht, was mir in der Verhandlung nicht gelungen ist. Die Staatsanwaltschaft ist sich in der Anklage unsicher geworden. Was glauben Sie denn, was jetzt geschieht?" Er schaute mich listig und aufmunternd an.

„Jetzt werden die Aussagen noch einmal überprüft, verglichen. Es werden neue Fragen gestellt, vor allem an Doktor Geisinger. Man wird ein ausführliches Gutachten bezüglich dieser Spritze abwarten und auswerten müssen. Es wird geredet, und – vor allem – die Medien sind hellhörig geworden. Plötzlich gibt es tatsächlich eine andere Person als diesen Nobody Kögler, ein bekannter Arzt, der Ehemann der einen Toten, man recherchiert. Vielleicht erfährt irgendjemand etwas, was bisher keiner wusste. Vielleicht erinnert sich jetzt jemand an etwas, was bisher völlig belanglos schien. Man hat Bilder gemacht von Ihnen, von Doktor Geisinger. Bereits heute Abend wird das Fernsehen über den Vorfall im Gerichtssaal berichten."

Dr. Kaiser unterbrach sich abermals und trat diesmal ganz dicht an mich heran, dann flüsterte er leise, aber eindringlich: „Wenn Sie je eine Chance hatten, dass Ihre Unschuld bewiesen werden kann, dann in den nächsten achtundvierzig Stunden!"

Die Nacht hatte ich kein Auge zugemacht. Als die ersten Sonnenstrahlen in meine Zelle fielen, war ich aufgestanden und hatte mich auf einen Hocker gestellt und in den immer heller werdenden Himmel geschaut. Die langsam aufgehende Sonne wärmte meine Haut und ich fühlte, wie gut mir diese Wärme tat.

Jeder Morgen begann hier im Gefängnis schon recht früh mit der Verteilung des Frühstücks, wobei die Untersuchungshäftlinge sozusagen am längsten schlafen durften. Dies lag daran, dass viele Abgeurteilte anschließend in verschiedene Abteilungen zur Arbeit gebracht wurden. Der Wärter, der mir heute das Frühstück hereinbrachte, war ein ruhiger und ebenso gemütlicher Mensch.

„Sie sollten sich heute auf Besuch einstellen", meinte er, als er das Tablett abstellte. „Da steht ja eine Menge in den Zeitungen."

Ich fragte nicht, was in der Zeitung stand. Ich wusste, dass er mir darüber auch keine Auskunft geben durfte und würde. Aber immerhin allein diese Bemerkung stellte für mich so etwas wie ein verständnisvolles Entgegenkommen seinerseits dar.

Das Frühstück bestand wie fast täglich aus zwei Scheiben Graubrot, etwas Margarine und zwei kleinen Döschen mit Konfitüre. Dazu gab es ein kaffeeähnliches Getränk, von dem man den Ausgangsstoff kaum ohne Laborhilfe ermitteln konnte. Im Laufe der Monate hatte sich mein Magen daran gewöhnt.

Der Wärter hatte recht. Kaum hatte ich gefrühstückt, als auch schon wieder die Tür aufgeschlossen wurde. Man führte mich in das Besucherzimmer, in dem Dr. Kaiser bereits auf mich wartete. Er streckte mir die Hand entgegen.

„Ich habe recht behalten. Alles berichtet in großer Aufmachung über den gestrigen Vorfall im Gerichtssaal, selbst gestern Abend in der Tagesschau, beim ZDF und den Privaten waren kurze Berichte zu sehen. Wenn es eine Lücke oder irgendetwas gibt, was merkwürdig oder zweifelhaft erscheint, dann haben wir jetzt eine ganz große Chance."

Er schaute mich ernst an und seine Stimme wurde merklich leiser. „Wir sollten aber auch darüber nachdenken, was geschieht, wenn keine Reaktion erfolgt."

Ich setzte mich zu ihm an den Besuchertisch und stützte beide Arme auf die Tischplatte. „Ich habe die ganze Nacht darüber nachgedacht. Es gibt doch, wenn wir den Sachverhalt einmal ganz nüchtern betrachten, nur zwei Gründe, warum man mir nicht glaubt und gegen Doktor Geisinger offensichtlich nicht konsequent genug ermittelt hat. Erstens ist da das Alibi, von seiner Arzthelferin bestätigt. Gut, nehmen wir mal an, die ist nicht gekauft worden oder sagt nur aus Abhängigkeit oder Angst aus, dann muss es doch auch da irgendeine falsche Schlussfolgerung geben. Zweitens fehlt bei Doktor Geisinger das Motiv für den Mord. Aber mich verurteilt man, obwohl ich auch kein Motiv hatte. Man hat mir sozusagen eines konstruiert oder angedichtet. Man hat sogar jemanden gefunden, der behauptet, mich mit Frau Friedhoff zusammen gesehen zu haben."

Dr. Kaiser hatte auf einem Stuhl gegenüber mir Platz genommen und strich sich mit der Hand über die Haare. Eine Handbewegung, die mir schon oftmals bei ihm aufgefallen war.

„Ich war heute schon drüben beim Staatsanwalt. Der Mann sagt natürlich nicht allzu viel. Aber so viel ist sicher, er hat plötzlich an verschiedenen Sachverhalten Zweifel. Vielleicht waren sie auch schon vorher da und haben sich jetzt nur in der Verhandlung erhärtet. Wer kann so genau in einen Menschen hineinschauen. Auf jeden Fall hat er die Kripo nochmals angewiesen, einige offene Fragen zu klären. Welche, weiß ich nicht. Er hat, wie er mir sagte, auch ein zweites und ausführliches Gutachten bezüglich des Spritzeninhalts angefordert."

Es entstand eine Pause. Jeder von uns schien für sich nachzudenken. Wenn ich an die letzte Nacht zurückdachte, wurde mir bewusst, welche zermürbenden Tage mir bevorstanden.

„Welche Chancen?“, fragte ich knapp in die Stille hinein.

Ich merkte, wie Dr. Kaiser versuchte, sich um eine möglichst ehrliche Antwort zu drücken.

„Sagen Sie mir die Wahrheit!", forderte ich ihn mit Nachdruck in der Stimme auf.

Dr. Kaiser zögerte immer noch, aber ich blickte ihn unbeirrt an. „So gut wie noch nie, mehr kann ich nicht sagen."

Als ich wieder in meiner Zelle war, nahm ich mir ein Buch vor, das ich aus der Anstaltsbibliothek ausgeliehen hatte. Die Buchstaben verschwammen mir vor den Augen. Zwei-, dreimal unternahm ich einen neuen Versuch, aber es misslang. Ich legte das Buch wieder beiseite und versuchte, jetzt wenigstens ein bisschen zu ruhen. Von draußen hörte ich

Rufe und Kommandos, irgendwer lachte laut über den Flur. Ich schloss die Augen und atmete langsam und tief. Mein Körper wurde schwerer und schwerer. Meine Gedanken wurden träger, schließlich schlief ich ein.

„Hören Sie doch!"

Erschrocken fuhr ich hoch und schaute mich um. Ich lag auf meiner Pritsche, neben mir stand ein Wärter und schüttelte mich unentwegt an der Schulter.

„Was soll ich denn?", fragte ich völlig erstaunt, aus tiefem Schlaf gerissen.

„Sie sollen ins Besucherzimmer kommen."

„Wer …?" Ich ließ mich wieder auf meine Pritsche zurückfallen.

„Ein Rechtsanwalt Schneider von der Kanzlei Doktor Kaiser."

Ich erhob mich vorsichtig und folgte dem Wärter, der bereits ungeduldig zur Tür vorgegangen war. Der Weg durch die Gänge, das Auf- und Abschließen der Tür, alles war mir schon so vertraut. Endlich hatten wir das Besucherzimmer erreicht.

Schneider strahlte über das ganze Gesicht und kam mir mit ausgestrecktem Armen entgegen.

„Herr Kögler, Doktor Kaiser hat mich sofort geschickt, er war im Moment verhindert. Es ist etwas Sensationelles eingetreten: Doktor Geisinger hat vor etwa zwei Stunden Selbstmord begangen. Sein volles Geständnis soll dem Oberstaatsanwalt bereits vorliegen. Herr Doktor Kaiser hat mich beauftragt, Sie ..."

Ich spürte nur noch, wie mein Kopf recht unsanft auf den Boden aufschlug und vernahm aus der Ferne den erschrockenen Aufschrei von Rechtsanwalt Schneider.

Das Erste, was ich sah, war eine Infusionsflasche, die dicht neben mir hing. Im Zimmer war es hell und ich vernahm undeutlich Stimmen. Langsam drehte ich meinen Kopf herum und sah verschwommen Gestalten, die nebeneinander standen. Eine Person in Weiß löste sich aus der Gruppe und kam auf mich zu.

„Können Sie mich hören, Herr Kögler?"

Ich nickte und versuchte, ein schärferes Bild von meiner Umgebung zu bekommen, es misslang.

„Sie können ganz ruhig liegen bleiben. Es ist nur ein Schock und eine leichte Gehirnerschütterung. Wahrscheinlich haben Sie im Moment leichte Sehstörungen, aber das wird bald vorbei sein. Sie sind ein freier Mann und befinden sich hier in einem öffentlichen Krankenhaus. Haben Sie mich verstanden?"

Nur mühsam konnte ich die Worte formulieren und wusste zunächst nicht, ob man mich verstand.

„Wo bin ich?", fragte ich langsam.

„Sie sind hier im Marienhof in Koblenz, wenn Ihnen das etwas sagt."

„Wo ist Kaiser oder Schneider?"

Der Arzt fühlte meinen Puls.

„Wir haben den Auftrag, Herrn Doktor Kaiser zu verständigen, wenn Sie wieder aufnahmefähig sind. Aber ich glaube, da warten wir doch noch bis morgen früh. Aber ich soll Ihnen schon sagen, dass alles in bester Ordnung ist. Sie sind ein freier Mann."

Ich wusste nicht, woran es lag, aber die Stimme kam mir vor, wie die eines Computers, blechern und monoton. Trotzdem waren für mich die Worte wie eine Erlösung, ein Erwachen aus einem endlos langen, bösen Traum.

„Es ist alles in bester Ordnung", wiederholte ich leise und schloss die Augen wieder.

Als ich ein zweites Mal aufwachte, war es noch dunkel im Zimmer. Nur das schwache Licht der Notbeleuchtung neben der Tür brannte. Langsam gewöhnten sich meine Augen an die Dunkelheit und ich sah, dass keine Infusionsflasche, an die ich mich sofort erinnern konnte, mehr neben mir hing. Vorsichtig zog ich die rechte Hand unter der Bettdecke hervor und fasste an meinen Kopf. Hier hatte ich einen Verband, aber ich verspürte keine Schmerzen. Merkwürdigerweise hatte ich auch den Unterarm verbunden.

Dr. Kaiser hatte mir ausrichten lassen, es sei alles in bester Ordnung, ging es mir durch den Kopf. Ja, ich hatte nicht geträumt, Dr. Geisinger hatte wirklich Selbstmord begangen. Ich war frei!

Ich richtete mich vorsichtig auf und tastete nach der Nachtklingel. Ein leises Surren auf dem Flur war zu hören. Kurze Zeit später öffnete sich leise die Tür und eine Krankenschwester betrat den Raum.

„Sie haben geläutet?", erkundigte sie sich mit gedämpfter Stimme.

„Ja, entschuldigen Sie, Schwester, aber ich bin gerade wach geworden und gestern war ich noch so benommen. Bitte, können Sie mir sagen, wie spät es ist und was mit mir los ist?"

Sie trat neben mich und schaltete das indirekte Licht über meinem Bett ein. Nun konnte ich sie voll und ganz erkennen. Sie trug einen weißen Kittel. Dem Schnitt der Augen nach zu urteilen, stammte sie aus einem asiatischen Land. Sie lächelte mich freundlich an. Merkwürdig, dachte ich, Asiaten begleiteten seit einiger Zeit mein Leben. Ich erinnerte mich an den jungen Mann im Reisebüro Dönsdorf in Simmern, an meine kleine Asiatin in Boppard und jetzt die Krankenschwester.

„Es ist halb sieben Uhr und Ihre Verletzungen sind gar nicht schlimm. Sie haben nur einen Schock und eine leichte Gehirnerschütterung. Deswegen haben wir Sie hier behalten."

„Wissen Sie, wer ich bin?", fragte ich sie.

„Ja, Herr Kögler."

„So habe ich das nicht gemeint. Ich dachte mehr an ..."

Sie lächelte immer noch und zog meine Oberdecke zurecht.

„Sie meinen, was es mit Ihnen auf sich hat?"

„Ja!"

Sie nickte: „Es steht heute viel in den Zeitungen von Ihnen und diesem Doktor …"

„Doktor Geisinger!"

Sie nickte und legte den Finger auf meinen Mund.

„Aber Sie sollen nicht so viel reden, das ist nicht gut für Sie. Versuchen Sie doch, noch etwas zu schlafen. In einer halben Stunde gibt es Frühstück."

Schlafen! Wenn sie gewusst hätte! Jetzt, wo endlich alles für mich vorbei zu sein schien, sollte ich schlafen? Wie paradox doch alles war! Wochenlang hatte ich unter der Last der falschen Anklage und meiner Erlebnisse nicht schlafen können und jetzt, wo alles vorbei war und ich endlich erreicht hatte, was ich wollte, da sollte ich schlafen? Nein, ich wollte wissen, was geschehen war. Warum hatte sich Dr. Geisinger umgebracht?

Aber ich musste mich zusammenreißen, Dr. Kaiser erschien erst nach der Visite, kurz nach zehn Uhr.

„Sein Tod muss etwa gegen elf Uhr eingetreten sein. In seiner Praxis ist es passiert. Kurz vorher hatte er noch eine Patientin behandelt und auch noch einen Kriminalbeamten empfangen. Als die Assistentin ihm irgendetwas bringen wollte, lag er über dem Schreibtisch. Er hatte ein handschriftliches Geständnis vor sich liegen."

Dr. Kaiser saß auf einem Stuhl neben meinem Bett. Irgendjemand hatte mir Blumen geschickt und das ganze Zimmer duftete nach ihnen.

„Herr Kögler, ich muss ehrlich gestehen, dass ich bis zur letzten Sekunde nicht daran geglaubt habe, dass wir es schaffen würden. Und mit dem Selbstmord, damit habe ich überhaupt nicht gerechnet. Aber wer ahnt schon, was in einem Menschen so alles vorgehen kann?"

„Wo lag der Fehler bei den Ermittlungen?", fragte ich begierig, endlich die Lösung zu erfahren.

Dr. Kaiser lachte laut auf.

„Mensch, Herr Kögler, da gab es nicht einmal einen Ermittlungsfehler. Wenn Doktor Geisinger sich nicht umgebracht hätte, niemand hätte ihm je etwas nachweisen können. Zumindest ist es sehr unwahrscheinlich, dass man nach Ihrer Verurteilung noch etwas herausgefunden hätte. Wir alle haben Doktor Geisinger völlig unterschätzt, bis zur letzten Sekunde."

Er drehte sich zur Seite und nahm aus seiner Aktentasche eine Mappe mit verschiedenen Schriftstücken.

„Ich habe mir ein paar Notizen gemacht." Er suchte eine bestimmte Stelle aus den Seiten heraus und fuhr fort: „Geisinger hat Frau Friedhoff in seiner Praxis kennengelernt. Sie haben sich dann öfter getroffen, aber immer außerhalb von Simmern. Mal in der Schweiz, mal in Berlin, Hamburg. Auf jeden Fall aber nie in Simmern oder im Hunsrück. Er hat das ihr gegenüber mit seinem Ruf als Arzt begründet und ihr schien das auch nicht unangenehm zu sein. Kurz: Frau Friedhoff wusste zwar, dass Geisinger verheiratet war, aber nicht, dass Frau Römer, also eigentlich Frau Geisinger ..."

Dr. Kaiser machte eine Pause und schaute mich lachend an.

„Gott, ist das kompliziert. Also, Frau Friedhoff wusste nicht, dass Hilde Römer die Frau von Geisinger war. Sie wusste selbst als sie die Massagepraxis betrat, nicht, dass dies das Wohnhaus ihres Geliebten war. Eine Woche vor dem Mord machte Frau Friedhoff wohl erste Andeutungen, dass sie sich nun doch nicht von ihrem Mann scheiden lassen wolle. Geisinger war außer sich und vielleicht hat er auch versucht, Marianne Friedhoff zu erpressen. Wer weiß, sein Geständnis ist in vielen Dingen nur sehr kurz gefasst. Es beinhaltet nur die wesentlichsten Punkte."

Dr. Kaiser machte wieder eine Pause und schaute mir zu, wie ich vorsichtig meine Teetasse vom Nachttisch nahm und trank. Beim Zurückstellen der Tasse half er mir.

„Am Abend vor dem Mord ist Geisinger in der Praxis seiner Frau gewesen. Angeblich geschah dies öfter, wenn er zurückkam und seine Frau noch Kundschaft hatte. Er entdeckte im Terminkalender den Namen Friedhoff. Noch abends und den ganzen Vormittag muss er versucht haben, Frau Friedhoff telefonisch zu erreichen. Vergebens. In dieser Zeit entwickelte er einen teuflischen Plan. Er befürchtete, Marianne Friedhoff würde durch ihre Aussprache mit seiner Frau nicht nur seine Ehe zerstören, sondern ihm einen Skandal liefern, der seinen Ruf als Arzt ruinieren und ihn in der Öffentlichkeit bloß stellen würde."

Mein Rechtsanwalt schaute wieder von den Akten auf.

„Was jetzt folgt, wird Sie besonders interessieren, denn es ist die Widerlegung seines Alibis."

Er nahm ein Blatt aus den Unterlagen und setzte seine Ausführungen fort: „Aus dem Terminkalender wusste er also, wann Frau Friedhoff bei seiner Frau sein würde. Er erledigte tatsächlich ein paar Anrufe zur Schau und ließ sich Unterlagen bringen. Dann gab er seiner Assistentin einige Patientenunterlagen und bat sie ausdrücklich, diese gleich abzulegen. Damit war sicher, dass sie für einige Zeit im Nebenraum des Vorzimmers beschäftigt war. Doktor Geisinger verfügte über eine Telefonanlage, in die man Nummern, die häufig gebraucht werden, speichert. Er gab kurzerhand seine Praxisnummer ein und drückte die Wähltaste.

Sofort begann die Anlage zu wählen, erhielt nach der Durchwahl das Besetztzeichen, da sich die Anlage ja selbst anwählte. Dann drückte er die automatische Wahlwiederholung. Im Intervall von einer bestimmten Zeit, das wird noch die Kriminalpolizei herausfinden müssen, wählte sich die Anlage also automatisch immer wieder selbst an. Das Schalten des Relais war deutlich im Vorzimmer zu hören. Während also die Assistentin die Unterlagen ablegte, schlich er sich aus dem Zimmer. Er fuhr in die Privatwohnung und kam noch gerade rechtzeitig, um Marianne Friedhoff zu sehen. Er hat auch Sie gesehen, nahm aber an, dass Sie nur einen Termin vereinbaren wollten, da seine Frau ja nicht zwei Personen gleichzeitig behandeln konnte. Folglich kam ihm auch nicht der Verdacht, dass sich noch eine dritte Person im Behandlungsraum befand, denn inzwischen waren ja einige Minuten vergangen. Ob er einen Teil des Gespräches mitgehört und daraus falsche Schlüsse gezogen hat, geht aus dem Geständnis nicht hervor. Auch wollte er seine Frau nicht umbringen, sondern sie nur durch einen Schlag mit einer Holzstange bewusstlos schlagen. Dass sie so unglücklich gegen den Heizkörper schlug, war tatsächlich ein Unfall."

Dr. Kaiser unterbrach sich abermals und schaute zu mir herüber. „Sie sehen zum ersten Mal wieder so richtig gesund aus, wenn ich Sie so anschaue."

„Ist das ein Wunder?", fragte ich zurück und merkte, wie auch ich ein wenig zu lächeln begann. Tatsächlich, ich lächelte. Fasst glaubte ich schon, es verlernt zu haben.

„Also zurück zum Mord", Dr. Kaiser räusperte sich. „Er ging also zurück in die Wohnung, überzeugte sich, dass seine Kleidung und so weiter korrekt war. Dann wählte er über die Nebenstellenleitung von der Wohnung zur Praxis den Apparat von Frau Bierbach an und beauftragte sie, eine größere Menge an Unterlagen für ihn zusammenzustellen. Das gab ihm genügend Zeit. Er fuhr auf dem schnellsten Weg zur Praxis und konnte unbemerkt in sein Behandlungszimmer zurück. Dort schaltete er den Automaten ab, löschte die gespeicherte Nummer und nahm kurze Zeit später die von zu Hause aus angeforderten Unterlagen von Frau Bierbach entgegen, als sei nichts geschehen. Sie hat so tatsächlich seine Abwesenheit nicht bemerkt."

Ich hatte den Ausführungen mit großer Aufmerksamkeit zugehört und begriff, wie unmöglich es gewesen wäre, hinter dieses wohl durchdachte Alibi zu kommen. Meine Chancen waren wirklich äußerst gering gewesen.

„Nun, Herr Kögler, den Rest kennen Sie ja. Er arbeitete seelenruhig weiter bis die Polizei eintraf. Er hatte sein wasserdichtes Alibi. Nur kam jetzt etwas Unvorhersehbares. Sie, Herr Kögler. Plötzlich gab es für ihn jemanden, der ihm gefährlich werden konnte. Jemand, der ihm viel mehr schaden konnte als Marianne Friedhoff. Er gibt in seinem Geständnis offen zu, dass er sie ermordet hätte, falls sie ihm über den Weg gelaufen wären. Doktor Geisinger war kein Mann der Defensive. Als er Ihre Erpresserbriefe erhielt, ging er zur Polizei. Er setzte auf seinen guten Ruf und sein Alibi."

„Das hätte ganz schön ins Auge gehen können", meinte ich nachdenklich.

Dr. Kaiser nickte: „Ja, wenn dann nicht die Sache mit der Spritze gekommen wäre. Denn darin liegt, so lächerlich es auch klingen mag, laut seinem Geständnis der Grund seines Selbstmordes."

„War die Dosis tödlich?", fragte ich erschrocken und richtete mich auf, was meinem Wohlbefinden allerdings nicht zuträglich war, denn sofort stellte sich ein erheblicher Druck in meinem Schädel ein.

„Bleiben Sie nur ja liegen." Der Rechtsanwalt drückte mich sanft in die Kissen zurück und zuckte mit den Schultern. „Das wusste Geisinger selbst nicht. Aber ihm war klar, dass man ihm seitens der Ärztekammer Vorwürfe machen würde und einige Kollegen an seiner Unschuld zweifeln könnten und ihn insgeheim für den wahren Mörder hielten. Dieser Zweifel blieb, selbst wenn Sie verurteilt worden wären. Das Präparat und die Dosis waren für eine Anklage zu schwach, aber für Gerüchte und Spekulationen in der Ärzteschaft reichte es wohl aus. Daran ist der selbstsichere und bislang so überlegene Doktor Geisinger gescheitert. Eitelkeit. In beiden Fällen. Außerdem war Geisinger eine Spielernatur. Er hatte verloren, das wusste er, also zog er die für ihn einzig mögliche Konsequenz."

Ich starrte vor mich hin. So hatte meine Trick also in letzter Sekunde doch geklappt und den wahren Mörder entlarvt. Aber wieso hatte Dr. Geisinger ausgerechnet dieses Präparat in seiner Arzttasche? Ich fragte danach. Wieder zuckte Dr. Kaiser mit den Schultern.

„Aus dem Gutachten des Labors geht hervor, dass es bereits in bestimmten ärztlichen Praxen versuchsweise angewandt wird. Wie das im einzelnen in der Versuchsphase bei Arzneimitteln gehandhabt wird, weiß ich auch nicht. Aber darüber sollten Sie sich jetzt am wenigsten den Kopf zerbrechen, wir sind aus der Sache heraus."

„Gott sei Dank", stieß ich erleichtert hervor und hielt meinem Rechtsanwalt die Hand hin. Er nahm sie und drückte fest zu. Man merkte, dass auch er sehr erleichtert war und ich glaubte, in dem Druck eine Art Entschuldigung zu spüren. Er hatte mir sicherlich im tiefsten Inneren auch bis zuletzt nicht ganz geglaubt.

„Was wird jetzt mit mir?", fragte ich völlig gelöst.

„Tja", Dr. Kaiser strich sich, wie gewohnt, über die Haare. „Das Urteil war bereits verkündet. Ein seltener Fall. Es wird also ein neues Verfahren geben müssen, in dem das Urteil aufgehoben wird und Sie freigesprochen werden. Es bleibt also nur noch die Sache mit der Erpressung. Den vorgetäuschten Herzanfall im Gerichtssaal wird man Ihnen wohl verzeihen, nachdem dadurch tatsächlich etwas erreicht worden ist."

Er lehnte sich im Stuhl zurück und schaute zur Decke.

„Ich nehme aber an, dass wir Sie da rausboxen. Immerhin sind Sie nicht vorbestraft und haben auch schon eine beachtliche U-Haft abgesessen. Möglicherweise wird das alles sehr schnell gehen, und Sie sind, wenn Sie hier entlassen werden, ein freier Mann. Ich wünsche es Ihnen von ganzem Herzen."

Er packte seine Akten wieder in die Tasche und zwinkerte mir zu. „Und so einen Unsinn machen Sie ja wohl auch nie wieder."

„Mit Sicherheit nicht", versicherte ich. „Ich frage mich heute ernsthaft, ob ich damals bei vollem Verstand war. Ich kann Ihnen aber bislang noch keine Antwort darauf geben."

Dr. Kaiser drückte mir zum Abschied nochmals die Hand.

„Ich hab mir sagen lassen, hier im Marienhof sollen die Krankenschwestern besonders hübsch sein", lachte er.

„Und ob!" antwortete ich und lachte herzhaft zurück – zum ersten Mal seit Monaten.

Es war an einem Mittwoch, als ich aus dem Marienhof entlassen wurde. Dr. Kaiser hatte erreicht, dass ich ein freier Mann war. Zwar würde es noch eine Verhandlung geben, aber ich brauchte nicht mehr ins Gefängnis zurück. Man hatte mir ein Taxi bestellt. Der Fahrer schaute mich an, als habe er mich schon einmal gesehen und wisse nicht, wo er mein Gesicht einordnen solle. Ich übersah es und ließ mich zu meiner Wohnung nach Simmern fahren. Als er Simmern hörte, klärte sich sein Gesicht auf.

„Gratuliere!" meinte er. „Sie haben ja schlimme Dinge hinter sich."

Meine erste Handlung in meiner Wohnung war, alle Fenster aufzureißen und frische Luft in die Räume ziehen zu lassen. Obwohl noch Spuren von der Durchsuchung zu sehen waren, musste ich mir eingestehen, dass ich es mir schlimmer vorgestellt hatte. Ich sortierte den Stapel Post der im Briefkasten gelegen hatte und fischte drei Briefe heraus, die mich interessierten. Der erste kam von meinem Hauswirt und war laut Poststempel bereits über drei Monate alt. Ich öffnete ihn und fand eine dreizeilige Kündigung vor. Der Termin war bereits überschritten, ich grinste. Der zweite Brief kam aus München, der Absender war die Hoffmann Vertriebsgesellschaft. Auch hier fand ich nur drei Zeilen geschrieben, eine höfliche Absage. Der dritte Brief kam auch aus München von der Deutschen Bank. Hastig und mit einem immer merkwürdiger werdenden Gefühl überflog ich die Zeilen, dabei stockte mir der Atem.

‚Sehr geehrter Herr Kögler, wie Ihnen sicherlich bekannt ist, wurde das von Ihnen eröffnete und oben angegebene Konto seitens unserer Geschäftsleitung zwangsgelöscht. Vor wenigen Tagen erhielten wir allerdings eine Barüberweisung auf dieses Konto in Höhe von 400.000 D-Mark. Da bei dieser Barüberweisung mangels Angaben über den Auftraggeber eine Rücküberweisung nicht möglich ist, wurde der Betrag bis zum Eingang einer Stellungnahme von Ihnen auf ein Sammelanderkonto unserer Zentrale in Frankfurt gebucht. Wir bitten Sie höflichst, sich mit der unten angegebenen Abteilung in Frankfurt in Verbindung zu setzen.

Hochachtungsvoll Ihre Deutsche Bank.'

Ich war sprachlos und glaubte zu träumen. Dr. Geisinger hatte vor seinem Selbstmord tatsächlich noch bezahlt. Die volle und ganze Summe. Dr. Kaiser hatte gesagt, Dr. Geisinger sei eine Spielernatur gewesen, bis zur letzten Konsequenz. Für ihn war also nicht nur sein Selbstmord diese letzte Konsequenz, sondern auch die Zahlung seiner ‚Spielschulden' gehörte dazu.

Ich las den Brief ein zweites und drittes Mal, dann griff ich zum Telefon und wählte die Deutsche Bank in Frankfurt an. Ich konnte es einfach nicht glauben. Ich ließ mir die angegebene Abteilung geben und wurde mit einem Herrn Gever verbunden.

„Ja, hier ist Kögler, Kurt Kögler. Ich rufe wegen eines Schreibens Ihrer Filiale in München am Harras an. Es geht da um eine Barüberweisung von vierhunderttausend Mark."

Gever konnte sich sofort an den Vorgang erinnern. Offenbar kamen solche Buchungen nicht alle Tage vor und wahrscheinlich erst recht nicht in dieser Höhe.

„Ach, Herr Kögler. Gut, dass Sie anrufen. Haben Sie sich wieder etwas erholt?"

Mein Bekanntheitsgrad verwirrte mich. Offenbar lag es doch nicht an dem außergewöhnlichen Vorgang, sondern an meiner Person selbs,t. Ich bejahte kurz und erfragte das Überweisungsdatum der Summe. Es dauerte eine Weile bis sich Gever wieder meldete.

„Hören Sie? Das Geld wurde am dreizehnten dieses Monats angewiesen von der Hunsrück Bank in Simmern und ist am siebzehnten in unserer Filiale München-Harras eingegangen. Seit dem zwanzigsten liegt es hier in Frankfurt. Was machen wir jetzt mit dem Geld?"

Ich überlegte fieberhaft und rechnete nach, aber es klappte nicht, also musste ich dem Mann schnell eine Antwort geben. Ich entschuldigte mich für mein Zögern und versprach, in den nächsten zwei Tagen persönlich vorbeizukommen. Eilig legte ich den Hörer auf und lief zu meinem Arbeitstisch auf dem ein Kalender lag. Er war allerdings noch vom alten Jahr. Auf der letzten Seite fand ich ein Übersichtskalendarium von diesem Jahr. Hastig suchte ich mit dem Finger den 13. dieses Monats. Tatsächlich! Geisinger hatte das Geld am 13. überwiesen und wenn ich mich an die Aussagen von Dr. Kaiser richtig erinnerte, hatte Dr. Geisinger an diesem Tag seine Praxis im Zinksarg verlassen.

Ich griff in den Schrank und erwischte die angebrochene Flasche Cognac. Mit einem Glas in der Hand ging ich zu einem der Sessel und ließ mich hineinfallen. Ich konnte es noch immer nicht fassen. Geisinger hatte das von mir geforderte Geld überwiesen. Auf der Deutschen Bank in Frankfurt befanden sich 400.000 Mark, die völlig rechtmäßig mir gehörten. Ich verstand die Welt nicht mehr. Ich goss das Glas bis zum Rand voll, hielt mir die Nase zu, und schüttete es in einem Zug hinunter. Das Zeug schmeckte grauenhaft, aber ich brauchte es jetzt. Morgen würde ich nicht nur Champagner kaufen, sondern auch Dr. Kaiser anrufen und fragen, was ich mit dem Geld machen solle. Aber für mich bestand da gar kein Zweifel, Geisinger hatte es mir freiwillig überwiesen, vielleicht als Entschädigung oder Anerkennung. Und zurückgeben konnte ich es ja schlecht.

Ich dachte an Marianne. Schade, dass sie Geisinger über den Weg gelaufen war und nicht mir. Aber mich, als arbeitslosen Vertreter, hätte sie sicherlich gar nicht beachtet. Ich würde ihr trotzdem einen Strauß roter Rosen auf ihr Grab stellen. Jetzt war alles so, wie ich es mir im Zug nach und von München vorgestellt hatte und trotzdem ganz anders.

Nach dem soliden Krankenhausessen war Alkohol nicht unbedingt die richtige Fortsetzung und ich verspürte bereits nach kurzer Zeit ein leichtes Drehen im Kopf. Trotz meines Ekels füllte ich mir ein zweites und später auch ein drittes Glas ein. 400.000 Mark, das war ein Startkapital! Ich prostete mir selbst zu und trank aus. Hoch lebe Kurt Kögler und auch einen Schluck auf Marianne und Frau Römer und den ‚guten' alten Dr. Geisinger, dieses arme Schwein. Aber jetzt, jetzt würde ich zuerst einmal nach Italien fahren, jawohl, in das Dörfchen, das mir der Bahnhofsfritze da in Koblenz empfohlen hatte. Ich konnte es mir ja jetzt leisten. Ich war reich, 400.000 Mark, da konnte man ja schon fast von den Zinsen leben, prost!

Ich hob erneut den Telefonhörer ab und rief im Schwarzen Adler an. Filippone persönlich meldete sich. Als er meinen Namen hörte, stutzte er.

„Sie sind wieder frei?", fragte er mit vorsichtiger Zurückhaltung.

Ich lachte übermütig und bestellte mir für den Abend ein fünfgängiges mediterranes Menü.

## Die bisher erschienenen Bände der Hunsrückkrimi-Reihe

„Herzflimmern in Simmern“ (1999/Bd. I)
ISBN 978-3-922929-90-1
„Koblenzer Schängel jagt Hunsrücker Bengel“ (2000/Bd. II)
ISBN 978-3-934524-06-4
„Die Mädchenleiche unter der Hunsrückeiche“ (2001/Bd. III)
ISBN 978-3-934524-19-4
„Der Zirkusclown von Kastellaun“ (2002/Bd. IV)
ISBN 978-3-934524-27-9
„In die Falle gehen alle“ (2002/Bd. V)
ISBN 978-3-934524-30-9
„Der Mann meiner Mutter“ (2003/Bd. VI)
ISBN 978-3-934524-41-5
„Tödliche Träume“ (2005/Bd. VII)
ISBN 978-3-934524-66-8
„Fatale Folgen“ (2007/Bd. VIII)
ISBN 978-3-934524-86-6
„Verborgene Verbrechen“ (2008/Bd. IX)
ISBN 978-3-934524-94-1
„Ein Fall für Fuß“ (2009/Bd. X)
ISBN 978-3-86911-017-2
„Mysteriöse Morde“ (2010/Bd. XI)
ISBN 978-3-86911-023-3
„Wut tut selten gut“ (2011/Bd. XII)
ISBN 978-3-86911-033-2
*Alle Bücher (außer Bd. IX, X, XI) gibt es auch als Radioropa-Hörbuch.*

Im Kontrast Verlag erschienen sind:
„Blütenpracht“ (BUGA-Krimi)
ISBN 978-3-941200-20-3
„Kommissar Fuß und der tote Schängel“
ISBN 978-3-941200-25-8
„Kommissar Fuß und das Phantom“
ISBN 978-3-941200-35-7